나
주
에
대
하
여

김화진 소설

나
주
에
대
하
여

문학동네

차
례

새
이야
기

내가 아는 어떤 빈티지 옷가게에서는 정기적으로 옛날 영화 상
영회를 열곤 했다. 옷가게 손님들이 각자 음료와 다과를 가져와
조용히 먹으면서 빔프로젝터로 빈 벽에 쏘아주는 영화를 보는 시
간이었다. 가게 벽에는 그 주 상영작을 적은 종이가 붙어 있었다.
〈해리가 샐리를 만났을 때〉〈러브 미 이프 유 데어〉〈사랑의 블랙
홀〉〈매디슨 카운티의 다리〉 같은 영화들이 상영되었다. 〈첨밀밀〉
을 상영하던 날, 내가 좋아하는 자리에 천희가 앉아 있었다. 다른
곳으로 갈까 하다가 천희의 옆자리에 앉았다. 이상한 부분에서 우
는 나를 천희가 흘깃흘깃 보는 게 느껴졌다. 손수건을 꺼내주려
나? 싶었는데 주지 않았지. 대신 천희는 자신이 가져온 간식을 건
넸다. 사또밥이었다. 후에 사또밥 좋아하느냐고 물었더니 영화를

보는 도중에 너무 바삭바삭거릴 과자를 제외하고 고르다보니 그렇게 되었다고 했다. 나도 쥐고 있던 젤리 봉지를 내밀었다. 내가 챙겨온 간식은 마이구미였다.

천희는 옷을 만드는 회사에 다닌다고 했다. 우리가 만난 그 옷가게는 천희의 회사에서 멀지 않았고 또 영화를 상영하는 것뿐만 아니라 업사이클 제품을 팔기도 해서 관심을 두고 자주 들르곤 한다고. 무엇보다 예쁘잖아요. 걸려 있는 빈티지 셔츠들을 손으로 차르르 쓸며 천희가 말했다. 그 순간도 잊을 수가 없다. 천희에 관해서라면, 잊고 싶지 않은 쪽에 더 가까울 것이다.

천희 이야기를 친구들에게 했을 때 친구들은 얄궂게 굴었다. 빈티지숍에서 처음 만나서 같이 영화를 봤다고? 우우…… 그리고 단호했다. 뭐하는 사람이래? 옷 만든다고? 게이 아님 양아치네. 나는 당황해서 그저 천희 욕 하지 마…… 했다. 친구들 말이 맞을까봐 떨려서 그랬다. 친구들은 다시 물었다. 영화 보고 뭐했는데? 떡…… 나눠 먹었어. 떡? 떡을? 먹기만 했어? 너무 걸쭉하다 너희…… 나 말 안 해 이상해…… 얘기해봐. 그럼 먹기만 했지. 백설기. 속에 흑설탕 든 거. 달았겠다. 맛있었겠다.

출근하고 삼십 분 이내에 이루어지는 직장인들의 카톡 대화는 의식의 흐름대로 흘러간다. 나도 그랬다. 출근을 무사히 하고 나면 천희 생각을 시작했다. 사또밥과 젤리를 먹으며 봤는데도 영화가 끝나자 우리는 배가 고팠고 저녁을 먹기에는 시간이 애매하게

늦어 마침 옆 건물에 개업한 가게에서 넉넉히 주셨다며 옷가게 사
장님이 나눠준 백설기를 먹으며 이런저런 얘기를 더 나눴다. 옆방
에서 재봉틀 작업을 좀 할 테니 편히 계시다 가시라고, 상냥하게
안내해준 사장님은 사라지기 전 영화를 보기 위해 꺼뒀던 음악도
다시 켜주셨다. 재즈가 흘러나오는 어둑어둑한 가게 한쪽 살롱 공
간에서 천희하고 나란히 앉아 백설기를 뜯어먹었다.

　그날 천희는 데님 점프수트를 입고 있었는데 멋있었다. 회사 근
처에 살고 자주 이 동네를 산책한다고 했다. 나는 천희에게 어디
까지 말해야 하나 잠깐 고민하다가 곧 고민을 멈췄다. 두 번 다시
천희를 보지 못할 거라고 생각했기 때문이었다. 나는 거의 전부
말했다. 웹툰을 그렸었고 지금은 잡지사에서 일하는데 전공은 그
것과는 상관없는 것이었다는 말들. 다니던 학교, 친구들, 이전에
만난 애인들. 사는 곳 주소만 빼놓고 전부 말한 것 같다. 내가 만
화를 그렸다는 걸 알고 천희는 자기가 좋아하는 만화의 제목을 생
각나는 대로 읊기도 했다. 『진격의 거인』이나 『슬램덩크』나 『H2』
같은 것들, 나도 보기는 봤지만 절대 그렇게 쓰거나 그리지는 않
을 거라는 걸 보는 즉시 알게 되는 이야기들. 천희는 그것들을 보
고 세상에 이렇게 재밌는 게 있다니! 하며 폭죽놀이를 처음 구경
했을 때랑 비슷한 즐거움을 느꼈다고 했다. 나로서는 즐기는 것은
가능하지만 절대 내 안에 남지는 않을 이야기들을 천희는 좋아했
다. 나는 안도했다. 천희가 내 만화를 볼 일은 없을 테니까. 무슨

만화를 그리느냐는 질문에 나는 아무것도 종결되지 않는 이야기를 그린다고 했다. 미움도 사랑도 끝나지가 않는 거야. 그러면 천희는 말없이 고개를 주억거렸다.

나는 완성되지 않는 이야기들이 좋았다. 어떻게든 완성이 되는 형태여야 하겠지만. 완성처럼 보이는 미완성이어야 하겠지만. 이어지지 않는 이야기들이 좋았다. 이어지지 않은 것들은 끊어지지도 않으니까. 완성보다 미완성이 더 오래 지속되는 일일지도 모른다고 믿었다. 종결되지 않은 것들이 내 주변을 행성처럼 돌고 있는 편이 더 행복하다고. 하루의 끝에 이불을 덮고 누워 오늘은 어떤 이름이 붙은 미완의 행성을 떠올려볼까…… 그런 고민을 하고 누운 자리에서 하염없이 하염없이 과거의 사람들을 곱씹고 지금은 어떻게 되었을까 어디에 살까 상상하는 일이 좋았다. 여러 생을 사는 듯한 기분이 들었다. 그러다가 만화를 그리게 되었다. 사는 생활과 그리는 만화는 비슷했다. 나는 짝사랑이 좋았고 완성하지 않은 여러 짝사랑들을 가지고 있었으며 짝사랑 하는 만화를 그렸다. 매듭지어지지 않는 사랑. 키스하지 않는 주인공. 댓글난은 아우성이었으나 나는 연재한 지 일 년쯤 지나서는 댓글도 잘 보지 않았다.

*

나는 소리에 민감한 편이다. 아주 작은 소리도 잘 듣고 유난히 거슬려했다. 누군가에게는 별 소리 아닐지 모를 작은 소리에 귀가 아프기도 했다. 작은 헛기침소리, 재채기소리, 웃음소리, 테이블을 톡톡 두드리는 소리, 코를 훌쩍 들이마시는 소리, 그런 것에도 일정한 음역대가 있는지(있겠지) 어떤 음은 귀에 꽂히는 것 같았는데 그때마다 귀가 아팠다. 가끔은 누군가가 아주 나지막이 으음 하고 허밍해도 그 주파수가 내 귀의 주파수와 맞아떨어진 탓인지 귀가 우웅 진동하며 조금 아픈 듯 아닌 듯 알 수 없는 상태가 되곤 했다. 그때마다 나는 미간을 찌푸렸다. 어쩌면 이렇게 설명할 수 없고 이해받을 수 없이 예민한 영역이 귀 말고도 있을 테다. 내가 모르는 내 속의 구석 어딘가에.

천희는 신기할 정도로 소리가 없었다. 웃을 때도, 뭘 집어들 때도, 걸을 때도 소리가 크지 않았다. 거슬리는 소리를 낸 적이 없었다. 나는 그걸 무슨 운명의 상대에 대한 힌트라도 되는 듯 받아들였지만 실은 알고 있었다. 내가 천희가 내는 모든 소리를 들을 만큼 오래오래 그와 붙어 있어본 적이 없다는 것을. 천희는 어쩜 나랑 데시벨도 맞는다…… 하고 황홀하고 낭만적인 믿음을 가질라치면 누구보다 빠르게 나 자신이 헛소리하지 마 착각하지 마 하고 나를 뜯어말렸다.

천희의 조용한 돌발 행동은 나를 뜯어말리는 나를 뜯어말렸다. 성수동의 캔들숍과 나들가게와 양말가게 그리고 햄버거가게를 느릿느릿 지나치며 바닥에서 뭔가를 주워먹는 비둘기떼를 바라보다가 내 쪽으로 눈도 돌리지 않고 주말에 여기로 놀러 나오면 나 꼭 만나, 약속, 하고는 새끼손가락을 들이미는 식이었다. 함께 걷는 와중에 홱 돌풍이 불어 머리가 산발이 되면 얼굴에 붙은 머리카락을 떼주며 까맣고 예쁘네, 하는 식. 그러다 갑자기 휴대폰 번호 줄래? 그러면 나는 마음이 녹았다. 걔가 뭐라도 좋았다.

나는 천희를 보러 매주 주말 오후 성수동으로 갔다. 정말 매주는 아니지만 거의 매주 갔다. 그전까지 나에게 성수동은 낯선 곳이었다. 커다란 폐공장들이 힙한 카페로 변한 곳 정도로만 알고 있었다. 그중 유명한 곳을 찾아가보려고 해도 골목골목이 황폐하고 낯설어서 매번 포기하게 되던 곳. 그러다 갑자기 숲같이 넓은 공원이 나오고 그 공원에서 빠져나오면 또 영 모르는 높은 빌딩이 있는 곳. 점점 추워지던 어느 날 바람이 차가워 천희와 뜨끈한 나베를 먹고 나오다 문득 파고드는 한기가 낯설어서, 내가 실은 모르는 곳에서 모르는 사람과 잘 아는 것처럼 같이 저녁을 먹고 옷을 여미며 나왔다는 게 새삼 신기해서 웃었다. 천희가 왜 웃어? 하고 물었다.

이 동네가 익숙해진 게 신기해서.

천희를 만나게 된 옷가게는 그로부터 반년도 더 전에 취재 때문에 알게 된 곳이었다. 가야지 가야지 다짐하고 실제로 그 상영회에 간 것은 딱 두 번이었다.

세번째 갔을 때 너를 만난 거지. 그때만 해도 나는 여기를 하나도 알지 못했는데.

그렇게 말하고 천희를 올려다봤다. 다른 곳을 보고 있던 천희가 도로록 소리가 날 것처럼 눈동자를 굴려 나를 봤다. 나는 속으로 펜 쥔 손을 움직여 그 모습을 몇 번이고 그렸다.

나도 너를 보러 여기까지 왔어.

집이 여기라더니? 회사가 근처라더니? 끝없이 물음표가 차올랐지만 하나도 묻지 못했다. 모르는 채로 있고 싶었다. 천희는 종잡을 수 없는 사람. 그저 빠지는 것만으로 재밌었다. 나는 저 사람을 전혀 모른다는 것이 좋았다. 모르고 있고 모르는 와중인 것이. 하나를 알아도 그다음이 축적되지 않았다. 그런 사람을 아는 게 즐거웠다. 아니 모르는 일이 즐거웠다. 모르는 상태에서 빠져나오고 싶지 않았다. 뱅글뱅글 돌며 어질어질하게 살고 싶었는데. 실제로 그 기간은 매우 짧았다. 강렬했기 때문에 길게 느껴졌다. 천희와 옷가게에서 영화를 보고 영화 포스터를 파는 카페에서 쇼핑을 하고 신발공장이었던 카페에서 케이크를 먹고 공원으로 들어가 은행나무 사이를 걷고 은행나무 아래에 앉아 공놀이하는 인간과 강아지와 배드민턴 치는 인간과 배드민턴 공을 따라 덩달아 뛰어오르는 강아지를 구경한 것은 단 육 개월이었다. 그사이에 가을에서 봄이 되었다. 나는 추운 게 죽어도 싫어 겨울이 되기도 전에 아직 드라이클리닝을 맡기지 않은 두꺼운 코트도 몇 번 꺼내 입었는데 천희는 추위도 타지 않는지 계속 팔랑팔랑한 아노락 같은 것만 입었다. 안 추워? 하고 물으면 추위를 별로 안 타, 하고 대수롭지 않게 말했다. 그런 게 계속 생각난다. 천희와 함께 있던 순간은 대체로 잊을 수 없다. 너무 각별하기도 하고, 너무 짧아서이기도 했다.

육 개월간 우리는 많은 얘기를 했다. 천희는 호수가 넓은 걸로 유명한 대학교 근처에서 태어났고(천희가 그 얘기를 했을 때 나는 반가움에 소리를 질렀다. 어, 나 그 학교 다녔는데!) 잠깐 일본으로 갔다가 다시 한국으로 돌아와 옷 만드는 일을 배웠다고 했다. 처음엔 동대문, 그러다가 함께 일했던 선배가 독립해 성수동에 사무실을 낼 때 따라 옮겨왔다고. 처음 일을 배울 때 동대문에서 천희의 별명은 '천천희'였다고 했다. 걷는 것도 밥 먹는 것도 말하는 것도 일 배우는 것도 너무 천천히 해서…… 거기랑 안 어울린다고 했어. 그렇게 말하면서 웃었다. 소리 없는 웃음이었다. 나는 그런 천희의 이야기를 들으며 겉으로는 태연한 척 아주 조금 궁금한 척했지만 속으로는 짜릿함에 떨고 있었다. 더 얘기해줘! 어릴 때 얘기 듣고 싶어! 하고 소리지를 수 없어서 볼 안쪽 살을 꼭 깨물어야 했다. 대학교 때 여자친구 있었어? 하고 간신히 물어본 게 전부였다. 천희는 쓸쓸하게 웃으며 아니…… 했고 나는 친구들의 반응을 상상했다. 말이 되냐? 양아치 아님 게이라니까. 알아서 친구들의 목소리를 재생하고 알아서 그 목소리들을 애써 털어버렸다.

천희는 게이도 양아치도 아니었다. 많은 얘기를 나눈 끝에 나는 천희에 대해 다른 것들도 알게 되었다. 이를테면 이런 이야기.

꿈이 있어.

어떤 꿈?

옷가게를 낼까 해.

옷가게.

도쿄에서.

도쿄에.

여자친구가 살거든, 도쿄에.

모든 걸 천천히 하고 거의 소리를 내지 않는 천희는 여자친구가 있다는 얘기도 너무너무 천천히 했다. 어쩌면 거의 소리를 내지 않고 말해서 내가 미처 못 들은 건지도 모르겠다. 어쨌든, 천희는 일본에 여자친구가 있고 거기에서 옷가게를 하고 싶다고 했다. 다시 돌아올 수도 있지만…… 이제 일본은 제주도 같아서 왔다 갔다를 오백 번도 할 수 있지만 결국 돌아가는 곳은 일본일 거라고 말했다. 그러니까 여기에는 오백 번 정도 들를 수 있다고. 두 번 다시 볼 수 없다는 말을 그렇게 하는 애는 처음 봤다. 인생에서 가장 세련되게 실연당한 것 같아서 나는 집으로 돌아와 그 말을 어딘가에 적어놓았다.

우리 만났던 빈티지 살롱 같은 옷가게, 나도 그런 공간을 여는 게 꿈이야.

꿈, 이라고 발음하는 천희의 얼굴이 빛나는 것 같았다. 천희의 꿈은 어쩐지 곧 이뤄질 것 같고 충분히 상상이 가서 나도 진심으로 너랑 엄청 잘 어울린다, 완전 좋은 공간을 열게 될 것 같아, 하고 말할 수밖에 없었다. 여자친구에 대해서는 한마디도 묻지 않았다. 일본인인지 한국인인지, 예쁜지 예쁘지 않은지, 너무너무 궁금하지만 묻지 않을 거야. 말할 기회도 주지 않을 거야. 그런 다짐을 했다.

파를 선물받은 날은 천희가 떠나기 일주일 전이었다.

진아야, 선물이야.

부루퉁하게 앉아 있는 내게 천희가 건넨 것은 대파가 심긴 화분이었다. 분명 파였지만 화분에 담긴 모양새가 영 낯설어서 굳이 물었다. 이게 뭐야? 천희는 짧고 나직하게 대답했다. 파야. 끝을 조금씩 잘라 먹어. 계속 자란대.

왜 하필 파야, 하고 퉁명스럽게 굴지도 못했다. 그냥 천희가 그렇지 뭐 하고 파 화분을 받아들었다. 아주 별로였다. 초록 줄기가 제법 자란 파 화분을 안고 있자니 〈레옹〉 같고, 그 영화는 어딘지 께름칙하고, 이것은 천희의 이별 선물이었다. 안 좋은 것은 늘 그렇게 겹친다. 천희야 우리 오늘이 마지막이네. 내가 그렇게 말했을 때 천희도 슬픈 듯 고개를 끄덕였지만, 그렇다고 우리의 이별이 같은 건 아니지. 천희의 이별은 내 것보다는 덜 맵고 덜 찐득거렸을 것이다. 나는 파 때문인지 뭐 때문인지 코가 매웠고 눈물이 날 것 같은 걸 꾹 참았다. 울면 진짜 이상한 거야. 나중에 떠올리면 너무 억울할 거야. 천희는 별생각도 없는데 혼자 운다는 건 진짜 자존심 상하는 일이야. 그렇게 랩 하듯이 되뇌다가 천희와 헤어지고 집으로 돌아갈 때(곧장 집으로 가지 않고 다이소에 들러 대파 화분용 물뿌리개를 샀다), 집으로 돌아가는 골목길에서야 다시 생각했다. 천희는 안 그랬을 거야. 내가 울어도 우스워하거나…… 뻐기지 않았을 거야. 그리고 그저 천희가 떠난다는 사실에만 집중했다. 천희가 떠나서 나는 슬프다. 그 문장만을 생각하며 단순하게 슬퍼할 수 있었다. 단순하게 슬퍼할 수 있다는 게 그렇게 후련한 일이라는 걸 처음으로 깨달았다.

*

대파가 입을 연 건 천희와 마지막으로 본 지 엿새쯤 되었을 때였다. 처음 받아온 날 책상 위에 올려두고 이틀 뒤에 물을 주며 들여다보니 초록색 머리가 성큼 자라 있었다. 너무 놀라워서 천희에게 사진을 찍어 전송했다. 잘 커. 대견해. 담담해 보이도록 그렇게만 보냈다. 그런데 거기에다 대고 바보 같은 천희는 짱이다!! 라고 대답했고 그 대답만 했으면 좋았을 걸 사 분 뒤 이렇게 덧붙였다. 진아도 잘 커. 파이팅. 그 문자를 보자 나는 누수가 된 수도관처럼 줄줄 울고 말았고 우는 와중에도 손가락을 움직여 격렬하고 대찬 이모티콘으로 대신 답장을 보냈다. 오케이!! 하고.

대파에게는 사흘에 한 번 물을 듬뿍 주자 하고 계획을 세워놓았고 그로부터 또 사흘이 지나서 대파에게 물을 주다가 천희 생각에 좀 멍해졌다. 오늘이 천희가 한국에 있는 마지막날인가…… 셈하다가 아닌가 내일인가…… 헷갈려서 물뿌리개를 계속 기울인 채로 있었다. 물받침에는 이미 물이 넘쳤고 화분 밖으로 물이 튀고 있는데 그것도 모른 채로. 그러다가 갑자기 소리가 들린 것이다. 꼬로록, 하는 소리가. 그 소리에 정신을 차리고 방안을 둘러봤다. 물에 잠기는 사람의 소리였다. 물을 먹은 사람이 곤란하고 당황해하는 소리. 말하려고 입을 벌리다가 그만 물을 먹어버린 소리. 나도 모르게 어디야? 하고 혼잣말을 했는데 여기야…… 하고 힘없는 목소리가 들렸다. 파 쪽에서 들렸고, 파밖에 없었다.

나는 당황해하면서도 싱크대로 화분을 들고 가 너무 많이 뿌려 내려가지 못하고 흙 위에 고인 물을 흘려보냈다. 거뭇한 흙과 작은 돌맹이들이 함께 싱크대에 떨어졌다. 이크, 저것들이 나중에 음식물쓰레기와 섞이겠지. 바쁜 몸과 달리 한가한 잡념은 멈추지 않았다. 행주를 들고 책상에 흘렸던 물도 닦았다. 대파 화분도 다시 두던 곳에 놓았다. 그리고 그 앞에 앉아 파와 마주보았다. 고요한 시간이 흘렀다. 환기를 시키느라 창문은 조금 열려 있었고 창문에는 커튼이 완전히 쳐져 있었고 책상은 창문 바로 아래 놓여 있어서 파와 나 사이에는 바람이 들어오며 커튼을 흔드는 사락사락 소리가 전부였다. 파는 내가 못 들었다고 생각해서인지 너무 놀라 이 상황을 외면하고 있다고 생각해서인지 다시 한번 소리를 냈다. 나야.

말도 안 돼. 나는 그 말을 입 밖에 내지는 않았다. 머릿속으로 중얼거렸을 뿐이다. 말도 안 되니까. 말이 안 된다고. 그런데 파는 조용히 고개를 저었다. 말도 안 되지 않는다고. 실제로 머리를 흔들었을 리가 없다. 파도 머릿속으로, 생각으로만 고개를 저었을 것이다. 나는 마치 그것을 본 것 같았고 파가 고개를 흔드는 소리를 들은 것 같았다. 그러고 보니 파의 목소리는 어쩐지 귓불이나 귓바퀴를 타고 흘러들어온 느낌이 아니었다. 머리뼈 안쪽에서 들리는 느낌이었다. 이어폰을 꽂은 것처럼. 두개골 안쪽으로 곧장 들어오는 듯한 소리. 그러네. 이어폰을 꽂고 대화를 하다 말다 하는 느낌이야. 나는 입은 꾹 다문 채로 파에게 질문을 쏟아부었다. 물론 머릿속에서.

혹시 내 생각이 들리니? 전부 다?

그래, 난 이진아라는 사람이 하는 개인방송을 하루종일 듣고 있는 셈이지.

도시 채소네, 문명 채소야. 개인방송 같은 건 어떻게 알았니.

천희가 가끔 했어. 올라오는 댓글을 읽으며 이건 작디작은 개인방송이라는 말을 했어.

천희가 개인방송을 했다니. 나는 몸을 화분 곁으로 바싹 붙였다. 뭘 했어? 질문을 한 것과 동시에 내 머릿속에는 불순하고 음란한 상상이 뒤엉켜 떠올랐다. 설마…… 파는 눈을 가리는 제스처 같은 걸 하는 것 같았다.

내가 상상한 것도 보이니?

글쎄, 몰라. 내가 뭘 본 거지.

잊어줘…… 나는 이제 네가 있어서 야한 영화도 못 보겠구나.

내가 침울해하자 파는 걱정하지 말라는 듯 웃었다.

우리가 언제나 접속되어 있는 건 아니니 안심해. 나도 힘들어. 혼자만의 시간은 너만 필요한 줄 아니?

그 말에 정말로 안도했다.

……하지만 너 황치열이 〈성인식〉 추는 영상 열 번 넘게 보는 건 봤다. 그건 그냥 봤어. 그때 차마 소리를 못 내겠어서…… 앞으로는 헛기침이라도 할게.

파새끼…… 파가 들을 수 있었지만 수치심에 참을 수 없어 속으로 이를 갈았다. 실은 들리라고 하는 생각이었다. 이건 너무 나에게 불리한 동거였다. 파랑 연결되었다니, 서로의 생각이 다 들린다니. 나는 파가 하는 생각 따위 별로 궁금한 것도 없고(조금 궁금하기는 하지만) 고작해봐야 내가 모르던 파의 신비일 뿐이고 나는 하루에도 몇 번씩 천희 생각을 하는걸. 그걸 고스란히 듣는다면 파 입장에서는 내가 천희를 좋아한다고 온 방안에 쩌렁쩌렁 고백해대는 셈이고 그 고백을 듣는 유일한 파가 천희로부터 온 파인 상황. 이젠 사람들 눈치도 모자라 파 눈치도 봐야 했다. 사는 게 왜 이렇게 어려운지.

*

나는 곧 파와 살아가는 법을 익혔다. 적절히 소통하고, 적절히 신경을 껐다. 그리고 파의 윗부분이 천희가 나에게 남긴 거라는 사실을 못박았다. 조금씩 잘라 먹으라고 했단 말이야, 천희가. 파는 너그럽게 자신의 머리인지 귀인지를 자르도록 허락해주었다. 그렇게까지 할 의도는 아니었는데 일단 말을 뱉고 나니 정말로 천희가 남긴 것을 잘 써먹고 싶었다.

첫 메뉴는 떡볶이였다. 나는 천희가 떠난 후 몇 번이고 다시 그림을 그리려고 시도해보았지만 퇴근 후 시도하는 그 일은 잘되지 않았다. 시간만 흘러 자정이 가까워졌을 때 나는 떡을 불리기로 결심했고 새벽 한시쯤 양념장을 넣은 물이 끓었고 떡과 물엿을 넣었고 떡볶이가 졸아들었다. 거기에 고춧가루를 한줌 뿌리고 대파의 귀인지 머리인지 모를 끄트머리를 쫑쫑쫑 서너 번 정도 가위로 오려 떡볶이 위에 얹었다. 걸쭉하고 빨간 음식에 초록 파가 송송…… 요리의 마무리로 파가 얹어지는 것이 좋았다. 어쩐지 파도 으쓱해하는 것 같았다. 나는 어색하게 천희 덕분에 그럴듯한 음식을 먹네…… 하고 중얼거렸다. 파는 심상하게 말을 받았다. 천희는 매운 걸 잘 못 먹어. 걔는 어묵탕을 더 좋아하고 어묵탕을 끓이려면 파의 흰 부분이 필요하지. 나는 파가 전해주는 천희 이야기에 눈이 커졌다.

순대볶음을 해먹을 때도 마찬가지였다. 천희는 백순대를 좋아해. 그걸 안성에서 먹어봤다고 했어. 안성? 안성에 왜 갔대? 나는 백순대가 아니라 고춧가루와 파를 넣은 당면 순대볶음을 먹으며 물었다. 친구들이 있대. 그렇구나, 천희는 안성에 친구들이 있구나. 내가 파가 들어간 음식을 완성하면, 파는 천희에 대해 말했다. 매운 음식을 넣으면 천희의 모습이 나오는 자판기 같았다. 그리고 그 시간을 기다리는 건 나뿐만은 아닌 것 같았다. 나는 혹여나 너무 자주 잘라 먹어 파를 죽일까봐 언제나 조심조심이었는데 적극적인 건 도리어 파 쪽이었다. 열시가 조금 넘으면 고요한 집안 어디선가 헛기침소리가 들려왔고 그건 언제나 파였다. 파는 그 시간이 자기 시간이라고 생각하는 것 같았다. 그 외엔 대부분 조용히 해주었기 때문에 나는 그 점에서 파를 높이 샀다. 썩 괜찮은 룸메이트. 대단히 좋은 룸메이트라고. 그래도 너무 자주 자르면 건강에 안 좋지 않겠느냐고 묻자 파는 이제 정기적으로 머리를 자르는 게 일과가 되어버려서 시원하고 좋다고 했다. 뭐든 적절히 잘라줘야 한다고도. 나는 파기름으로 볶은 김치볶음밥을 먹으며 파의 의견에 동의했다. 파의 머리도 잘라줄 겸 자정 넘어 음식을 해먹는 일이 밤의 정기 행사가 되었다. 새벽에 파와 두런두런 얘기하며 파를 썰어 넣고 다시 데운 오돌뼈를 꽉꽉 씹어먹으면 이상하게 용기가 솟기도 했다.

파는 천희 같았다. 싱싱하게 해맑은 표정으로 이상한 말을 하는 파를 볼 때면 여지없이 웃음이 났다. 아니다. 아무 의미 없는 웃기지도 않은 말을 해도 웃겼다. 파는 내가 머리를 자를 때면 시원해했다. 가위로 초록색 끝부분을 자르면 아사삭 소리가 났고 나는 파가 괜찮다는데도 매번 미안하다고 말했다. 파가 스물두번째로 괜찮아! 시원해! 라고 말했을 때 내가 어떻게 그래? 하고 묻자 파는 동글동글한 목소리로 몰라! 하고 말했다. 파의 표정이 보인 것 같았다. 멀뚱하고 무구하고 무딘 표정. 나는 웃고 말았다. 파는 별로 매운맛이 아니네. 무딘 맛이야. 라면이 보글보글 끓었고 내가 그렇게 말했을 때 파는 신이 난 목소리로 무딘 맛! 하고 후창했다. 주방 장갑을 끼고 다 끓인 라면 냄비를 책상으로 가져가며 왜 그렇게 신이 났어? 하고 물으니 재밌잖아 무딘 맛! 하고 재잘거렸다. 파 화분을 마주하고 앉아 라면 한 젓가락을 집어 입에 넣었는데 돌연 눈물이 흘렀다. 눈물이 흐르는 것을 제어하지 못하고 방치하며 나는 속으로 지겹다 지겨워 누수처럼 우는 일…… 하고 푸념했다. 파가 왜 울어? 했고 나는 대답하지 못했다.

재밌다고 한 말에 눈물이 터졌다고 어떻게 말하나. 늘 재미없다는 소리만 들었는데. 사람이 싱겁고 재미없다고. 그래서 무슨 만화를 그리겠냐고. 재능이 없다고. 나는 재미없는 만화를 그리는 만화가였다. 재능과 재미가 같은 단어처럼 여겨졌다. 댓글을 단 사람들은 그 말을 정말로 나를 걱정하는 마음으로 쓴 것 같았다. 재미없다고 말하지 않으면서 재미없다고 말했다. 스토리가 조금 늘어지는 것 같아요, 정말 응원하는데 너무 안타까워요. 그림에 감정이 잘 드러나지 않는 것 같습니다. 너무 혼자만의 생각으로 그리고 계시진 않으신지 진심으로 우려되어 댓글 남겨요. 지켜볼게요. 더 성장하시길 바라요. 그런 말들이 진심이 아니라고는 생각하지 않는다. 다만 그 자체가 좀 이상했을 뿐이다. 애정어리고 조심스러운 말에 사람이 무너지기도 한다는 것. 그것이 놀라웠다. 만화를 못 그린 지 한참 되었다. 천희가 떠난 지는 얼마 되지 않았는데 오래된 것 같았다. 가늠 안 되는 것이 많아 가늠할 수 있는 것을 생각했다. 눈물을 멈추기 위해. 내일의 야식은 무뼈 닭발이다. 빨간 양념이 묻은 말랑말랑한 닭발이 차가운 냉장고 안에서 뻣뻣하게 굳어 있을 것이다. 전자레인지에 돌리지 말고 팬에 다시 볶아야지. 기름을 두르고 파도 썰어 넣어 함께 볶을 것이다.

*

그날 새벽 나는 뱃속이 조금 뜨겁고 머리가 약간 어질한 느낌을 받긴 했으나 그 외엔 편안하게 잠에 들었고, 다음날 아침에도 다를 바 없이 일어났다. 심장이 빨리 뛰는 느낌이 있더니 출근하는 지하철 안에서는 갑자기 헛구역질이 났다. 종종 지하철 멀미를 한 적이 있어서 다스려보려고 했는데 치밀어오르는 힘이 강렬했다. 문이 열렸을 때 나는 튕겨지듯 내려 쓰레기통에 모조리 토했다. 몸의 수분이 전부 빠져나가는 것 같았고 기듯이 걸어 개찰구로 향했다. 명치, 혹은 명치 아래, 뱃속 어딘가가 보이지 않는 누군가에게 가격당해 실시간으로, 급속도로 부어간다는 느낌이 들었다. 아주 오래 걸린 것 같지만 딱 일 초, 어쩌면 이 초. 그 이상은 아니었다. 순식간에 나는 배를 부여잡고 고꾸라졌다. 눈앞이 노랗고 빨갰다. 만화경이 돌아가는 것처럼 주변이 파동의 무늬같이 번지고 지워졌다. 손끝이 찌르르하는 게 느껴졌고 온몸에 힘이 빠졌다. 다리에 힘을 주어 서려고 해도 허물어지는 기분이 들었다. 화장실…… 화장실에 가야 할 것 같았다. 혼잡한 출근길이었는데도 내 몰골을 보고 상냥한 여자 두 명이 도와줄까요? 하고 물었고 나는 화장실로 좀 데려다달라고 말했다. 질질 끌려가다시피 해서 무사히 화장실에 들어간 나는 장이 빠질 것처럼 설사를 했다. 그러자 정말로…… 손가락 하나도 들 수가 없었다. 나는 한 시간 반 정도 화장실에 웅크려 있다가 비틀거리며 나왔고 택시를 타고 집 앞의 내과로 직행했다. 병원 거울에 슬쩍 비친 내 얼굴에는 핏기가 하나도 없었다.

진찰은 오래 걸리지 않았다. 급성 위장염이네요. 스트레스를 많이 받으셨어요? 요즘 뭘 어떻게 드신 건가요? 그렇게 묻는 의사에게 어물어물 말끝을 흐렸다.

요 며칠 빨간 음식을 좀 많이 먹긴 했는데……

어떤 거요?

닭발이나 떡볶이 같은 거…… 매운 라면 같은 거.

내내 그렇게 먹은 거예요?

내내는 아니고요.

나는 힘없는 목소리로 거짓말을 했다. 주사를 맞았고 수액을 한 봉지 처방받았다. 링거를 꽂고 침대에 눕자 잠이 쏟아졌다. 잠이 모자랐나. 매일 밤 이런저런 생각을 하면 파가 자꾸 맞장구를 쳐서 잠드는 시간이 조금씩 늦어졌는데 그것 때문인가. 무엇보다 야식 때문이겠지. 일탈을 너무 오래 즐겼지. 미처 반성을 다 하기도 전에 잠이 들었다. 두 시간을 깨지도 않고 잤다. 오래 꿈을 꿨다. 꿈에는 천희도 나도 나오지 않았다. 마음이 부드러워지는 것. 계란찜이나 수플레 팬케이크 같은 것이 나왔다. 폭신한 식빵이나 말랑한 치즈인지도 몰랐다. 그런 것 위에 누워 있는 기분이었다.

수액을 맞고 돌아와서, 나는 창가의 커튼을 걷고 방안을 환기하고 파 화분에 물을 주었다. 파의 머리 위로 물음표가 수십 개 떠 있는 걸 보고도 무시했다. 그리고 침대에 누워 나도 모르게 중얼거렸다. 파, 나 이제 천희 안 좋아한다. 진짜야. 파는 대답이 없었다. 파의 침묵에 나도 그냥 입을 다물려다가 충동적으로 한마디를 덧붙였다. 그런데 마지막으로 한 번은 천희 보러 가려고. 파가 번쩍, 눈을 뜨는 게 느껴졌다. 파는 울고 있었다.

파는 아무래도 나를 좀 오해한 것 같았다. 내가 천희를 너무 사랑해서…… 자살을 기도했다는 쪽으로 말이다. 파는 디즈니 애니메이션에 나오는 공주처럼 울었다. 아무리 봐도 그 무드였다. 죽은 야수를 끌어안고 눈물을 뚝뚝 흘리는 벨처럼. 벨이 정신없이 울며 사랑을 고백하고 눈물이 야수의 몸에 떨어지면 죽은 줄 알았던 야수는 눈을 뜨고…… 파는 뿌리까지 들썩일 것처럼 울며 나에게 애절하게 고백했다.

죽지 마, 진아야…… 천희 여자친구 없어. 도쿄에 안 갔어.

뭐라고?

나는 아직도 조금 경련이 이는 것 같은 위장을 끌어안고 몸을 일으켜보려고 했다. 그런데 그게 끝이 아니었다.

천희…… 오리야.

뭐?

청둥오리야. 너희 학교 호수에 살던. 매일 호숫가 벤치에 앉아서 샌드위치 먹던 사람을 좋아했어. 몇 년 동안 좋아했는데 어느 날 갑자기 그 사람이 사라져서, 자기가 사람이 되어 찾기로 결심한 오리라고.

학교? 내가 다닌 대학교 말하는 거야?

그래.

파가 들려준 이야기는 이상한 옛날이야기 같았다. 금기로 가득한 민담. 함께 살고 싶으면 뒤를 돌아보지 말라거나 백 일 동안은 남들 눈에 띄면 안 된다거나 하는 동서양을 막론한 금기로 가득한 이야기. 청둥오리가 인간에게 가서 고백을 하고 함께 살려면 천일 동안 노동을 해야 해서 천희는 삼 년이 넘도록 동대문에서 일을 했다. 대학교 오리라 젊은이들 스타일에 훤해서 그나마 할 만했던 일이었다. 천을 떼고 바느질을 하고 점심 국밥을 나르고 야식 배달을 하고 수선집 이모님들과 트로트를 듣고 도매상들과 흥정을 했다. 디디피 앞에 서 있는 커다란 인간 동상을 보며 간혹 이상한 기분에 휩싸였다고 했다. 아무리 봐도 사람은 다 달라서, 자신이 지금 다시 보러 가는 사람이 저 동상이랑 같은 종족이 맞나 싶어서 몇 번을 갸웃거렸다고. 내 얼굴이 가물가물할 때마다 그 대학교의 이름을 검색해 기사를 연도별로 훑었다. 그러다 야당과 대학 총장의 정치 비리 관련 교내 집회와 여총학생회장 삭발 기사를 발견했다고 했다. 거침없이 단발머리를 미는 손과 머리카락투성이가 된 반쪽짜리 삭발을 하고 조용히 눈물을 흘리는 여총학생회장이 커다랗게 나온 사진, 그 뒤에 아주 작게 내가 찍혀 있었을 것이다. 포커스가 나가 가물가물한 채로 울고 있었을 것이다. 나는 그럴 때 예외 없이 우니까. 호수에서 점심을 먹다보면 그런 집회를 항상 마주치곤 했으니까. 그 시간을 보내고 사 년이 훌쩍 지나 나를 만나게 된 것이다, 천희는.

파의 말을 듣자 천희를 보며 조금은 의아했지만 그냥 좀 특이한 애겠거니 하고 넘어갔던 것들이 이해가 되었다. 그러나 사람으로 변한 새의 특징이라고 하기에는 너무 별것 아니어서 혼란스럽기도 했다. 그런 것들은 너무 많다. 이를테면 천희는 언제나 조금 느렸고 세상 물정에 서툴러서 해맑다는 느낌을 주었는데 그 서툶이라는 것이 편의점 신상품을 오래오래 신기해한다든지 그런 걸 꼭 들어올려 360도로 돌려가며 구경하다 꼭 하나씩 떨어뜨려 주변의 걱정을 사곤 하는 것, 우유에 꽂을 빨대 대신 나무젓가락을 챙겨온다든지 커피 하나를 사면서 터무니없이 큰돈을 내거나 거스름돈을 잘못 챙겨도 모르는 수준의 서툶이었다. 젓가락질을 잘 못하고 고기를 잘 못 굽고 택시를 잘 못 잡고 지하철 노선을 모르고 무서워해야 할 걸 무서워하지 않고 무서워하지 않아도 될 것을 무서워하는 그런 수준의 것. 그건 인간인 나도 종종, 혹은 천희보다 더 자주 하는 짓이었기 때문에 그걸로 천희가 새인지 사람인지 알려야 알 수가 없었다. 다만……

힌트에 가까웠던 것들도 있다. 가끔 처음 만난 사람답지 않게 물끄러미 나를 바라보곤 했던 시선과 너를 보러 여기에 왔어, 같은 말들. 고방오리와 흰뺨검둥오리를 구분하고 서울의 지리를 천川 중심으로 알고 있는 것. 내가 만화를 그렸다는 걸 말하고 난 뒤 천희가 다음엔 뭐 그려? 하고 물었을 때 당황한 내가 아 지금은 좀 쉬며 새 이야기를 구상중이야 하고 대답하자 환해지던 얼굴.

  파는 믿을 수 없는 말을 했지만 그러고 보면 나는 처음부터 파의 말을 믿은 채로, 파의 말에 기대어 천희를 떠올렸다. 단지 내 평생 그런 지속적인 관심과 오랜 외사랑은 받아본 적이 없어서 조금 안 믿기는 얼굴로 되물었을 뿐이었다. 하지만 그게 어떻게 돼? 누군가가 보고 싶어서 몸을 바꾸고 살던 곳을 떠나는 일이? 믿고 싶었는지도 모른다. 누군가 나를 사랑해서 짓는 표정을 나만 못 보곤 한다는 것, 이 세상의 비밀은 어쩌면 그런 게 전부가 아닌가 하는 마음으로.

  동물들은 단순해. 새는 그리움이 큰 동물이잖아. 파가 너무 당연하다는 듯 말해서 나는 오, 하는 단음만 낼 수 있었다.

  천희는 도쿄에 안 가고 어디에 있는 거야? 청둥오리는 봄에 떠나는 철새 아니야?

  맞아. 그런데 요즘은 지구온난화 때문에 거의 다 텃새화되어서 잘 가지 않아.

  그럼 왜 떠나?

  죽으러 갔어.

  뭐?

  청둥오리 수명은 길어야 삼십 년이야. 천희는 꽉 차게 살았지. 세상이 좋아졌대봤자 이제 사오 년이야.

천희 어디로 갔어?

아마 월드컵경기장에 있을 거야.

경기장엔 왜?

불광천을 제일 좋아했거든.

불광천이라니. 월드컵경기장이라니. 그곳은 내가 대학교를 졸업하고 처음으로 혼자 살 집을 구한 동네였다. 천희, 잘 찾아왔구나. 정말이지 동물적인 감각이구나. 조금 웃겨서 속으로 동요를 흥얼거리기도 했다. 그것까지 파에게 들렸겠지. 이상하고 아름다운 도깨비 나라, 방망이로 두드리면 무엇이 될까. 그러나 이곳은 도깨비 나라가 아니고 내 집이고 내 방이고 천희가 걸어나왔다고 하는 곳도 영 다른 곳이 아니고 내가 다니던 학교의 호수요, 다시 새가 되어 죽으러 돌아갔다는 곳도 내가 거닐던 옛 동네의 천변이었다. 나는 이상하게 뭉그러진 마음을 부여잡고 파에게 물었다.

너는 그걸 다 어떻게 알아? 너는 누구야?

파는 으쓱하더니 대답했다. 나는 천희가 남긴 마음이야. 너랑 같이 있고 싶은 마음. 사람들은 그걸 미련이라고 부르지.

미련과 파가 무슨 상관이지? 그건 속으로 한 말이었는데 파는 언제나처럼 내 속엣말을 다 들었고, 가모가 네기오 숏테 구루(鴨が葱を背負ってくる), 노래하듯 외었다. 그런 건 또 어디서 들었는지. 투덜대는 내 마음을 또 듣고 파는 혀를 찼다. 오리가 파를 들고 온다, 몰라? 안성맞춤이라는 뜻이야. 안성맞춤이라고? 그래, 아아주

옛날부터. 옛날 어디? 옛날 일본. 아아…… 천희가 일본에서 살았다더니……

좋아하는 마음 때문에 새가 사람이 되고, 남은 미련이 파가 된다는 이야기는 어디서고 들어본 적이 없다. 저주를 받아 사람이 새로 변하는 이야기는 안데르센 명작 동화에서 본 것도 같고 그리움이 새가 되어 창가에 날아온다는 상상 정도야 국어교과서에서 봤다 쳐도. 그러나 이 모든 것은 내가 아는 이야기. 마음으로 파를 만든 이든 어떤 열망에 사람이 되었다가 어떤 계기로 다시 새로 돌아간 이든 그것은 모두 내가 아는 어떤 한 사람이고, 그 사람의 이름은 천희다.

나에게 진실을, 비밀을 쏟아낸 파는 안도의 한숨을 폭 쉬었다.

아…… 나는 너도 죽는 줄 알고.

내가 왜 죽어.

그럼 뭐야?

그냥 매운 걸 너무 많이 먹어서 쓰러진 거야.

그건 반쪽짜리 대답이었다. 나는 천희가 너무 보고 싶기도 했고, 그래서 좋아해 마지않는 짝사랑 얘기를 하느라 매운 걸 너무 많이 먹기도 했지만, 그래서만은 아니었다.

근데 있잖아. 내가 천희를 보고 싶어하면 나도 새가 될 수 있는 거야?

파는 골똘히 생각했다. 한참이나 말이 없던 파가 절레절레 고개를 저었다.

　아니. 너는 너무나 사람이구나.

*

　천희가 동대문에서 나에게로 오는 일에 몰두한 시기에 나는 다른 것에 몰두해 있었다. 누군가와 사랑을 이루는 일 말고 다른 걸 이루는 데에 온 정신이 쏠려 있었다. 처음엔 웹툰 사이트에 내 이름으로 만화를 발표하는 것이었고 그후엔 그곳에서 좋은 평가를 얻는 것이었다.

　연재처에 수십 번 시놉시스와 샘플을 보내다가 어느 날 한 곳에서 연재 제안이 왔을 때, 내 몸은 두려움과 기쁨과 떨림으로 크게 세 조각이 난 것 같았다. 그날 이후로 내 몸 안에 작은 알을 지니고 다니는 기분이었다. 둥글고 작고 단단하지만 연약한 것. 손에 쥐는 느낌이 흐뭇하고 어쩌면 이렇게 둥글까 대견하고 알을 잘 품어 데리고 다니면 나중에 무엇이 탄생할까 호들갑을 떨고도 싶은 것. 하지만 실수로 떨어뜨리면 깨져버리는 것. 천희의 비밀이 그런 것이라면 이해 못할 것도 없겠다는 생각이 들었다. 처음 내가 들었던 그 기쁜 소식 같은 거라면. 몇몇에게만 말할 수 있고 아주 놀라운 일처럼 보이지만 또 생각해보면 그렇게 놀라울 일도 아닌 것.

그리고 그렇게 바라던 연재를 시작한 지 일 년 만에 나는 처참한 별점 평가와 각종 댓글에 시달리다가 작품 연재를 중단했다. 연재처에서 잘린 것도 아닌데 말이다. 그토록 있고 싶던 곳에서 스스로 나왔다. 더이상 이야기를 잇고 그림을 그리지 못하는 상태가 되었기 때문이다. 펜을 손에 쥐면 내가 봤던 온갖 댓글과 평가들, 힘이 없다느니 안타깝다느니 하는 말들이 머릿속에서 팝업 창처럼 떠올랐다. 빈혈 증상과 비슷한 기절 증상도 겪었다. 나는 결국 차단되기를 선택했다. 그날 이후로는 인터넷을 끊고 새로운 이야기를 일절 구상하지 않았으며 출퇴근하는 직장을 목표로 삼았다. 처음 이상 증세를 느낀 날 다급하게 들렀던 신경정신과에 주기적으로 들르게 되었다.

　　다른 사람이 되고 싶었다. 그렇게 말하면 누군가는 이름을 바꾸면 되는 일 아니냐고 했다. 어차피 익명인데 그림체로는 티가 나도 새로운 닉네임을 쓰고 스토리 작가로 활동하면 되지 않느냐고. 나는 대답했다. 그런 게 아니야. 그렇게 바뀌고 싶은 게 아니야. 그건 바뀌는 게 아니야. 다른 내가 되는 것이 아니라 내가 아닌 척하는 것은 싫었다. 나는 다른 사람이 되고 싶던 걸까, 다른 사람은 되고 싶지 않았던 걸까. 어쨌거나 결과는 하나였다. 나는 내가 가장 좋아하는 일에서 멀어지고 있었다. 몸을 바꾸거나 변신하고 싶은 마음은 나에게도 있었는데. 다만 그건 천희를 향한 것이 아니었다.

천희에 대한 부끄러움은 이런 것이다. 천희를 만날 즈음에는 천희 덕분에 두근거렸지만 온전히 천희 때문은 아니었다. 천희를 그리거나 천희로부터 비롯된 어떤 이야기를 그리고 싶었다. 나는 그때, 천희가 떠나간다고 했을 때, 슬픔과 동시에 안도감을 느꼈다. 올 것이 오고 말았다는 생각. 상대방이 떠나갔으므로 이제 나 혼자서 맘껏 이 마음을 부숴보고 분류해보고 들여다볼 수 있다는 설렘. 이상하게 그랬다. 저 훤칠하고 해맑은 남자와 어차피 잘 안 될 것 같고 그럴 거라면 내 그림의 재료가 돼라 하는 마음. 천희를 만나고 나는 몇 번이고 다시 이야기를 만들고 싶었다. 다시 뭔가를 하는 이야기. 이왕이면 내가 다시 누군가를 사랑하고 그도 나를 사랑하는 이야기. 나는 만화를 그리면서, 내가 본 숱한 작품들에 등장한 어떤 로맨스도 작가가 무심하게 이유 없이 연결시킨 것이 아니라고 믿게 되었다. 그리는 사람이 지닌 사랑받고 싶은 마음, 이어지고 싶은 마음이 형체를 지니게 된 게 아닐까 생각했다.

다른 사람은 몰라도 나는 그랬는데, 사랑받고 싶다는 마음이 있었는데, 그게 한 사람에게인지 여러 사람에게인지 정확하게 알 수 없었다. 어쩌면 양쪽 다인 것 같았다. 천희가 있을 때도 마찬가지였다. 나는 천희에게 사랑받기를 원하나, 천희에게 느낀 내 감정을 그린 이야기가 모르는 사람들에게 사랑받기를 원하나. 혹은 그 둘을 전부 원하나. 바보 같은 생각이래도 늘 그런 생각을 했다. 그 둘은 같은 장르가 아닌데 이상하게도 그걸 한데 놓고 내 마음을 달아보았다. 파가 맞았다. 천희가 나를 얼마나 그리워해서 사람이 되었든 천희가 새든 사람이든 내 마음은 그 정도가 아니다. 내 안에는 천희만을 바라보는 화살표 같은 건 없었다.

파와 함께 있을 때는 비교적 확실했다. 정답을 맞혔다는 느낌이 있었다. 나는 파를 웃기고 싶었고, 파가 웃는 정확한 포인트들을 발견했다. 파는 내가 하는 천희 이야기, 그러니까 내가 생각하고 결론 내린 천희에 대해 듣는 것을 좋아했다. 그리고 늘 조금씩 자라는 자신의 머리 꼭대기를 잘라 내가 먹는 음식에 넣는 것을 좋아했다. 내가 파를 위해 할 수 있는 일은 그 둘뿐이었다. 나는 다행이라고 생각했다. 이렇게 정확한 성취는 처음이야. 이 정도로 내가 뿌듯할 수 있어서 다행이야.

그런데 말이야. 그러다가 쓰러진 것이다. 파가 좋아하는 일을, 매일 새벽 맥주 몇 모금에 취해서 천희 이야기를 재구성해 늘어놓고 매운 것을 먹고 잠자리에 드는 일을 매일매일 하다가. 멈추지 않고 하다가. 위장에 탈이 나서 쓰러졌지. 이제 그러지 말아야지, 생각했다.

*

다음날 병가를 내고 옛 동네에 찾아갔다. 월드컵경기장 아래 천변을 따라 걸으며 천희를 찾아 두리번거렸다. 거의 디지털미디어

시티 근처까지 가서야 천희가 보였다. 웅장한 버드나무 밑에 놓인 벤치에 앉아 있었다. 카키색 목도리를 두르고 흐르는 개천에서 눈을 떼지 못하다가 가끔 두루미나 학처럼 생긴 목 긴 새들을 향해 중얼중얼 입 모양으로 뭔가를 말했다.

천희야.

멍한 눈으로 돌아본 천희의 표정이 기쁨으로 일그러지는 걸 본다. 내 얼굴도 비슷하겠지. 천희는 표정을 잘 숨기지 못하는 편이었다. 진아네, 하면서 천천히 일어나는데 내가 불쑥 나타났는데도 놀란 표정은 아니었다. 그저 무안한 표정으로 다 들었어? 하고 물었고 나는 아직 파리한 얼굴로 다 들었어, 대답했다. 한참을 나란히 앉아 버드나무 가지가 바람에 흩날리는 것을 보았다. 으슬으슬해지는 몸을 천희 쪽으로 바싹 붙이자 천희가 나를 돌아보고 소리없이 웃으며 자기가 두르고 있던 목도리를 나에게 둘러주었다. 그웃음에 이상한 배짱이 생겼다.

천희야, 머리카락 만져봐도 돼?

천희는 웃으며 고개를 끄덕였다. 나는 울긋불긋 갈색이고 붉은색인 천희의 머리카락을 쓰다듬어보았다. 닭살이 돋은(오리살이라고 해야 할지 고민이 되었다) 천희의 목덜미를 바라보다가 물었다.

천희야, 내가 너 그려도 돼?

천희는 내주던 머리를 들어 나를 보았다.

새로? 사람으로?

그대로. 새였다가 사람으로.

천희는 다시 고개를 끄덕였다. 예쁘게 그려줘. 그리고 다시 두 팔로 무릎을 끌어안고 팔 위에 머리를 살풋 올려놓은 채 나를 바라보았다. 진아, 다시 보니 좋네. 마음으로 보는 것 말고 눈으로 보니 좋아. 그러고는 졸린 듯 느리게 눈을 깜빡였다.

천희야.

응?

개인방송에선 뭘 했어?

사람처럼 사는 방법. 그런 걸 얘기했어.

그렇구나.

아빠가 없는 아이들을 위해 아빠가 가르쳐줘야 할 걸 대신 가르쳐주는 아저씨도 있대. 나도 그런 걸 했어. 사람이 된 새들에게 필요한 이야기들. 취직할 때, 학교는 어디 나왔냐고 물었을 때, 부모님은 무슨 일 하냐고 물었을 때, 그럴 때 대처 방법 같은 것.

어떻게 해?

대체로 없다고 해. 없는 거니까. 학적도 고등학교 중학교 때까진 별로 중요하지 않으니 원래 살던 물가 근처 학교 이름을 대라. 그런데 그러면 일터에서 무시당하기 십상이거든. 괴롭힘을 당하고. 돈도 떼이고. 그럴 때 당황하지 않고 노동청에 가는 법……고소장을 작성하는 법……

나는 천희의 어깨에 머리를 기댔다. 어어 그건 나도 알아야 하는 건데. 그렇게 농반진반 웃으며 말하고 싶었지만 아주 약간의 농담도 나오지 않았다. 나는 여전히 재미가 없단다. 변하지 못해. 앞으로도 그럴 거야. 그 말은 하지 않고 그저 천희야 만나서 좋다, 하고 말했다. 산책로에 닿아 있는 강물에 발목을 담근 채 꼼짝없던 목이 긴 새가 홀쩍 날아갔다.

나
주
에

대
하
여

너를 처음 봤을 때 들었던 생각은 어리다, 였다. 어리구나. 한 눈에 봐도 알 만큼 어리다. 매끄러운 볼과 초조한 눈에서, 붉은 손 끝에서 알 수 있었다. 아직 빛이 죽지 않은 가방과 닳지 않은 로퍼 에서 알아봤던 것 같기도 하다. 코트 역시 낡은 데 없이 깨끗했다. 정돈하는 습관, 깔끔한 성격. 이어 생각했다. 나와는 다르구나. 옷 을 함부로 던져놓고 신발을 험하게 신는 나와는, 너는 다르다.

너는 나와 파티션 하나를 사이에 두고 마주앉는다. 네가 두드리 는 키보드 소리, 작게 내쉬는 한숨소리, 손끝으로 톡톡 책상을 두 드리는 소리를 듣는다. 가끔 기지개를 펴는 너의 꼭 쥔 손끝이 보 이기도 한다. 나는 네가 놀랄 걸 알아서, 언제나 자리에서 너무 벌 떡 일어서지 않으려고 노력한다. 너는 두 달쯤 전에 그 자리로 왔다. 프린터에 토너를 채워넣는 일, 사무실의 비품을 주문하는 일, 냉장고를 청소하는 일이 너의 몫이 되었다. 줄기차게 오는 문의 전화는 나누어 받는다. 네 덕에 나는 끝없이 제안 메일을 쓰고 끝없이 제안 메일을 받는 일에 조금 더 집중할 수 있게 된다. 여전히 내 담당인 일은 사이즈별로 박스와 봉투를 주문하는 일, 서고에서 출고 받은 책들을 사무실로 가지고 올라오는 일, 커피머신에 원두와 물을 채우는 일이다. 너는 이 회사에서 가장 어리다. 네가 오기 전까지는 내가 가장 어렸다.

싹싹하고 겸손한 너를 좋아하는 사람이 있는 반면, 너를 싫어하는 사람도 있다. 이를테면 홍보팀의 K. 걔 재미없어, 착한 척하는 건지 착한 건지는 모르겠는데 뻔한 소리만 하고 같이 얘기하면 재미가 없어. 그렇게 말한 적이 있다. 그런 논평도 귀찮다는 듯. K의 말에 내가 뭐라고 했을까. 좋은 사람 같던데. 잘할 거 같던데. 그렇게 우물거렸을 것이다.

너에 대한 K와 나의 평가는 상반되었지만 완전히 다른 말은 아니었다고 생각한다. 너는 착하다. 늘 오래 생각하고 살피려는 태도가 배어 있다. 함부로 말을 하지 않고 대답하기 전엔 항상 활짝 웃는다. 무례하고 기분 나쁜 문의 전화도 최선을 다해 상냥하게 받는다. K는 그런 너의 모습을 두고 일 년도 안 돼서 긴장 풀릴 거야, 어떻게 평생 저렇게 받아? 하고 퉁명스럽게 말한 적이 있다. 그러나 아닐 것이다. 일 년이 지나도, 이 년이 지나도 너는 상냥할 것 같다. 아주 가끔 울거나 짜증을 내겠지만 그것마저 전화를 끊은 후에 내색할 것이다. 그러나 일 년이 지나고 이 년이 지나서도 네가 이곳에 계속 다니고 있을까? 이 작고 구질구질한 곳에. 너는 아마 육 개월 만에 이 회사에서 네 능력만큼 대우받고 있지 못하다고 느낄지도 모른다.

나는 너의 모든 행동이 부드럽고 나긋하다고 느끼지만 그 안까지 부드럽지만은 않다고 여긴다. 의외로 뾰족한 구석들이 있다. 그러나 그것들은 바깥을 향하는 게 아니라 너의 안쪽을 향한다. 너는 외모에 콤플렉스가 있다. 거래처 강부장은 새로 들어온 네가 인사를 하자 시집 좋은 데로 가게 생겼네, 라고 말했다. 강부장은 자신이 그런 말을 하면 듣는 아가씨가 아니에요, 랄지 감사합니다, 랄지 인사를 하며 수줍게 웃는 훈훈한 광경을 연출하고 싶었을 테지만 너는 그 기대에 부응하지 않는다. 대신 입술을 한번 오므린 뒤 천천히 말했다. 그런 건 외모 지적이 아닐까요, 하고 조용히. 너는 그 말을 끝내고 다시 입을 오므린다. 외모 지적이 아니라 성희롱, 이라고 말하려다가 내뱉는 찰나에 바꾼 것 같다. 나는 네가 솟아오른 광대뼈와 낮은 코에 콤플렉스가 있다는 걸 안다. 너는 고민하거나 생각에 잠길 때면 자신도 모르게 두 손바닥으로 뺨을 가리는 척하면서 광대뼈를 누른다. 완벽히 가리고 싶다는 듯 지그시, 오래.

네가 생각보다 외모에 신경을 많이 쓴다는 걸 알게 된 것은 내가 너를 일주일에 다섯 번이나 보기 때문이다. 일주일에 다섯 번을 봐야만 하는 사이는 생각보다 시시콜콜한 걸 (싫어도) 알게 되는 사이다. 첫 이 주 동안에는 눈치채지 못했다. 처음에 나는 네가 집착하듯 관리하지 않아도 원래부터 세련되게 빛나는 사람이라고 느꼈는데, 일련의 종종거림을 파악하게 된 건 삼 주째부터다. 너는 생각보다 너의 외모에 닿을 타인의 시선에 민감하다. 나는 내가 원하지 않아도 네가 아침마다 공들여 눈썹을 그리고 광대뼈 옆에 음영을 넣는 걸 알게 된다. 그렇게 한 화장이 마음에 들지 않거나 시간을 덜 들여 좀 부족하다고 느낄 때 네가 끊임없이 바지 주머니에서 조그마한 손거울을 꺼내 얼굴을 비춰보는 걸 알게 된다. 그러나 그날 너의 화장이 잘 되었건 잘 되지 않았건 너는 세련됐다. 나는 눈썹 정리든 기초 화장이든 아이라인이든 립스틱이든 완벽하게 해내는 날이 별로 없으며, 자주 부스스한 꼴로 회사에 오는 나를 네가 가끔 부러워하는 동시에 가끔 이해하지 못한다는 걸 알고 있다.

너의 머리 모양은 가장 긴 머리카락이 턱 끝까지 오고, 뒤통수로 갈수록 짧아지는 숏컷이다. 어쩐지 결연하게 자른 것 같지만, 동그랗게 컬을 넣은 뒤통수 쪽 때문인지 그 모양은 의외로 너를 좀더 유해 보이게 만든다. 언젠가 내가 머리 잘 어울려요, 라고 말을 건네자 너는 어릴 때는 머리 자르면 큰일나는 줄 알았어요, 맨날 자를까 말까 고민하고, 치렁치렁 기르고만 있고, 하며 웃었다. 그 말에 나는 자를 때가 지난 앞머리를 대충 쓸어넘기며 생각했다. 여전히 그렇게 생각하고 있구나. 저렇게 짧게 머리를 자르는 일이 네 인생에서 여전히 큰일이구나. 너는 덧붙인다. 페미니스트가 되려면 멀었죠.

나는 네가 양치질을 하며 다른 한 손으로 종종 콧대를 높이려는 듯 코를 쥐고 있는 것을 목격한 적이 있다. 내가 컵을 들고 화장실에 들어서자 너는 화들짝 놀라서 가장 먼저, 코에서 손을 뗐다. 그리고 고개를 숙여 인사한다. 입안 가득 치약 거품 탓에 소리는 내지 못하지만 네 목소리가 들리는 듯하다. 선배, 안녕하세요.

매일매일 점심을 함께 먹으며 너와는 거의 이야기할 일이 없었다. 질문은 주로 다른 사람이 했다. 편집부장님이나 관리부장님 같은 분들이. 어디에 사느냐, 출퇴근은 힘들지 않느냐, 전 직장은 어땠느냐, 거기에 근무하는 누구를 아느냐. 질문이 슬슬 떨어지기 시작했을 때, 그러니까 출근한 지 이 주가 지났을 때 너는 일주일에 며칠은 점심에 운동을 한다고 했다. 무척이나 송구한 표정으로 점심을 따로 먹게 되어 죄송하다고, 수영을 시작했다고. 그게 놀라워 계속 감탄을 하고 있는 나에게 너는 몇 번이고 아니에요, 아니에요, 했다. 덕분에 너와 함께 점심을 먹는 날이 일주일에 두 번 정도로 줄었다.

*

　나는 너를 안다. 사실은 네가 이 회사에 지원한 두 달 전보다 훨씬 전부터. 네가 입사하기 전부터 입사할 때까지 빠짐없이 너를 알고 있다. 그러니까 네가 SNS를 그만두지 않는 한 나는 너를 추적한다. 그것은 너무나 쉽고, 하나도 어렵지 않고, 그러니까 일도 아니다. 그건 내 삶이다. 어느 순간 삶이 되었고, 여전히 삶으로 자리 잡고 있다.

　너는 내 애인의 전 여자친구다. 너의 이름은 예나주. 대기업 마케팅부에 근무하다가 두 달 전 인문서적 출판사 영업부로 이직했다. 트위터 아이디는 @yeah_naaj로 인스타그램 아이디와 같다. 페이스북 이름은 Najoo-yeah, 블로그 주소는 /nobodybut13. 내가 아는 너의 채널은 여기까지였다. 이 정도로도 충분하다고 생각했는데 입사 후 너의 채널 목록에 유튜브가 추가되었다. 유튜브 주소는 외울 필요가 없다. 너의 모든 나머지 채널 소개 글에 링크로 달려 있다. 클릭만 하면, 네가 운영하는 동영상 채널로 이동할 수 있다. 내 애인과 너는 삼 년 전 헤어졌다. 나는 애인과 삼 년 전에 만났다. 내 애인은 나와 만나기 위해 너와 헤어졌을 것이다.

　입사지원서에서 너의 이름을 발견한 순간 나는 너를 알아보았다. 너는 최종 명단 두 명 중 한 명이었고 네가 뽑힐 확률이 제법 높았다. 나는 그걸 슬쩍 옹호하기까지 했다. 무슨 마음인지 모른 채로. 나는 너를 어떻게 대해야 하는지 생각했다. 영향을 미치고 영향을 받고 싶은 마음이 드는 건 왜인지에 대해. 먼 곳에 있는 너를 당겨 이곳에 놓고 살피고 싶었다. 그 욕망은 더 잔잔히 끈질겨져서 결국엔 너의 마음에 들고 싶었다. 너를 좋아하고 싶었다. 그 마음이 도대체 무엇인지에 대해 생각했다. 너를 좋아하고 싶다는 강렬한 마음이 진짜인지 가짜인지 알 수 없었다. 위선인지 위악인지 가릴 수 없었다. 다만 이것은 이상한가? 라고 물었다. 아닐 거라고, 똑같은 상황에 데려다놓으면 나와 똑같은 욕망에 사로잡히는 사람들이 있을 거라고 나는 믿는다.

나는 네가 다시 규희 같은 남자를 찾아내 연애를 하고 있다는 걸 알고 있다. 너의 블로그에 종종 '애인에게 받은 꽃' '생일이라 비싸고 좋은 식사. 고마워' 따위의 구절이 올라왔기 때문이다. 알고 있으면서도 묻는다. 너와 너의 애인이 궁금하다. 너의 현재가, 현재의 사랑이, 현재의 사랑의 고민거리가 궁금하다.

나주씬 애인 있나요? 이런 거 물으면 실례인가요?

아니에요. 괜찮아요. 남자친구 있어요.

오래 만났어요?

아니요, 한 일 년 정도…… 선배는요?

저도 있어요. 남자친구.

와, 어떤 분이실지 궁금해요.

걘…… 재미없어요. 섹스도 안 좋아하고. 애인이 벗어도 하고 싶어하지도 않고. 그런 액션이 없으니까 진짜 심심하더라고요.

선배 너무 재밌어요. 저는 그렇게 말 못하는데.

너는 정말 재밌는지 입을 크게 만들고서 웃는다. 그리고 덧붙인다.

음, 이런 말 주제넘을 수도 있긴 한데 남자친구분 이해가 갈 것 같기도 해요. 사실 저도 별로 해야 할 필요를 못 느끼거든요.

안다. 나는 너를 너무 많이 안다. 규희와 너는 그런 사람들이지. 너희들은 신앙이 깊은 연인이었고 성애나 성욕은 학문적 관심사에 불과할 뿐이었다. 섹스는 필수 요소가 아니었다. 손을 맞잡거나 가볍게, 장난스럽게, 진하게, 신중하게, 무드 있게 입을 맞추면 됐다. 너희 사이에 스킨십은 그거면 완벽했다. 너와 규희는 모두 '끝까지 간다'는 표현을 혐오했다. 성기 결합이 섹스의 전부인 줄 아는 덜떨어진 애들이나 그런 말을 쓴다고 생각했다. 그런 상스럽고 거친 말로 생각하진 않았겠지만 내 식대로 표현하자면 그건 그런 생각이다.

진지하고 신중한 태도. 너의 모습에서 가장 자주 느끼는 그 태도는 규희가 추구하는 태도였다. 너는 규희가 추구하는 여자였다. 그런데 규희는 왜 나에게로 왔나. 나는 규희와 만나는 내내 그게 궁금하고 불쾌했다. 신선했겠지. 아니면 내 어떤 면을 높이 살 만하다고 평가했거나. 그거면 됐다고 판단했던 건지도 모른다. 그때는. 우리는 자주 착각을 하고 사람을 잘못 보니까. 연인이 된 이후에 규희의 성욕 없음 때문에 나는 종종 무안해졌다. 입을 맞추고 혀를 밀어넣는 나에게 규희는 단호한 표정으로 그렇게 말한 적이 있다. 키스만 해. 키스까지만 해.

나도 나랑 하기 싫다는 놈이랑은 안 하고 싶어, 라고 쏘아붙였지만 달리 다른 남자도 없었으며 다른 남자가 필요한 일도 아니었다. 나는 규희가 좋았고, 성기를 내 안으로 넣는 게 좋았고, 사람과 하지 못한다면 기구가 있지 않느냐고 묻는다면 플라스틱이나 고무는 싫었고, 그랬을 뿐이다. 나는 사랑하는 남자랑 하는 게, 규희랑 하는 게 좋았을 뿐이다. 그래서 규희가 섹스를 되게 잘했냐하면 그건 정말 아니고…… '발기된 성기를 질 안으로 집어넣는 섹스를' '규희랑' 하고 싶었다고. 그뿐이다. 이외에는 설명이 안된다. 나는 자주 의아했다. 그 단순한 설명이 왜 규희한테는 납득이 되지 않았을까. 규희는 왜 나를 '스스로를 페미니스트라고 생각하면서 성기 결합 섹스에 미쳐 있는 이해 못할 애'라고 생각했을까.

물론 이 표현도 규희 필터를 거치지 않은 나의 표현일 뿐이다. 규희가 알면 펄쩍 뛸지 모른다. 아니라고, 절대 그렇게 생각한 적 없다고, 자신을 그렇게 몰아가지 말라며, 그저 조금 이해가 되지 않았을 뿐이라고 반박하며. 하지만 그런 건 소용이 없다. 규희의 목소리가 들리는 듯하다. 약간, 이해가 안 돼. 조심스러운 말투.

그러나 규희는 내내 착각하고 있었다. 말투가 조심스럽다고 파괴력을 지니지 않은 건 아니다. 너만큼 모든 걸 이해하려고 하는 사람이 하필 자신의 애인을 향해 약간, 이해가 안 돼, 라고 말한다는 건…… 그리고 내가 그 말뜻을 모를 거라고 생각하는 건, 나에 대한 기만이다. 너를 사랑하고 너를 관찰해온 나에 대한 어처구니없는 기만.

*

나는 네가 운영하는 모든 채널을 안다. 네가 분리해서 보이는 전시욕과 표출욕을 모두, 까지는 아니더라도 상당 부분 알고 있다. 나는 아마도 너의 가장 열렬한 추종자다. 너는 모든 SNS를 그 포맷에 맞게 사용할 줄 안다. 인스타그램에는 긴 설명을 덧붙이지 않고 한두 문장 정도를 남긴다. 사진은 주 2회 정도 올라오는데 평일에는 거의 올라오지 않고 주로 주말 이틀 동안 보거나 읽거나 먹거나 갔던 것에 대한 사진이 올라오는 편이다. 인스타그램에서 너의 자아는 산뜻하고 질척이지 않는다. 담백하면서도 진지하다. 특히 좋아하는 책이나 작가에 대해 남긴 글을 보면 그 한두 문장뿐인 짧은 글도 얼마나 고심하고 고쳤는지 알 수 있다.

페이스북에서 너는 좀더 사적이다. 오프라인에서 알고 지내는 사람을 기반으로 한 매체라는 생각에서인지 개인적인 행사나 사소한 단상 같은 것도 자주 남기는 편이다. 접속하는 횟수는 주 0회에서 3회 정도. 그러니까 일주일 내내 아예 접속하지 않는 주도 있고, 하루에 짧은 글을 두 개 내지는 세 개 연달아 올리는 주도 있는 것이다. 그중 몇 개는 인스타그램과 연동이 되어 이미 인스타그램에서 본 것일 때가 있다. 너의 페이스북에는 너의 대학 졸업식, 친구들과 만나 본 영화나 연극에 대한 다소 긴 리뷰, 인터넷 서점 이벤트에 응모하기 위해 공유한 홍보물, 창경궁이나 경복궁으로 나들이를 가서 친구들과 함께 찍은 사진 들이 있다. 그러나 그 게시물들 역시 일 년 반 전에 게시된 것들이다. 어떤 날짜를 기점으로 인스타그램에는 올라온 사진이 페이스북에는 없다. 너는 아마도 일 년 반 전 페이스북에서 완전히 인스타그램으로 넘어온 것 같다.

그리고 블로그. 나는 규희의 블로그를 통해 너의 블로그를 찾아냈다. 너는 블로그를 이제 거의 사용하지 않는다. 두 달에 한 번, 세 달에 한 번 불쑥 글이 올라오는 식이다. 그마저도 시간이 지난 후에는 삭제하거나 비공개로 돌린 탓에 사라져 있는 경우가 많다. 우리 회사로 이직이 결정된 후, 출근을 기다리는 동안 너의 블로그에는 이런 글이 올라왔다. '쫓기는 꿈을 꾼다. 건물에 갇혀 쫓기는데 건물은 내가 아는 건물인 것 같고 나를 쫓는 게 누구인지는 모른다.'

블로그는 인스타그램이나 페이스북보다 연결되어 있는 친구들의 수가 현저히 적고, 너는 딱 그만큼 더 솔직하다. 너의 블로그에는 인스타그램이나 페이스북에는 없는 게 있다. 그건 바로 짧은 다짐들이다. 머릿속에 떠오른 다짐들을 잊지 않기 위해 너는 블로그를 메모장 삼아 쓰는 듯하다. 너의 다짐은 대체로 이런 것들이다. 겸손할 것. 상대를 존중할 것. 실패하기를 두려워하지 않을 것. 계획대로 되지 않는 것을 두려워하지 말 것. 너는 겸손하고 상대를 존중하지만 세운 계획이 어그러지거나 실패하는 걸 두려워하는 사람이다.

그리고 인스타그램, 페이스북, 블로그를 모두 보다가 보다가 보다보면, 어김없이 규희의 흔적을 찾을 수 있다. 나는 매번 똑같은 짓을 반복한다. 더이상 업데이트가 되지 않더라도 규희의 흔적이 나타나는 곳까지 거슬러올라가서 규희가 단 댓글, 규희가 나온 사진, 규희가 태그된 게시물을 만나고 나서야 너의 채널에서 빠져나온다. 두근거리는 심장과 열에 달아오른 두 뺨을 하고서.

개인 SNS보다 본격적으로 운영하는 너의 채널들도 있었다. 유튜브와 팟캐스트였다. 유튜브에서는 네가 다녀온 짧은 여행을, 커피 맛이 유난히 좋았던 카페와 커피잔이나 티스푼처럼 작고 쓸모없고 예쁜 것들을 파는 잡화점을 소개했다. 여행지에서는 꼭 그곳에만 있는 독립서점에 들러 포스터와 엽서를 산다고 했다. 너는 집으로 돌아오면 그곳에서 산 엽서나 포스터를 네 방 벽 한쪽에 붙이는 것으로 여행 영상을 마무리하곤 했다. 유튜브 영상 덕분에 나는 너의 부엌도 알게 되었다. 간단하게 저녁이나 간식을 만들어 먹는 모습도 종종 나왔기 때문이다. 너는 성실하고 부지런한 사람이었다. 직장에 다니면서도 가죽 공예나 요가나 수영을 배우러 다니는 사람. 잊지 않고 화분의 물을 갈고 잎을 닦는 사람. 베개와 이불의 커버를 바꾸는 사람. 자신의 일상을 카테고리별로 잘라서 기록해두는 일에 능숙한 사람. 네가 사는 공간도 잘 분리된 너의 SNS 채널들처럼 잘 정리되어 있었다. 늘 쓸고 닦고 포스터를 바꾸어 붙이는 모습에서 알 수 있었다.

팟캐스트에서는 고전문학을 소개했다. 거기에서 너의 닉네임은 '마케터 N'이었다. 서너 명의 진행자가 돌아가며 주제를 정하고 그 주제에 맞는 고전문학을 소개하는 팟캐스트였다. 어느 팟캐스트가 포화 상태가 아니겠느냐마는 책을 소개하는 팟캐스트도 포화 상태가 된 지 몇 년째였다. 너와 네 팟캐스트 동료들은 딱히 욕심이 없어 보였다. 그래도 이백 명 정도는 꾸준히 그 방송을 듣고 있었다. 게시하고 시간이 지날수록 유입이 줄어드는 걸 감안했을 때, 유명하다고는 할 수 없지만 책 읽기를 좋아하는 사람들의 검색에 한 번쯤은 걸렸을 것 같은 방송이었다. N의 목소리는 늘 오프닝에서는 조금 떨렸지만 오 분 정도가 흐르면 자연스러워졌다. 시옷 발음이 약간 샜고(그 공기 소리가 좋았다), 니은과 리을을 또박또박 구분지어 발음하려다가 오히려 부자연스러워지는 부분들이 간간이 있었다. 대본을 미리 작성했을 텐데도 퇴고할 때 너에게는 거슬리지 않았는지 '했구요'로 끝나는 문장이 상당히 많이 남아 있는 편이었다. 너의 리스트는 이랬다. 『댈러웨이 부인』 『삶의 한가운데』 『모래의 여자』 『포스트맨은 벨을 두 번 울린다』.

나는 네가 뒤라스의 『연인』은 리스트에 넣고 나보코프의 『롤리타』는 넣지 않아서 너를 좋아했다. 나는 너의 취향을 대부분 신뢰했다. 종종 너무 선하고 아름다운 것들만으로 일상을 구성하고 편집하고자 하는 욕망, 그리고 (의도하든 의도하지 않았든) 스스로의 약한 면에 대해 자주 이야기하고 상처받는 일에 익숙해지지 않는 스스로를 전시하는 것 같다는 느낌을 받을 때도 있었지만 네가 가진 다른 부분에서 느낀 호감이 그 작은 부분들을 상쇄시켰다.

나는 네가 왜 좋았을까. 그저 규희의 전 애인이라서? 규희가 너를 자기가 만났던 어떤 사람보다 완벽한 파트너라고 평했기 때문에? 그런 말을 남기고 규희가 죽어버려서? 규희는 죽고, 규희를 공유했던 너만 남아 있어서?

규희를 훨씬 자주 떠올리는 건 규희가 죽은 이후부터다. 규희가 살아 있을 때보다 훨씬 더, 폭발적이고 끈기 있게 규희에 대한 힌트를 찾았다. 규희가 살아 있는 동안의 흔적을 찾고 찾다가 나는 너를 발견했다. 그리고 너를 생각했다. 네 채널들에 접속해 너의 일상을 보고, 규희의 흔적을 찾고, 빠져나온다. 그것은 나의 삶이었다.

나는 너에 비추어 나를 생각했다. 네가 자주 올리는 사진들과 내가 올리는 사진들은 어떤 차이가 있는지. 남이 찍어주는 너는 대부분 어떻게 나오고 남이 찍어줄 때의 나는 대부분 어떤 모습인지. 너는 도드라지는 광대가 콤플렉스였고 그래서 사진을 찍힐 때면 두 손으로 뺨을 가리곤 했는데, 그런 너의 사진을 볼 때면 나는 광대 같은 건 하나도 보이지 않았고 오로지 너의 손만이 보였다. 그런 식으로 너의 콤플렉스를 아는 만큼 나의 콤플렉스도 알았다.

나의 콤플렉스는 손. 누군가가 찍어준 사진들 속에서 나는 언제나 주먹을 꼭 쥐고 있었다. 웃을 때도, 이야기를 할 때도, 먼 곳을 쳐다보고 있을 때도. 심지어 한 손으로 책장을 넘길 때에도 다른 한 손은 꼭 주먹을 쥐고 있었지. 엄지손가락 때문이었다. 그게 콤플렉스였다. 나는 주먹을 쥘 때 엄지손가락을 집어넣고 나머지 네 손가락으로 그걸 말아쥐는 습관이 있었다. 날 때부터 뭉툭하고 못생긴 손인데다 어릴 때 왼손 엄지손가락을 칼에 깊게 베인 적이 있다. 손톱과 손끝이 갈라졌다가 다시 붙는 바람에 그 부위가 울퉁불퉁하게 부어오른 채로 남아버렸다. 그 흉터까지 포함하여, 내내 손이 콤플렉스였다. 콤플렉스는 무섭다. 습관처럼 몸에 붙고 입은 옷처럼 표가 나니까. 사진에 드러난 내 모습에서도 나는 보이지 않는 엄지손가락만 보고 있었다.

손으로 광대를 가린 너의 사진과 손만 가린 내 사진을 번갈아

보면 이상한 기분이 들었다. 참 다르네. 다른 사람이네. 너의 가느다랗고 예쁜 손을 보며 얼굴이 달아오르고, 너의 도드라지는 광대를 보며 다시 차분히 열이 내리는 일을 반복했다. 너는 내가 미워하는 사람이기도 하고 사랑하는 사람이기도 했다. 내가 사랑하는 동시에 미워하는 사람은 둘이다. 나 자신, 그리고 규희. 규희는 죽고 없으므로 이젠 나 하나뿐. 너는 나 같았다.

*

너에 대해 아는 부분이 있는 만큼 모르는 것이 있다. 네 SNS에 없는 내용을 나는 알지 못한다. 나는 네가 어째서 대기업 마케팅부를 그만두고 이 작은 인문서적 출판사의 영업부에 들어오게 되었는지에 대해서는 모른다. 우리는 둘뿐인 영업부였다. 이십 년차 부장님이 그만두었는데 회사는 적어도 팀장급을 뽑는 게 아니라 다른 업계 마케팅 경력만 있는 중고 신입인 너를 뽑았다. 다행인 건 네가 운전을 할 줄 안다는 사실이었다. 우리는 회사 차에 나란히 앉아 서점 영업을 돌았다. 멀미가 심한 나를 위해 너는 언제나 사탕을 준비해두었다. 나는 너에 대해 몰랐던 사실 가운데 상당 부분을 너와 함께 차를 타고 다니며 알게 되었다. 너의 SNS를 아무리 읽고 읽어도 모를 일들이 바로 옆자리에서, 너의 목소리로 들려왔다. 싹싹하지만 조심성 많고 상냥하지만 거리를 두는 너에게 특별한 대답을 듣지는 못할 거라고 예상하며 했던 질문이었다.

그런데 나주씨, 대기업이 많이 힘들었나요? 여기보다 훨씬 좋았을 텐데.

음, 하고 너는 눈을 크게 한번 굴렸다. 차는 신호에 걸려 있었다. 의도하지 않은 침묵과 유예의 시간이 지나고 있었다. 나는 딱히 대답을 기다리는 게 아니라는 태도로 창밖을 내다보았다. 흐리고 흐린 날이었다. 미세먼지가 심하네. 눈이랑 코랑…… 다 아프겠네. 괜히 차창을 건드리며 생각했다. 곤란하게 만들고 싶지는 않았는데. 곤란하게 만들고 싶지 않다는 마음은 너를 위한 것이 아니라 나를 위한 것이다. 나는 누군가를 곤란하게 하는 사람이고 싶지 않았으므로. 그 사람 좀 사람을 곤란하게 하더라, 하는 평은 듣고 싶지 않았다. 특히 너처럼 예의를 지키는 일이 각별히 중요하다고 생각하는 사람에게는.

한참 만에 차가 움직이고, 너는 입을 열었다. 정면을 주시하는 너의 얼굴에 그래 이 사람이라면 괜찮아, 말해도 괜찮아, 말하고 싶어, 하는 표정이 그대로 드러나는 듯해서 두려웠다. 듣게 될 말들보다 나에 대해 어떤 판단을 내리고 말을 꺼내기로 한 너의 결심이.

안 좋은 일을 겪었어요. 배운 대로 싸우며 견디고 싶었는데 마음이 많이 무너졌어요.

너는 일하던 팀에서 스토킹에 시달렸다고 했다. 상사는 거절할 수 없는 식사 약속을 제안하고 함께하는 프로젝트를 이 핑계 저 핑계를 대며 질질 끌었다. 퇴근하고도 끊임없는 문자와 전화에 너는 지칠 대로 지쳐버렸다. 회사 인사 관리팀에 정식으로 고발하고 문제 해결을 하고 싶었으나 성공한 전례가 없었다. 그리고 너는 싸울 힘도 없었다. 동기의 팔 할은 남자였고 몇 안 되는 여자 동기들도 전부 너의 말을 못 들은 척했다. 네가 인기 있다는 것을 자랑하려고 그런 말을 한다고 생각하는 사람도 있었다. 너는 회사를 그만두고 육 개월을 쉬었다. 육 개월, 그 시간 동안 너는 무슨 생각을 했을까.

그때 만났어요. 지금 남자친구요. 제가 동호회처럼 여러 명이랑 작게 팟캐스트를 한 적이 있는데, 거기서 만난 사람이거든요. 무기력한 저를 방 밖으로 끌어내줬어요. 그러고 보면 참 인연은 타이밍인 게…… 다른 때였으면 그런 사람 정말 무례하다고 생각했을 거거든요. 함부로 다른 사람의 공간에 침범하는 사람이요.

그랬구나.

나는 조용히 대답한다. 네가 그런 고백을, 힘들었을 이야기를 용기내어 하는 와중에도 나는 너에게 깃든 규희를 본다. 둘의 닮은 점을 찾는다. 무례하다, 함부로, 다른 사람의 공간에, 침범. 그런 말을 할 때 너는 너무나 규희 같다. 자기 공간을 소중히 하는 사람들. 오롯한 혼자를 내버려둬야 하고 스스로가 세운 원칙을 존중받아야 해서 섣불리 노크하거나 노크조차 않고 불쑥 가까워지려는 사람들을 경계하는 사람들. 스스로를 내향적이라고 소개하며 절대 먼저 뭔가를 제안하지 않는 사람들. 같이 저녁 먹을래요? 시간 되면 볼래요? 하는 말을 주로 듣는 쪽인 사람들.

나는 생애 전반에 걸쳐 그런 사람들을 부러워하며 원망했다. 내가 가지지 못한 성향을 가진, 내향 인간들을 항상 좋아하면서도 서운했다. 나는 매번 제안하는 쪽이었기 때문에. 사람을 천천히 알아가고 조심스럽게 가까워지고 싶다는 사람들의 팔을 붙들고 같이 시간을 보내자고 흔드는 쪽은 백이면 백 나였다. 그런 나도 좀 병적인가. 어느 모임에서나 그런 유의 사람들을 좋아해 서촌으로 커피 마시러 갈래요? 광화문으로 생선구이 먹으러 갈래요? 하고 물으면 그들은 언제나 사려 깊은 표정으로 아, 네, 좋아요, 언제든 단이씨 편하신 시간에…… 라고 대답해왔다. 거절이 아닌 것만으로 마음이 놓였지만 한편으로는 늘 속이 꼬였다. 너희들은 좋겠다. 우아하게 컨펌할 수 있어서 좋겠어. 누군가가 물어보면 음…… 하고 고민하고 마침내 네, 라고 대답할 수 있어서 좋겠다. 나도 그런 역할 좀 맡아보고 싶네.

규희도 그랬다. 나는 규희가 그래서 좋았고 그래서 슬펐다. 조심스럽고 조용한 성정. 나로서는 한 번도 살아보지 못한. 그런 성격으로 사는 일은 어떤 걸까 늘 상상하곤 했다. 규희는 나와 다툴 때, 그러니까 전적으로 나만 흥분해서 소리를 지르거나 인신공격을 할 때면 여러 말을 하지 않았다. 조용하고 낮은 목소리로 넘어오지 마, 하고 말할 뿐이었다. 나는 규희가 그렇게 말할 때마다 상처받았다. 너는 너만 그렇게 현명하고, 그래서 남이 들어오고 들어오지 말아야 할 선을 분명히도 알고 있고, 그걸 나만 모른다고 생각하지. 나만 너에게 더 가까이 가고 싶고, 네가 아무리 가까이 와도 전혀 상관이 없고, 오히려 더 깊이 너를 맞을 준비가 되어 있지. 사이란 건 그 선을 조정해가며 우리 둘이 만들어가는 걸 텐데 너는 이미 선이 있고 항상 단호하고 나는 선이 있던 적이 없으니까. 늘 한쪽만 맡는 일이란 전혀 유쾌하지 않았다.

그러고 보면 선배 제 남자친구랑 좀 비슷한 면이 있는 거 같아요.

무례하다는 면이?

농담이었는데, 네가 나를 선배라고 부르는 관계라는 걸 잊은 농담이었다. 너의 얼굴은 미안함과 아차 싶음으로 일그러져 있었다.

아니요, 아니요, 절대 아니에요.

운전대만 안 잡았다면 두 손 모아 싹싹 빌 것 같은 기세에 나는 당황해서 너에게 사과했다.

미안, 미안, 농담이었어요. 내 농담이 심한 거야, 진짜로, 나주씨 잘못이 아니라.

진짜 죄송해요. 그런 사람이 무례하다고 생각했다는 말…… 그렇게 생각했던 건 정말 옛날이에요. 지나면서 생각도 변했고, 선배를 절대 그렇게 생각하지 않아요. 정말이에요.

알아요. 내가 미안해요. 안 맞는 농담을 했어. 이상한 쇼맨십이 있어가지고. 웃겨야 될 것 같아서요.

너는 그제야 웃는다. 안도했는지 한 손으로 가슴을 쓸어내리는 액션을 취한다.

선배를 멋있다고 생각한 게 그런 점이었어요. 단숨에 다가와주는 면이요. 그거 제가 진짜 못하는 일들이거든요.

너는 네 환영회날 이야기를 했다. 작은 회사여서 회식도 자주 하지 않지만 아주 오랜만에 신입사원이 들어온 날이라 모처럼 전체 회식이 있던 날이었다. 삼겹살과 목살을 굽는 동안 삼십 분은 어색하다가 겨우 서로 대화를 나누겠지, 하고 지레 포기하고 있던 참이었다. 소주를 섞은 맥주를 몇 잔 마시자 앞에 앉은 사람에게 말을 걸고 농담이 술술 나온 것은 나의 오랜 주사이자 습관 같은 것이었다. 침묵을 견디지 못하는 습관. 앞에 앉은 사람의 웃는 얼굴을 보아야 마음이 놓이는 안달 같은 것.

저 어색하지 말라고 분위기 풀어주셨잖아요. 진짜 감사했어요. 선배가 저희 쪽 테이블에서 얘기하니까 다른 테이블에서도 얘기가 돌고, 다들 웃고. 선배가 주인공이어야 한다고 생각했다니까요.

나는 머쓱하다는 표정을 지어내며 너의 말을 듣는다. 기분은 좋았지만 한편으론 무슨 소린가 싶기도 하다. 나도 너처럼 우아하게 가만히 있어도 괜찮고 싶거든. 괜히 아무도 부추기지 않았는데 혼자 침묵에 불안해져 까불지 않고. 나도 누가 웃겨주면 웃고만 있고 싶다고. 내향 인간을 마주하고 속이 꼬인 사람처럼 또 그렇게 혼자 속으로 툴툴거렸다.

그렇게 떠들어놓고 사흘 내내 후회해요. 말이 또 많았구나, 쓸데없이 나댔구나, 내가 미쳤지, 하고요.

에이, 말도 안 돼요.

그렇게 말하다가 너는 고개를 흔들며 방금 한 말을 정정한다.

알 것 같아요, 그 기분. 저도 그래요. 맨날 후회해요. 말해놓고.

나는 나를 이해한다는 표정이 떠오른 너의 옆얼굴을 본다. 고개를 끄덕이며 마주 웃었지만 속으로는 여전히 약간 빈정거리는 중이다. 너희들이 그러는 건 잘 알아. 한마디 해놓고 안 해도 될 걱정까지 하는 부류라는 거. 너, 규희, 그리고 너희가 '우리랑 비슷한 사람들' '나랑 맞는 사람들'이라고 부르는 사람들 말이야. 그런데 너희 말고 내가 그런다고. 나도 그런 후회를 한다고. 너희는 나를 거의 사교 왕으로 생각하잖아. 그런 술자리나 모임 같은 일에 아무런 어려움이 없을 거라고 생각하고 너 없었음 어쩔 뻔했니! 하고 내 뒤로 숨잖아. 함께 있는 사람들이 웃어야만 마음이 편해서 매번 큰소리로 떠들지만 그것도 힘들다고. 나도 모르게 너와 규희 부류와 나의 부류를 나누어 생각하곤 했다. 혼자 반발심을 활활 태우고 또다시 혼자 꺼트리고, 그러길 반복했다.

지나간 너의 목소리를 머릿속에서 반복 재생한다. 제가 진짜 못하는 일이거든요. 못하는 일. 그러니까 그걸 할 수 있는 사람과, 진짜 못하는 사람이 있다. 그 차이는 뭘까. 너와 규희와, 그리고 나의 차이는 도대체 뭔가. 왜 규희와 너는 진짜 못하는 일을, 나는 종종, 자주, 제법 즐기며 하고 마는 걸까. 나는 규희가 사라지고 나서야, 여기에 없고 나서야 규희에 대해 더 많이 생각한다. 너를 이루는 조각과 내 조각들을 맞춰보고 비교한다. 화가 나서 던지기도 하고 소중하게 어루만지기도 하면서 기이한 모양의 성을 쌓는다. 그게 규희가 떠난 뒤 내가 유일하게 몰두하는 일이다.

미팅에서 만난 서점 담당자는 나에게 작게 알은척을 하고 내 옆의 너를 찬찬히 본다. 미팅이 끝날 무렵 테이블을 정리하며 그는 나란히 앉은 우리를 보고 두 분 느낌이 비슷하네요, 한다. 그 말이 칭찬처럼 들린 것은 나뿐이었을까. 고개를 돌려 옆에 앉은 너의 표정을 확인할 수 없었다. 정말 그랬을까봐. 네가 뜨악한 표정을 짓고 있을까봐.

회의실을 나오고 나서야 너를 본다. 긴장한 기색이 역력한 얼굴이다. 나는 근처에서 잠깐 커피를 마시고 들어가자고 제안한다. 네가 약간 망설이기에, 커피가 싫으면 따뜻한 차도 마실 수 있고 무엇보다 거기 찻잔이 진짜 예쁘다고 농담처럼 덧붙인다. 나는 네가 카페인에 약해서 하루에 여러 번 커피를 마시는 게 곤란하다는 걸, 그래서 카페인이 적은 홍차나 잎차를 선호하고 이미 몇 년 전 유행이 지나버린 노리다케 홍차 잔을 아직도 혼자서 좋아하고 있다는 걸 안다. 네가 좋다고 말하기를 기다리며 나는 데이트를 신청한 사람의 심정이 된다.

예상대로 카페에 들어간 너는 허브티를 주문하고, 허브티마저 티포트에 담겨 홍차 잔과 함께 정갈히 나오는 것에 감탄한다.

선배, 감사해요.

네가 웃으며 말한다. 음? 뭐가? 모르는 척 커피잔을 내려놓는 내게 너는 쑥스럽다는 듯 덧붙인다.

너무 잘해주셔서 뭐랄까…… 보상받는 느낌이에요. 정말 힘들었는데. 여기 와서 마음도 많이 편안해졌고. 하는 일도 좋고요. 열심히 할게요.

블로그식 말하기구나. 나는 너의 화두를 들으며 그런 것을 감별한다. 너는 점심시간에 네댓 명이 모였을 때 나누는 스몰토크로는 인스타그램식 말하기, 외근 나가는 길에 두셋이서 대화를 나눌 땐 트위터식 말하기, 그리고 예외적으로, 아주 가끔 생기는 이런 둘의 시간에는 블로그식 말하기를 한다. 나는 그 말에 보답하듯 짧은 시간이지만 내 눈에 비친 너의 모습에 대해 말한다. 진지하고 열정이 있는 좋은 사람처럼 보인다고. 그러나 때론 안 해도 될 생각과 고민에 몰두하는 것처럼 보인다고 얘기하자 너는 곧바로 진지한 표정이 된다. 타인의 평가를 기억해뒀다가 몇 번이고 곱씹으려는 듯한 태도에 나는 대화의 방향을 튼다. 보다 사적이고 쓸모없는 이야기로. 내가 겪었던 학교생활과 회사생활에 대해 길게 털어놓자 너는 점차 편안해지는 것처럼 보인다. 더이상 머리 모양이 단정하게 잘 있는지, 화장이 망가지지 않았는지, 광대가 도드라져 보이진 않는지, 이 선배가 나를 어떻게 생각하는지에 대한 경계 없이 너도, 자신에 대해 말하기 시작한다. 전 회사에서 가시적으로 드러난 갈등 이외에도 너는 요 근래에 네가 겪고 생각했던, 눈에 보이지 않고 일상적으로 스스로를 옥죄고 있는 듯한 부담과 심리적 억압에 대해서 털어놓는다.

나주씨 장녀예요?

너는 고개를 젓는다.

대부분 그렇게들 많이 말하는데, 아니에요. 둘째딸이고 막내예요.

너의 얼굴에 떠오른 익숙하다는 표정을 조금 오래 바라본다. 나는 네가 장녀가 아니라는 걸 알고 있으면서도 그렇게 묻는다. 그런 물음이 익숙한 사람에게는 그냥 그렇게 묻는다. 그런 오해에 대해 설명하고 싶고 자신이 지닌 그런 분위기를 조금은 자랑스러워한다는 것을 안다. 그런 건 왠지 SNS를 보지 않아도 알 것만 같다. 막내인 사람에게 장녀인 줄 알았어, 하는 말이 좋게든 나쁘게든 그 사람의 어떤 점을 건드리는지. 그 점에 대해서 얼마나 말하고 싶어하는지도. 나는 노력하지 않아도 네가 말하지 않고 못 견디는 대화 주제를 꺼내게 된다. 왜 이렇게까지, 자꾸 네 마음에 들고 싶을까. 너를 안다고 자랑하지 않고는 못 배기는 이 유치한 마음은 뭘까.

너는 너에게 감정적으로 의존하는 엄마와 분리되는 일이 너무

나 어렵다고 말한다. 먼저 그렇게 마음먹기까지 수없이 약해지는 마음을 다잡는 일이, 그리고 가까스로 독립을 목표로 착실히 자금을 모으겠다고 결심했지만 작년 그 일 때문에 다시 독립에 대한 열망이 사그라진 일에 대해.

그런 무서운 생각도 들어요. 결국 결혼해야 떠날 수 있나 하는.

결혼. 나는 그 단어에 붙들린다. 너는 그러니까, 나아가고 있다. 자신의 과거를 집착하듯 살피지만 어쩔 수 없이, 또다시 착실하게 미래로. 너는 과거에 머무르는 사람이 아니다. 오지 않은 미래를 대비하는 사람. 그런 너의 건강함에 훼방을 놓고 싶었는지 나는 결국 그 날짜를 묻는다. 전혀 의도할 수 없이 뀌어지는 방귀나 나름대로 착실히 의도했지만 어설프게 매설된 덫, 그중 어느 쪽일지 모를 질문을 한다.

나주씨, 작년 2월 1일에 뭐했어요?

글쎄요…… 기억이 잘 안 나요. 왜요? 무슨 날이에요?

아니요, 그냥. 곧이니까.

참, 그러고 보니 페이스북에는 그런 게 꼬박꼬박 뜨죠. 그거 가끔 보면 재밌더라고요.

식은 커피를 입에 머금고 나는 동의의 뜻으로 고개를 끄덕인다. 손목을 들어 시계를 보고, 커피잔을 내려놓는다. 내 몸짓을 신호로 우리의 티타임은 끝난다. 내가 하고 싶은 이야기는 오늘도 하지 못한 채.

나는 내내, 줄곧, 너에게 하고 싶은 말이 있다. 내가 아는 너의 이야기 말고, 네가 좋아하는 대화 주제 말고, 너와 다른 이야기를 하고 싶다. 그게 내 솔직한 마음이다. 너와…… 나누고 싶은 이야기가 따로 있다. 누구에게도 하지 못한 이야기. 너에게만 할 수 있는 이야기. 나주씨. 나주씨 그거 알아요? 그거…… 있잖아, 규희가 죽었어. 널 떠난 남자 말이야. 널 떠나 나에게로 온 남자. 본가로 가던 길이었어. 너는 그날 뭐했니? 왜 버스 사고가 났는지는 모르지. 사고는 늘 나고, 규희는 그저 거기에 있었을 뿐이겠지. 그렇게 신을 믿었고, 그래서 언제나 죽는 걸 무서워하던 애였는데 진짜로 죽으니 좀 말도 안 되는 것 같더라. 규희가 살아온 모든 게 복선 같고, 이상했어.

우린 달라. 규희는 나와의 관계가 익숙해질 무렵 입버릇처럼 말했어. 다르지만 좋아. 내 얼굴에 언짢아하는 기색이 엿보이면 나를 달래듯이 그렇게 덧붙였지. 그런데 있잖아. 다른 걸 좋아할 수 있는 건 어디까지일까. 언제까지일까. 규희가 그렇게 말할 때마다 나는 둘인데도 혼자 같았고, '나랑 진짜 비슷했던 애'로 등장하는 너를 생각했어. 곧이었어. 규희가 죽은 날이. 나는 완벽하게 혼자가 됐어.

규희는 십일 개월 전에 죽었다.

*

　작년 2월의 첫째 주 일요일, 나는 춘천에 있었다. 규희는 젊은 사람답지 않게 납골당이 아니라 공동묘지에 묻혔다. 규희 어머니가 그걸 원했기 때문이다. 규희의 무덤은 규희 부모님이 자신들이 죽으면 사용하기 위해 미리 사놓은 춘천의 공동묘지에 있었다. 춘천은 규희 부모님의 고향이었다. 나는 규희 부모님의 흰색 혼다를 타고 구불구불한 산길을 올랐다. 겨울의 공기는 차고 맑았다. 서울은 여전히 미세먼지가 자욱해 시계가 엉망이고 숨을 제대로 쉴 수 없었는데, 춘천의 하늘은 깨끗하게 파랗고 높았다. 다행이라고 생각했다. 비염이 심해 미세먼지가 심하던 날마다 고생하던 규희의 얼굴이 떠오르고. 뒤이어 공기가 너무 나빠 눈도 코도 목도 너무 아프다 단이야, 하고 알이 두꺼운 안경을 살짝 들고 눈과 눈 사이, 콧대를 꾹꾹 누르던 모습이 떠오른다. 없는 너는 여전히 있을 때만큼 생생해서, 이 기억은 언제까지 살아 있을까, 차가운 두 손을 주무르며 그렇게 생각했던 것을 기억한다.

　아담하다고 하기엔 좀 이상하지만 그렇다고 크다고도 말할 수 없는 무덤에 규희는 묻혔다. 떼를 잘 입힌 봉분 아래 규희가. 무덤 옆 매끄러운 비석의 앞면에는 '경주 이씨 규희'라고, 뒷면에는 '1988~2018'이라고 새긴 글자가 보였다. 나는 저 글자들을 잊을 수 없겠지, 하지만 정말로 잊을 수 없을까, 정말로? 언제까지? 라고 혼자서 꼬리를 물고 시비를 걸었던 것을 기억한다.

규희 부모님이 무덤 앞 작은 단에 과일과 술을 올리는 동안 나는 비석 옆, 꽃을 꽂도록 만들어진 깊은 대리석 관에 서울에서부터 안고 온 꽃을 꽂았다. 대체로 공동묘지의 무덤 옆에 꽂는 꽃들은 조화였다. 무덤은 사람이 자주 다녀가는 장소가 아니니까. 그런데 꽃은 금방 시드니까. 꽃이 시드는 즉시 다른 꽃으로 교체하기에 꽃은 너무 비싸니까. 묘지 입구에서 다양한 색과 종을 흉내낸 조화 다발을 팔았다. 나는 거기까지 생화를 안고 갔다. 서울에서 춘천역까지만 두 시간이 넘게 걸리고, 춘천역에서 다시 규희 부모님을 만나 차를 타고 삼십 분은 더 들어가야 하는 곳까지. 춘천행 기차에 오르기 전 나는 꽃시장에 들러 목화와 거베라, 리시안셔스를 다발로 샀다. 두 시간은 시들지 않겠죠? 나는 그렇게 물었다. 두 시간 후에 꽃다발을 건네면 규희가 바로 받아 물을 채운 화병에 꽂을 것처럼. 그렇게 꽃이 며칠은 살아 있을 것처럼. 괜찮아. 규희는 목화 리스를 좋아했다.

나는 규희의 부모님이 차린 상에 슬그머니 붕어빵 봉지를 얹어놓는다. 소화를 죽어도 못 시키는 주제에 규희는 밀가루를 좋아했다. 붕어빵은 머리부터지, 이거지, 약간 덜 익은 밀가루맛, 하며 호들갑을 떨었다. 겨울에 붕어빵 트럭을 찾아 거리를 느릿느릿 걸으며 시간을 죽이는 규희에게 나는 몇 번이고 춥다고, 그거 좀 나중에 먹으라고 퉁을 놓았다. 절대 고집 부리지 않는 성격의 규희는 내가 그렇게 말하기 전에, 내 표정에 스치는 기색만으로 내가 지쳤다는 걸 알고는 금세 붕어빵 욕심을 접곤 했다. 멋쩍게 웃으며 내 팔에 팔짱을 끼고 춥지, 얼른 가자, 했다. 나는 그게 좋으면서도 싫었다. 너는 왜, 내가 화도 못 내게, 아니 왜 맨날 나만 화내게. 너는 왜 우기질 않아. 왜 우기질 않아서 나도 너에게 우길 수 없게 만들어. 그땐 진지했고 진심이었지만 이제 와 생각하면 그게 도대체 뭐가 중요했나 싶다.

규희 부모님과 나는 두 번 절했다. 규희야, 하고 불러도 이을 말이 없었다. 규희 어머니는 꽁꽁 언 손으로 무덤을 쓰다듬었다. 이미 깔끔하게 정돈된 무덤에서 괜히 잡풀을 뽑기도 했다. 나는 그 시간 동안 어쩐지 숨을 조금 참고 있었던 것 같다. 편하게 숨을 쉬는 일이 이상하다고 생각했다. 규희가 죽었다는 사실은 믿기지가 않지만 저 솟아오른 흙속에, 흰 뼈가 된 규희가 있고 규희는 더이상 숨을 쉬지 않는다는 사실은 왠지 선명해서. 그렇지, 규희야, 너는 지금 숨을 쉴 수 없지. 나만 쉴 수 있어서 미안해, 그런 마음으로 조금만 내쉬어도 겨울 허공에 하얗게 티가 나는 숨을 간신히, 조금씩 참아보았다. 참 멍청하지. 안다.

*

주말이 지나 1월의 마지막 주, 그 끝엔 규희의 기일이 붙어 있다. 올해의 2월 1일은 금요일. 이번주에 너는 나와 점심 먹는 날 벌써 몇 차례 점심을 건너뛰었다. 함께 영업을 나설 때, 이동하는 차 안에서 긴긴 시간을 함께 보내면서도 몇 번씩이나 입술을 달싹이다가 만다. 나에게 묻고 싶은 말이나 하고 싶은 말이 있는 게 틀림없는데, 네 입술은 여전히 꾹 닫혀 있다.

아마도 네가 나를 알아버린 것 같다. 역시 날짜가 힌트였을까. 내 물음 때문에 오랜만에 페이스북에 접속했던 걸까. 그래서 규희의 죽음을 뒤늦게 보았을까. 너는 일 년 반 넘게 전혀 페이스북을 하지 않았고 규희의 죽음은 오로지 페이스북을 통해서만 알려졌다. 규희의 친구들은 많지 않았다.

주말에 나는 춘천에 가지 않는다. 너와 마주칠 것 같아 두려웠다. 말도 안 되는 생각이라는 걸 안다. 너는 규희의 묘가 어디 있는지 모른다. 알 수 없다. 하지만…… 그날이 곧 올까, 네가 알게 될 날이. 어떻게 올까. 우연히 들이닥칠까. 잘 모르지만 할 수 있는 한 미루고 싶었다. 규희의 부모님에게서도 연락은 없다. 규희의 부모님은 그런 분들이었다. 규희 같은 분들. 애인을 잃은 앞길 창창한 아가씨에게 규희 기일에 춘천에 갈 건데 혹시 갈 거라면 태워주겠다는 말로 부담을 지우고 싶어하지 않는 분들.

주말부터 수요일까지는 설 연휴다. 닷새를 쉬는 긴 연휴에 나는 전에 없이 목, 금까지 붙여 연차를 냈다. 주말 동안 낑낑대다 내린 결론은 너를 피하는 것이었다.

2월의 셋째 주 월요일, 연휴가 끝나고 다시 출근하는 날, 너는 자리에 없다. 네가 누구보다 일찍 출근하는 것은 이제 사무실의 모든 사람이 알고 있다. 관리부장님께 너에 대해 물어봐도 어깨를 으쓱할 뿐이다. 그럴 사람 아닌 것 같은데, 늦잠 잤나보지. 대수롭지 않게 몇 마디 거든다. 반차를 쓴 걸까, 하고 기다려보지만 오후가 지나도 너는 오지 않는다. 퇴근 시간까지 너는 나타나지 않는다.

나는 문자를 여러 번 썼다가 지운다. 너에게 받은 회사 명함에 너의 번호가 있다. 새 명함을 한 통 받고 찡한 표정이 되어 편집부장에게 왜 이래, 대기업 아이디카드 쓰던 사람이! 하고 놀림을 받던 네가 떠오른다. 나는 너에게 따돌림을 당하고 있는 것 같다. 너의 일상을 훔쳐볼 때처럼 가슴이 두근거리고 속이 메슥거린다. 이 정도의 메슥거림. 너와 실제로 마주하게 되면 들 거라고 상상했던 불편감이다. 나는 너에게 이런 식으로 내 존재를 알리고 싶었던 걸까. 고통을 주고 싶었던 걸까. 그런 거라면 나 자신이 너무 저열해서 견딜 수가 없을 것 같다. 하지만 그런 마음이 없었다고는…… 못하겠지. 그러나 그 모든 과정에서 나는 정말로, 네가 좋았다. 이상하지. 이런 마음을 고백하면 너는 단호하게 굳은 얼굴로 내 앞에서 고개를 저을 것만 같다. 나쁜 것보다 이상한 게 더 나쁘다고 할 것 같다. 그건 어쩐지 네 목소리인 것 같기도 하고 규희 목소리인 것 같기도 하다. 나는 고민하다가, 고민하던 모든 문자를 너에게 보내버린다.

　—나주씨, 저 김단이에요

　—운전중이에요?

　—어디 아파요? 괜찮아요?

　—내일은 출근할 거죠?

　—우리 얘기 좀 해요

　—미안해요

　—강원도 춘천시 동산면 군자리 산133 추모공원 7단지 매장묘
인데…… 찾기 힘들어요. 나중에…… 나중에 나랑 가요

　답장은 오지 않는다. 맞은편의 네가 사라지자 나는 수차례 들락
거렸던, 한동안은 들어가지 않았던 너의 SNS에 또다시 들어간다.
차례대로. 늘 돌던 대로. 트위터, 인스타그램, 페이스북, 블로그,
유튜브. 올라온 새 게시물은 없다. 어디에도 네가 없지만 나는 너
를 생각한다. 조용히 생각하고 조용히 걸어다니는 너를. 평일 저
녁엔 일기를 쓰고 주말엔 종종 성당에 가고 혼자 영화를 보는 너
를. 보름이나 한 달에 한 번 SNS에 텅 빈 공터나 반짝이는 강물이
나 오래된 가방 귀퉁이 사진을 올리는 너를. 너는 거기에 있다. 나
는 이곳에 있고. 우리의 거리는 여전히 이만큼 떨어져 있다. 그 거
리만큼 너를 생각한다. 숨을 조금 참아본다.

꿈과
요리

그해 가을 수언은 꿈을 많이도 꿨다. 하도 자주 꿈을 꿔서 꿈 일기를 적곤 했다. 꿈에서 일어난 일들은 이미 일어났거나 이제 일어날 일들이거나 어디에도 없는 일들이었다. 수언은 꿈 일기에 그 비율을 적었다. 이미 일어난 일들은 변주되어 꿈에 나왔으므로 조금 비슷하면 그런 거라고 쳤다. 가장 많이 꾸는 꿈은 이제 일어날 일들에 대한 꿈이었다. 그것은 대단한 게 아니었고 그저 오 분 뒤 십 분 뒤, 바로 내일 내일모레에 수언이 해야 하는 일들이었다. 수언의 꿈은 그러니까 대체로 수언의 투두리스트에 가까웠다.

회사에 가기 위해 준비하는 꿈을 가장 많이 꿨다. 가장 많이 꿔서 지겹고 지겹게 기억하고 있는 꿈. 수언의 몸은 잠에 취해 꼼짝없이 아직 침대에 누워 있는데 정신만은 출근 준비를 해야 해 하고 강렬하게 소리쳐 꿈에서 그걸 하게 되는 것이다. 세수 양치질 머리 감기 바디워시 헹구기 등등. 그 모든 과정이 끝날 즈음 수언은 잠에서 깬다. 그리고 곧바로 꿈에서 했던 모든 행동을 현실에서 다시 한번 반복해야 하는 것이다. 시간에 쫓기는 일을 두 번 하는 느낌이라 수언은 그 꿈을 가장 미워했는데 미워하는 강도만큼 출근 준비 꿈을 자주 꾸었다.

다음으로 많이 꾸는 꿈은 도착하지 못하는 꿈이었다. 누군가와의 약속에, 중요한 만남에, 초대받은 파티나 가기로 한 자리에 가려고 이리저리 애쓰지만 이상하게 수언이 아는 것보다 시간이 더 걸리고 중간에 무슨 일이 생기고 그것도 아니면 갑자기 딴생각에 빠져 있느라 목적지를 잊어 도착하지 못한다. 그것은 손에 땀을 쥐게 했고 늘 초조한 마음이 들게 했다. 미안한 마음도 들었다. 가기로 했는데, 가기로 했는데 중얼거리게 되었다. 수언은 약속을 지키지 않는 사람이 싫었다. 오겠다고 해놓고 오지 않는 사람. 만나자고 해놓고 만나지 못하겠다고 말하는 사람. 그런데 꿈속에서는 언제나 수언이 그런 사람이었다.

그런 꿈을 꾸고 나면 나는 어디에 도착하고 싶은 걸까? 하고 수언은 자주 되물었다. 지각을 하고 싶지 않을 때는 지각하는 꿈을 꾸었고 회사에서 실수하고 싶지 않을 때는 실수하는 꿈을 꾸었으므로. 도착하지 못하는 꿈은 어딘가에 도착하고 싶은 마음 때문에 꾸는 게 아닐까 생각했던 것이다. 그곳은 어디일까. 장소일까 시간일까. 고민하던 수언은 자신이 가장 자주 가는 곳이 어디인지부터 생각해보기로 했다. 우선은 회사. 회사는 칠 일 중 오 일을 나가니까. 그다음은 동네 카페 A. 동네를 걷다가 만만하게 들어갈 수 있는 카페였다. 수언은 대학교 근처에 살았는데 그런 동네치고 학생이 적은 카페였다. 맥주와 브레첼도 먹을 수 있고 커피와 초콜릿케이크도 먹을 수 있었다. 그런 곳은 드물었다. 그리고⋯⋯ 솔지의 집. 적어도 일이 주에 한 번은 그 집에 가서 저녁을 먹으니까. 그렇게 된 지 벌써 오 년째였다. 어쩌다 그렇게 되었을까? 수언은 새삼 의아했다. 스스로에게 어디에 도착하고 싶은지를 묻다가 어디에 도착해 있는지를 생각하게 되었다.

왜 솔지와 오 년 동안이나 친구일까? 생각해보면 그건 자주 만났기 때문이었다. 수언과 솔지는 가까이 살았다. 수언의 고향인 산본 같은 작은 마을의 아파트 단지에서처럼 오밀조밀 붙어 살고 있는 건 아니더라도 이제는, 스물아홉이나 된 지금에 와서는 다른 멀리 사는 친구들보다는 비교적 가까웠다. 수언이 사는 곳은 이를테면 '만리재옛길' 같은 정말로 오래된 주소명이 붙은 구주택 밀집 지역이었고 솔지가 사는 곳은 청파동이었다. 근처 여대에 다니는 학생들과, 여전히 혼자 살며 출퇴근을 하는 졸업생들을 위해 깔끔한 원룸과 투룸이 다소 비싼 임대료에 나와 있는 동네였다. 여전히 하숙집이 있었고 졸업을 하고도 하숙집에 사는 학생들도 있었다. 솔지와 수언은 그 학교에 다녔고 대학 동기였다.

그러나 대학교 때 둘은 전혀 친하지 않았다. 솔지는 활동적이었고 학교생활에 열심이었으며 동아리에도 학회에도 아는 사람이 있었다. 진지하고 수줍음을 타긴 하지만 그 비율과 비슷하게 리더십도 있었고 특별해지고 싶은 마음도 있었다. 학과 내의 사회과학서 읽기 모임과 독립영화 상영회는 모두 솔지가 삼학년 때 만든 것이었다. 수언은 솔지를 피해 다녔다. 일부러는 아니고, 아니 일부러도 조금 있겠지만 어쨌든 겹치는 자리가 없었다. 솔지에 대해 악의적인 말을 한 적은 없었으나 악의적인 생각을 한 적은 있었다. 언젠가 수언이 학교 앞 카페에 앉아 토스트를 먹고 있었을 때 솔지 무리가 들어왔다. 항상 같이 다니는 세 명이었다. 그들은 들어와서 다음 상영회 때 틀 영화를 골랐다. 그리고 그 주의 사회과학서 읽기 모임에 대한 감상을 농담 섞어 얘기했다.

솔지가 만든 모임이었기 때문에 솔지가 가장 많이 얘기하고 즐거워했다. 너희들과 이 모든 걸 하기로 한 게 너무 다행이야, 하며 진심어린 인사도 주고받았다. 그뿐이었는데 수언은 그 행위들이 과시적이라고 느꼈다. 자기도 모르게 속으로 솔지를 향해 이기죽거렸다. 자기가 하는 모든 일에 대단한 의미가 있다고 믿으면 좋은가. 닭살 돋는 말을 참 잘하네. 그게 다였다. 수언은 그 이후로 솔지에 대해 생각하지 않았다. 애써 생각하지 않으려 노력했다. 솔지에 대해 생각하다보면 자기 자신에 대해 생각하게 되므로. 특히 자기가 못 가진 것에 대해서만 생각하게 되므로 말이다. 수언은 그렇게라도, 자기의 기준에서라면 너무 대놓고 의미를 좇고 학구열이나 성취욕 같은 걸 드러내고 친구들끼리 무언가를 도모하며 함께 도모한 친구들끼리 서로 의미 있다고 추켜세우고 쓰다듬어주고 기뻐해주는 게 너무 간지럽고 의미 없게 느껴졌지만, 그렇게라도 의미를 찾는 삶이 자신의 삶보다는 낫지 않은가 생각하기도 했다. 생각하기도 한 게 아니라 오래 생각하다보면 늘 그쪽으로 생각이 매듭지어졌다. 그래도 쟤가 나보다 낫다, 그래도 쟨 뭘 하잖아, 그런 식으로.

　그때 수언은 허무하고 허무했다. 왜인지 알 수 없었다. 자신이 진짜로 가진 건 아무것도 없다는 생각에 사로잡혀 있었다. 시간을 낭비하고 돈을 낭비하며 가끔 도서관에 들러 빌려오곤 하는 책들은 대부분 읽지도 않고 반납했다. 가장 마음이 편한 곳은 도서관 영상실이었으나, 그곳에서도 텅 빈 마음만은 어쩔 수 없었다. 보고 싶은 DVD를 잔뜩 쌓아두고 원없이 봤으나 원인 모를 초조함에 장면의 대부분을 멍하니 넘겨버렸다. 솔지와 그 친구들이 하는 어떤 척보다 가증스러운 척은 지금 수언 자신이 하고 있는 어떤 척, 그러니까 아무렇지도 않은 척이라고 생각했다. 그래서 가끔 도서관에 가는 길이나 과방에서 솔지와 솔지의 친구들을 마주쳐도 일부러 그쪽을 쳐다보지 않았다. 자신의 시선에 뭔가 다른 의미가 담겨 있다는 것을 다른 사람이 모를 리 없었다. 말하자면 못 알아듣는 언어여도 그게 자기를 욕하는 말이면 다 알아듣는 게 사람인데 뱉은 적 없지만 확실히 존재하기는 하는 마음이 자신의 시선에서 읽히지 않을 리 없다고 생각했다. 아무도 뭐라고 하지 않았는데 알아서 노심초사하는 스스로의 성격이 마음에 들지 않았지만 어쨌거나 그게 바로 수언 자신이었다.

수언은 나중에 솔지와 친해졌을 때 자신이 솔지에 대해 생각했던 것을 종종 떠올렸고 미안해했으나 크게 죄책감을 가지지는 않았다. 후에 알게 된 솔지는 실제로 자신이 하는 일의 의미를 중요하게 생각하는 편이었고 그와 별개로 수언은 자신이 모르는 타인을 평가하거나 관찰할 때 실제로 그 사람이 어떻든 간에 대체로 그 사람을 우습다고 판단하는 일이 비일비재하다는 걸 알았다. 그러니까 그렇게 생각할 수밖에 없었다는 것. 수언 자신이 그때보다 좀더 다정하거나 좋은 사람이 되었든 반대로 솔지가 의미 부여를 덜 하는 사람이 되었든 그때 자신의 머릿속에서 일어난 솔지에 대한 판단은 바꿀 수 없다고 생각했기에 어쩔 수 없었다.

졸업이 가까워질 무렵 수언과 솔지는 청파동과 서계동 중간에 위치한 카페에서 종종 마주쳤다. 그곳이 카페 A였다. 자주 가는 카페에서 우연히 솔지를 두 번이나 마주쳤을 때 수언은 쟤가 웬일로 혼자네 하고 생각했다. 두번째 마주쳤을 때까지는 인사만 주고받았던 둘은 세번째 만남에서 자리를 합쳤다. 같이 앉을까? 하고 물은 것은 수언이었다.

수언은 원래 그런 말을 먼저 건네는 데에 어려움을 겪는 성격이 아니었으나 솔지에게 수언은 과에서 목소리를 들어본 기억이 없는 내성적이고 유령 같던 동기였기 때문에 깜짝 놀랐다. 수언은 실제로는 조용하지 않았지만 학과에서는 말이 없는 편이었다. 이상하게 무슨 얘길 해야 할지 몰랐고 동기들이 하는 얘기 중 어떤 것도 재밌게 들리지 않았다. 수언이 입을 다문 것은 순전히 그 때문이었다. 수언이 알게 모르게 속으로 솔지를 조금 고까워한 것과 엇비슷하게 솔지는 수언을 이해하지 못했다. 왜 저렇게 돌멩이처럼 살까? 가만하고 고요하게. 지루하지 않나, 쟤는? 자기 발전이라거나 도전이라거나 변화라거나 이런 낱말을 떠올리면 설레지 않나? 앞으로 좀 나아가고 싶지 않나? 솔지에게 수언은 그저 고여 있는 것 같았다.

그러나 존재감이 없는 것치고 종종 존재감을 드러내기도 하는 수언을 목격할 때마다 이상하게 수언의 시선을 신경쓰는 자신을 발견하곤 했다. 이를테면 과방에서 친한 동기들과 후배 몇몇과 함께 테이블에 둘러앉아 사회과학서 읽기 모임 발제 도서를 정하고 토론대회에 함께 참가할지 말지 같은 것을 열띠게 이야기하고 있을 때, 늘 혼자 다니는 것 같은 수언이 소리 없이 과방 문을 열고 걸어들어와 솔지와 친구들이 앉아 있는 테이블 귀퉁이에 방금 빌린 듯한 책을 잠시 내려놓고 캐비닛에 넣어두었던 다른 책 두어

권을 더 꺼내 한 무더기의 책을 백팩에 쑤셔넣은 뒤 유유히 과방을 떠났을 때. 그 짧은 순간 솔지는 수언의 대출 목록을 훑었고 엘리자베스 스트라우트와 에마뉘엘 카레르와 김연수와 한강이 한데 있는, 그러니까 그 모든 게 한데 있는 동시에 철저히 문학 서가에만 국한된 수언의 고요하고 단순한 도서관 동선이 신기하다는 생각이 들었다. 그 생각의 밑바닥이나 가장자리에 끄트머리가 살짝 들려 있는 아주 얇은 껍질을 살살 떼어내보면 거기에는 부러움이 있었다. 잘 보이지 않았지만 자세히 들여다보면 보였다.

재 부럽다, 재는 좀 신기하다 같은 생각과 등을 맞대고 있는 생각은 결국 재가 보기에 나는 어떨까? 였다. 솔지는 그러니까 수언 같은 사람이 자신을 보면 왜 저렇게 아등바등하나, 왜 저렇게 탐욕스럽고 이기려 들고 가지려 드나 왜 저렇게 뭐가 되고 싶어서 안달인가 하는 생각을 할까봐 두려웠다. 그건 곧 자기 자신의 목소리기도 했다. 나는 왜 이렇게 아등바등하나? 뭘 그렇게 이루려고 하고 해내려고 하나? 명예욕도 있고 인정욕도 있는 것 같은데 도대체 이건 언제부터 어디서부터 생겼나? 나는 왜 이렇게 생겨먹었나? 스스로가 지치고 피곤해질 때 떠오르는 건 항상 몇 초 안 되는 순간에 목격한 수언의 몸짓이나 표정이었다.

솔지에게 수언의 이미지는 수언이 메고 다니는 백팩에 가까웠다. 수언의 백팩은 연청색의 데님 백팩이었는데 어디에서든 쉽게 구할 수 있을 법한 기본적인 모양의 백팩이었다. 가끔 어깨에 걸

치는 에코백이나 인조가죽으로 보이는 크로스백을 메고 다닐 때도 있었지만 대부분 수언은 백팩과 함께였다. 별로 특별해 보이지도 않는 백팩, 새것일지도 모르지만 어쩐지 분위기만은 오래오래 썼을 것만 같은 백팩을 오늘도 내일도 메고 다니는데 그 모습이 무척이나 자연스럽다는 점이 인상적이었다. 그 사람이 쓰는 사물은 그 사람과 닮았다. 수언을 보면 그런 생각이 들었고 그럴 때마다 자신이 가진 것을 다시 한번 집요하게 평가하게 되었다.

수언과 솔지는 그날 처음으로 긴 대화를 주고받았다. 솔지가 어학연수 때문에 졸업이 조금 늦어져 지금 마지막 학기를 다니고 있다는 것과 수언은 졸업을 하고 회사에 다니고 있다는 것, 각각 서계동과 청파동에 살고 있다는 것도 알게 되었다. 가까운 곳에 아는 사람이 있다는 것은 생각보다 힘이 되었다. 게다가 취업 준비를 하느라 카페에 나와 강의 영상을 보고 공부를 하는 솔지와 퇴근 후에도 책과 노트북을 든 채 카페로 향하곤 하는 수언은 연락하지 않아도 자주 마주쳤고 그런 부담 없는 마주침이 반갑고 좋았다. 수언은 끼니도 들쭉날쭉이었고 카페에서 파는 베이글이나 크로크무슈로 매일 저녁을 때워도 괜찮았는데 어느 날 그 모습을 본 솔지가 우리 가끔 저녁 같이 먹자, 하고 말했다.

연이나 운은 장난스럽고 얄궂어서 두 사람은 기어이 서로를 측은해하는 순간을 맞이하게 되었다. 생각보다 괜찮은 애였구나, 하게 되는 순간. 스물네 살이었다. 서로가 어울릴 만한 모습이나 합이 잘 맞는 성격은 아니라고 뿌리깊게 생각했으나 그 순간, 새로 돋아난 잔가지들이 얽히고 있었다. 그로부터 시간이 지나보니 특히 수언에게는 솔지가 주기적으로 만나는 몇 안 되는 친구 중 하나가 되었을 정도였다. 수언은 그 사실에 놀라면서도 나만 그런 거겠지, 솔지는 아니겠지, 쟤는 언제나 친구가 많으니까, 없던 적이 없으니까, 하고 지레 거리를 벌렸다.

그게 벌써 오 년 전. 저녁 시간에 만난 둘은 카페가 문을 닫기 직전까지 이야기를 나눴다. 벌써 시간이 이렇게 됐네, 하고 짐을 챙겨 일어서기 전 솔지는 수언에게 아, 하고 잊을 뻔했다는 듯 물었다. 너 글 계속 쓰니? 수언은 삼 초 정도 눈만 깜빡였다. 어, 계속 써. 그러자 솔지의 표정이 알 듯 모를 듯 변했다. 그렇구나. 솔지가 짓지 않을 법한 어색한 표정이었다. 그러나 그 표정은 느리게 눈을 한번 깜빡하는 사이에 사라졌다. 곧 수언이 아는 표정으로 돌아와 있었다. 다음에는 우리집에서 보자, 하고 따뜻하게 웃었다. 다음에 수언은 정말로 솔지네 집에 갔다. 오 년은 촘촘하게 흘렀다.

*

솔지에게도 수언이 남긴 어떤 장면이 있었다. 사학년으로 올라가기 전 삼학년 여름방학이었다. 그러니까 동기인 모임원들이 모두 본격적인 취업 준비를 하기 전이었고 솔지의 독립영화 상영회에서는 자신들이 사랑해온 모임의 유의미한 기록을 남기고 싶어 했다. 그 욕망은 누구보다 솔지에게 강하게 있었다. 독립영화 상영회에서 써낸 글과, 함께하던 사회과학서 읽기 모임에서 쓴 글까지 모아 잡지를 내자는 의견을 냈다. 우린 영화비평도 썼고 서평도 썼잖아. 잘되면 계속 내게 될걸? 왜, 크라우드펀딩도 할 수 있고 북페어도 나가고! 모임원들도 품이 많이 들지만 좋은 일이라고 한마디씩 동의를 표했다. 그들은 자신이 써낸 글들이 어설프지만 진심어린 글이라고 생각했다. 이 활동을 토대로 기자나 작가 같은 직업을 가질 수 있을지도 모른다는 생각 역시 있었다.

소풍도 전날이 더 설레듯, 할래? 할까? 하는 순간은 언제나 카타르시스가 있었다. 얘기하는 것만으로 이미 다 된 것만 같은. 그러나 진짜로 일을 하려고 하면 달랐다. 회의는 신이 났지만, 방학 동안 한 권의 책을 내기에는 인원과 역량이 턱없이 부족했다. 아무리 얇은 잡지라도 주제를 정하고 구성을 해야 하고, 필자를 정했으면 글을 받아야 하고, 제작업체를 알아봐야 했다. 무엇보다, 이제까지 쓴 글로는 턱없이 부족했다. 글을 써야 했다. 읽을 만한 글을, 시간을 들여서. 독립영화 상영회라는 모임의 먼 미래까지는 몰라도 잡지를 위해서는 육 개월 정도라도 무조건 새로운 모임원을 영입해야 한다는 결론이 났을 때, 한 친구의 입에서 수언의 이름이 나왔다. 장수언 어때? 걔 글 쓰잖아. 친구는 자기가 장수언과 수업이 두 개 겹치는데 '시나리오 작법'과 '프랑스 영화의 이해'라고 했다.

시나리오도 잘 쓰던데? 비평도 잘 쓰고. 수업 시간엔 말도 잘해. 교수님도 맨날 개랑 더 얘기하고. 심지어 시나리오 가르쳐주는 선생님은 영화감독이거든.

그때 솔지는 이상하게 가슴이 두근거리는 걸 느꼈다. 한 번은 마주칠 것 같던 사람을 이제야 마주치는 느낌이었다. 수언의 역할과 수언의 몸짓과 수언이 써내는 글과 수언의 시선을 가까이에서 볼 생각에 어쩐지 몸이 떨렸다. 왜 그런 게 재밌을까. 나랑 다른 사람을 유심히 보는 일이. 친구는 수언에게 물어보고 단체 카톡방에 알리겠다고 했다. 이후 솔지는 새로운 메시지 표시가 뜨지 않는 '독립영화 상영회' 카톡방을 수시로 들락거렸다. 상영 영화 설문조사를 하는 척하며 부러 카톡방에 대화가 돌게끔 하기도 했다. 며칠이 지난 뒤 친구가 보낸 메시지는 짧았다.

―안 한대

―왜?

―시간이 없대

솔지는 분명한 실망감, 그리고 이유 모를 패배감 같은 걸 느꼈다. 긴장해서 잔뜩 다잡은 마음이 스르르 풀리는 것을.

카페에서 아무렇지도 않게 자신과 이야기를 나누는 수언을 보며 솔지는 그때를 떠올렸다. 너는 모르지, 아무것도. 나는 너한테 언제나 거절당하고 있는 기분이었던 것을.

수언을 다시 만났을 때, 무엇보다 솔지는 그런 얘기를 하고 싶었다. 이제 솔지와는 그렇게 긴 시간을 들여 영화나 책에 대해 이야기 나누는 친구들이 없었다. 솔지는 아주 조심스레, 그러나 어떤 확신을 가지고 암구호를 대듯 계속 쓰니? 하고 물었고 수언이 대단히 방어적인 표정이긴 하지만 고개를 끄덕이며 계속 써, 라고 대답했을 때 저 깊은 곳에서 차오르는 기묘한 감정이 있었다. 그건 오랜 시간을 건너온 감정 같기도 했다. 수언의 대답을 들은 뒤로 솔지는 관련한 주제를 끈질기게 물었다. 자신이 구독하는 평론가의 영화 리뷰를 보내기도 했다. 너도 이거 봤어? 어떻게 봤어? 항상 수언의 생각이 궁금했다. 수언과 함께 서울독립영화제나 여성영화제에 가기도 했다. 각기 다른 영화를 보기도 했고 나란히 앉아 같은 영화를 보기도 했다. 대학 때 함께하지 못한 일을 지금 하고 있다는 생각이 들면 솔지는 좀 벅차기까지 했다.

그러나 거기까지였다. 솔지가 영화와 책에 대해 SNS나 블로그에 꾸준히 감상평을 남기는 반면 수언은 그런 걸 드러내는 데 인색했다. 쓰는 건 뭐야? 시나리오? 비평? 솔지는 계속 물었다. 수언은 언제나 이 초 정도 침묵하다가 대답했다. 비평. 쓴 것 좀 보여주면 안 돼? 하고 물을 때도 언제나 아직 그럴 만한 게 없어, 하고 대답했다. 솔지가 이름 있는 영화평론가들이 진행하는 비평 수업 정보를 발견하고 수언에게 혼자 쓰는 거 힘들지 않아? 이런 수업도 있대, 하고 링크를 보냈을 때에도 수언은 거절했다. 왜? 하고 묻는 솔지에게 수언은 대답했다. 자기소개 하기 싫어.

*

솔지의 집은 깔끔하게 관리된 신축 빌라의 1.5룸이었다. 부엌과 생활공간이 분리된 넓은 원룸을 그렇게들 불렀다. 솔지는 집 꾸미기에 열심이었다. 처음 초대된 날부터 지금까지도 방은 많은 변천을 거쳤다. 솔지가 졸업을 앞두고 취업 준비를 할 때 둘은 가림막 없는 행거와 조립식 책장과 책상이 있는 거실에 좌식 테이블을 놓고 밥을 먹었다. 이제 솔지의 집에는 4인용 식탁이 있었고 솔지는 그 위에 꽃병과 스탠드를 올려두었다. 수언을 초대한 날이면 테이블 매트를 깔고 망원동의 소품점에서 산 그릇과 컵들로 상을 차렸다.

솔지의 집에서 저녁을 먹을 때면 식탁 아래 발치에 솔지의 고양이 시루가 자리를 잡고서 몸을 웅크린 채 한동안 움직이지 않았다. 그들이 식사를 마칠 때까지. 그리고 식사를 마친 수언과 솔지가 그릇을 정리하기 위해 일어서면 그때 시루도 이제 자기 차례라는 듯 기지개를 켜고 일어나 울었다. 수언은 솔지의 그 똑똑한 고양이를 좋아했다. 고양이를 사랑해서 알레르기약을 먹으며 시루를 기르는 솔지를 좋아했다. 언젠가 수언이 이름이 왜 시루야? 하고 물었을 때 솔지에게서는 듣기 힘든 단층의 목소리가 났다. 시루떡 같지 않니? 등은 거뭇거뭇하고 배는 하얗잖아. 솔지의 그 목소리를 들었을 때만큼은 수언의 머릿속이 밝아졌다.

수언은 늘 솔지의 목소리가 복잡하다고 느꼈다. 고민을 털어놓고 이런저런 의견이나 감상을 말할 때의 목소리에 레이어가 있다고. 겹이 있었다. 수언이 생각하기에 그것은 솔지를 풍부해 보이도록 하는 매력적인 겹이 아니라 쓸데없는 겹이었다. 굳이 분류하자면 스스로 처세를 잘한다고 믿는 사람에게서 느껴지는, 다른 사람이 자신을 어떻게 볼지를 부자연스러울 정도로 의식하는, (그렇지만 자신은 매우 자연스럽다고 믿는) 자의식이 도드라지는 사람의 겹이었다.

수언의 시선에 비친 솔지는 걱정하면서 너무 많은 시간을 보냈고 고민을 이야기하는 데 너무 많은 말을 할애했다. 진짜 고민이라기보다 고민을 말하는 게 더 중요해 보였다. 그런 것들은 수언에게 답답했고 무의미한 일들이었다. 걱정을 오래 붙들고 있기, 답이 없거나 분명히 있는 고민을 작은 병아리처럼 들고 끊임없이 어루만지고 생각하기. 수언은 속으로 혀를 찼다. 수언과 함께 저녁을 먹게 되었을 즈음 첫 직장을 갖게 된 솔지는 이게 내 적성일까, 쭉 가야 할 길일까, 한 번쯤 진로를 변경해도 괜찮지 않을까, 내가 진짜로 하고 싶은 건 뭘까, 난 아무래도 친구들이랑 잡지 만들고 영화 보고 글 쓸 때가 제일 좋았던 거 같아…… 같은 고민들을 수언에게 털어놓았다. 수언은 어느 쪽 편을 들어줘야 할지 모르는 심판처럼 알 수 없는 표정으로 솔지의 얘기를 들었지만, 딴 생각을 하는 때가 많았다. 언제나 그랬듯 솔지가 잘 이해되지 않았다. 아직도 진로 고민을 열심히 하는 데에 시간을 쓰고 있다니. 조용히 혼자서 결정하고 결정한 것을 살아가지 않고 아직도 흔들린다는 말을 저렇게 푹 빠져서 하다니. 이제 스물네 살이 아닌데. 우리는 곧 서른이고 어른인데.

취업 전 솔지는 수언에게 은행에 취직하라는 엄마와 다투고 있다는 이야기를 했다. 누구보다 진지하게, 슬픈 눈으로. 영화 보고 책 읽고 그 주변에서 살고 싶은데 엄마는 상상도 못 해. 절대 안 된대. 그리고 나도…… 그렇게 적은 돈으로는 못 살 것 같아. 솔지는 항상 그런 식으로 말했다. 근데 그건 내가 바라는 거고, 꿈이랑 현실은 다르잖아. 현실적으론 어렵잖아.

그런 말을 들으면 수언은 어떤 표정을 지어야 할지 알 수 없었다. 그건 수언의 꿈이자 현실이었다. 수언은 생활비가 필요해 졸업 전 교수의 추천으로 오래된 출판사에 입사했고 그곳에 쭉 다니고 있었다. 회사에 별다른 애정을 갖지는 못했다. 처음 이 년은 적응하느라, 사느라 바빴고 그 와중에도 꾸역꾸역 영화를 보러 다녔다. 그것으로 버텼다. 팍팍한 현실에서 수언에게 동력이 되는 것은 꿈뿐이었다. 그것에만은 눈치를 보거나 후회하고 싶지 않다는 단호함이었다. 절박함이라고 불러도 좋을 것이다. 보는 사람마다 다르겠지만. 수언이 솔지를 만난 그 카페는 말하자면 수언의 작업실이었다. 수언은 거기에서 영화비평서와 이론서와 영화감독들의 인터뷰집과 그들이 영향을 받았다고 말한 문학작품들을 허겁지겁 삼키듯이 읽었다. 그러면 현실을 잊을 수 있었다. 첫 월급으로 입금되었던 백십만원이라는 숫자를. 몇해가 지나서야 이백만원을 겨우 넘긴 월급을. 대학에 다니는 동안 특별히 존경해본 적도 미워해본 적도 없는 교수라는 직업을 촘촘하고 꼼꼼하게 미워하게 되는 자신의 직업을.

수언은 자신이 사랑하는 영화에 대한 글을 쓰고 싶었고, 그런 일을 하는 사람이 영화평론가라는 걸 알게 된 이후부터 그 직업이 갖고 싶었다. 다만 핑계 대지 말자고 생각했다. 수언은 자신이 특별하다고 여기지는 않았다. 되고 싶다고 해서 반드시 되어야 하는 것은 아니고 그런 일은 아무에게도 없으며 자신 역시 똑같다고. 잘하면 되겠지만 잘해도 안 될 수도 있는 거라고. 될 때까지 하겠지만 결국 안 되었을 때 누구의 탓도 하지 않겠다고 다짐했다. 누군가는 그렇게까지 비장한 게 우습다고 할지 몰라도 그래야 했다. 자신을 싫어하지 않기 위해. 열심히 한 것까지만 후회하지 말자고 생각했다. 그 이후는 생각하지 말자. 미래는 잘 모르니까. 안 되어도 누구를 탓하며, 그걸 가지고 핑계를 대거나 알리바이를 궁리하며 꿈을 포기했네 어쩌네 하고 연극적으로 과장되게 굴기는 싫었다.

수언은 자신이 특별히 선택되는 일, 경쟁률을 뚫는 일, 단 한 사람으로 뽑히는 일에는 자신이 없었고 운으로든 실력으로든 모자라다고 생각했다. 전공도 아니고…… 배워본 적도 없고…… 그게 수언의 자격지심이었다. 그렇게 사랑하는 영화도, 자신이 제대로 이해하지 못하고 있다는 불안이 늘 따랐다. 취향이 촌스럽나? 미감이 별로라 정말 멋진 걸 못 알아보나? 그러나 그런 두려움을 선뜻 고민이라고 솔지나 다른 누구에게도 말해본 적이 없었다. 두려워서였다. 약한 점을 털어놓고 인정하는 것이 두려웠다.

솔지는 네 번의 탈락 끝에 H은행에 입사했다. 누구보다 은행에 어울리는 솔지는 입사한 후에도 나는 내가 뭘 하고 싶은지 모르겠어, 그 말을 잊을 만하면 했다. 그렇게 어려운 취업을 했잖아. 수언이 그렇게 대답하면 시원치 않은 표정을 지었다. 수언은 솔지가 원하는 고민 상담이 무엇인지 알 것 같았으나 선뜻 해주고 싶지 않았다. 너는 네가 그저 은행원인 게 못마땅한 거잖아. 은행원 정도에 그치지 않을 거라고, 그러면 안 된다고 생각하는 거잖아. 솔직히 좀 말해봐. 유명하거나 영향력이 있는 사람이 되고 싶다고. 수언은 솔지가 그걸 인정하지 않아서 늘 고민이 뱅뱅 도는 거라고 생각했다. 하지만 그렇게 쏘아붙이지는 않았다. 음…… 하고 솔지의 다음 말을 기다릴 뿐이었다.

수언은 솔지가 항상 더 나아지리라고 기대하는 게 불쾌했다. 솔지의 많은 부분이 자기 자신을 너무 중요한 사람으로 생각하는 성격에서 비롯된 허세라고 생각했다. 허세라니…… 너무 직설적인 표현이었지만, 수언이 보기에 그것은 아직 못 가진 것까지 가졌다고 생각하는 태도였다. 이를테면 솔지의 요리가 그랬다. 솔지는 그럴듯한 요리를 잘했는데 수언은 솔지의 메뉴 선택에서 항상 그런 태도를 느꼈다. 카나페나 뇨끼나 뱅쇼 같은 것. 진짜 좋아하는 건 아니고 멋진 걸 좋아하고 싶어서 먹는 듯한 것. 입에도 설은 맛이었지만 그렇다고 아예 맛이 없지는 않았다. 수언은 그런 건 너나 나에게 안 어울린다고 그만 됐다고 말하고 싶었지만 막상 솔지가 차려주면 잘 먹었다. 그럴듯하게 살고 싶구나. 막 걸쳐서 몸에 설은 것이 솔지 그 자체인 것 같았다. 아직 이루지 못했다는 점에서, 지향하지만 익지는 못했다는 점에서 허세로 보였다.

그렇다면 나는? 솔지를 생각할 때마다 스스로를 돌아보았는데 그때마다 수언은 조금 당황했다. 나도 어쩐지 꼭 지키고 싶은 것이 있는 것 같은데 생각해보면 무엇을 지키고 싶은지 잘 모르겠고 오로지 지키고 싶다는 태도만이 나 자신이 아닐까 하는 생각의 굴레에 빠질 때 그랬다. 자신을 돌아보면 그저 망하지 않는 것, 망하지 않음을 위해 전력을 다해 살고 있는 것 같았다.

그러나 수언은 솔지가 이렇게 말하는 순간만은 좋아했다.

주말에 카페에 갔는데 샌드위치를 시켰거든. 손으로 먹으면 줄줄 흘릴 것 같아서 포크랑 나이프를 부탁했는데 네 곧 가져다드릴게요 하고 이십 분이 지나도 안 주는 거야. 다른 테이블 메뉴가 나가고 설거지 소리 물소리가 들리고 귤잼 섞는 냄새가 나는데 내

포크랑 나이프는 안 와…… 그걸 재차 요청해야 하나 줄 때까지 기다려야 하나 그런 생각을 하다가 혼자 얼굴이 빨개지고 눈물이 날 것 같았어. 나 이제 서른인데.

뭘 그런 걸로 우니, 하고 대꾸하려다가 나도 울 것 같다…… 그렇게 생각했다. 나 같아도 울 것 같네 하고 끄덕거리고만 말았다.

그래서 어떻게 됐어? 그렇게 묻자 솔지는 대답했다. 오 분 더 기다리고 재청해서 받았다고 했다.

이십오 분 만에 커틀러리를. 괜찮았어?

괜찮았어. 아직 다마고샌드가 따뜻했어. 계란이 부드럽고 통통하고 따뜻했어. 칼로 툭툭 부드러운 빵과 계란을 자르는데 접시에 칼날 닿는 소리가 경쾌해서. 금세 기분이 나아졌어. 배가 부르니 슬프지도 않았어.

……

그래서 오늘은 다마고샌드야.

솔지는 말했고 그 말을 정확하게 지켰다. 그건 정말 그럴듯한 다마고샌드였다. 어떻게 한 건지 흰 빵 사이에 폭신하고 두툼하게 끼워진 노란 계란이 멋졌다.

*

열아홉 살 이후로 애인을 제외하고 누군가와 싸우는 일은 극히 드물었다. 싸울 이유가 없었으므로. 싸우는 건 큰 에너지가 드는 일이었다. 거슬리는 사람은 안 보면 그만이었다. 수언은 스무 살 때부터 그렇게 살아왔다. 안 맞고 덜걱거리는 친구와는 서서히 멀어진다. 학생부 선생님을 피해 다니던 열일곱 살 때처럼. 완전히 져주거나, 멀어졌다. 그 중간은 없었다. 나이가 들어갈수록 더 그랬다. 타인과 싸울 일은 손에 꼽았다. 엄마? 엄마랑 싸우는 걸 싸우는 걸로 쳐야 할까? 그러니까 수언과 솔지가 싸운 일은 거의 첫손가락을 접는 일 같았다.

12월 31일. 한 해의 마지막날이었고 수언과 솔지의 스물아홉 살의 마지막날이었다. 그날을 함께 보내기로 약속한 것은 삼 주 전이었다. 솔지가 연말까지 직장에서 마쳐야 할 업무 때문에 눈코 뜰 새 없이 바쁜 와중에도 그날 보는 거다 우리, 내가 맛있는 거 해줄게! 하고 연락한 이후 수언과의 연락은 좀 뜸했는데, 수언은 한 해를 마무리하는 이상야릇한 기분에 사로잡혀, 혹은 또 안 됐네, 이번에도 안 됐어, 하는 마음에 울적해져 여느 때처럼 발랄한 솔지의 연락에 제대로 답할 수가 없었다. 다만 혼자 꿈 일기 적기에 열심이었다. 어떤 일이 일어나기 전에 꿈이 징표가 되는 것을 은근히 기다리고 있었다. 그즈음 수언이 적은 꿈의 기록들은 이랬다. 도시 전체가 물인 곳에 홀로 남아 가라앉지도 않고 목적지도 모른 채 둥실둥실 흘러가는 꿈. 희고 높은 벽의 화장실에서 길고 끝없는 흰 똥을 누는 꿈. 넓은 방의 벽을 따라 늘어선 화분들이 전부 시들어 있어서 무거운 물뿌리개를 들고 벽을 따라 걸으며 물을 주는 꿈.

그날 솔지가 준비한 요리는 감바스와 크림파스타, 스테이크샐러드였다. 테이블 매트와 조명까지 완벽하게 준비한 솔지의 얼굴이 뿌듯해 보였다. 수언은 들고 온 와인을 건네며 활짝 웃었다. 입술 끝이 살짝 떨리긴 했으나 기쁨 때문이었다. 이십대의 끄트머리 나이가 되었을 때도 기분이 이상했는데 이제 진짜 이십대가 끝이라고? 둘은 마주보며 농담을 하다가 경악을 하다가 했고 그 별거 아닌 일에 이상하게 싱숭생숭했고 그래서였는지 수언이 평소보다 말이 많았다. 곁들이자고 딴 와인을 따르는 족족 비웠다. 솔지는 몰랐지만, 수언에게는 와인을 따야 할 이유 한 가지가 더 있었다. 보랏빛 선이 생긴 입술로 수언이 말했다.

나 있잖아…… 영화비평 공모에 당선됐어.

그 말을 하며 왠지 수언은 솔지의 얼굴을 못 보겠다고 생각했는데, 그래서 열심히 음식을 덜어오는 시늉을 하며 곁눈질로만 솔지를 보았는데, 그만 솔지의 얼굴에 스친 으엥? 하는 표정을 봐버렸다. 일 초도 되지 않는 그 순간 수언은 내내 솔지에게 품고 있던 불만이 순식간에 솟구치는 것을 느꼈다.

반면 솔지는 자신이 들킨 것을 알았다. 수언의 말이 끝나자마자, 거의 무의식 속에서 튀어오른 듯한 한 문장은 바로 됐다고? 니가? 였다. 그 말이 먼저 문장이 되고 난 뒤 다른 많은 감정이 뒤따랐다. 잘 쓰긴 했지…… 예전부터 그렇다고 생각했지. 근데 냈단 소리 안 했잖아. 나한테는 왜 그런 얘기 안 하는데? 또야? 나라서야? 수언을 좋아하게 된 뒤로 애써 눌러왔던 오래전의 자격지심이 다시금 생생했다. 수언이 다시 한번 자신을 거절한 것 같은 느낌에 사로잡혔다. 정신을 차린 건 그 많은 문장이 머릿속을 지나간 후였다. 아니지. 그래도 축하해야지. 수언에게 좋은 일이 생겼다. 그것만 생각하자. 솔지는 와인 잔을 들어올리며 말했다.

진짜 멋지다! 나는 너 될 줄 알았어. 대단하다. 나 예전에 영화 상영회 진짜 열심히 한 거 알지? 거기 애들도 되게 진지하게 한 건데 아무도 영화 쪽으로 못 가고 네가 됐네.

고마워…… 근데 진짜 막상은 별거 아니야. 그거 됐다고 뭐 바뀌니.

그러나 둘은 이미 와인 한 병을 비운 뒤였고, 솔지는 수언의 심드렁한 표정을 보자 틱틱거리기를 멈출 수 없었다. 생각하기 이전에 말이 나가는 것 같았다.

야, 너는 그러지 좀 마. 예전부터 그랬어. 우리가 멋지다고 생각하는 거 혼자 아무렇지도 않게 여기고. 그럼 보는 사람 얼마나 기분 복잡해지는 줄 아니? 그러지 좀 마. 신나면 신난다고 하고 기쁘면 기쁘다고 해.

솔지의 새된 목소리를 듣고, 고개를 숙인 채 테이블 위만 바라보던 수언이 고개를 들었다. 어딘지 딱딱해진 눈빛이었다.

신나. 기뻐. 근데 너도 그러지 마.

나 뭐?

너한테 드러내는 거, 너한테 보여주는 게 사람 다가 아니야. 나는, 너한테는 쑥스러워서 그냥 별거 아니야 하고 말해도 집에 돌아가서 나 혼자 잠자리에 누워서 네가 상상한 것보다 훨씬 벅차할 거야. 네 눈에 보이는 대로 생각하지 마. 너 예전에도 그랬지?

언제?

상영회 들어오라고 니 친구가 나한테 물어봤을 때.

그때 뭐?

유치하게 굴어서 미안한데…… 그때 내가 시간 없다고 거절한 거 들은 뒤에 너희 친구들끼리 그랬지. 개는 우리만큼 소중하지 않은 거겠지. 근데 학과 소모임 회지 아니고 메이저 영화잡지 인턴 제안이었음 했겠지? 그렇게 말하고 웃었지. 니들끼리 얘기하는 거 들었어. 근데 너네가 뭘 아니. 나 그때 정말로 아르바이트하느라 정신없었어. 왜 사람 말을 그대로 안 듣니.

솔지는 멍하니 입을 벌린 채 수언을 보았다. 수언은 그렇게 말하는 자신의 목소리가 생경하게 들렸지만 멈출 수 없었다. 날 그렇게 생각한 거 내가 영 모를 줄 알았지. 내 눈에 니들이 얼마나 알팍해 보였는지도 모르고. 그 말이 탄산처럼 끓다가 튀어나갔다. 오래된 말이었다. 그때, 몇 년 전에, 독립영화 상영회의 필진으로 들어가기를 거절했을 때 학교 안에서 마주칠 때마다 솔지는 알게 모르게 수언에게 고고하게 군다는 식의, 의미 모를 질책이 담긴 시선을 보내곤 했다. 그럴 때마다 수언은 얼마간은 답답하고 얼마간은 한심했다. 남한테 정말 관심이 많네. 내 태도에 왜 그렇게 관심이 많고 자기가 생각한 게 맞는다고 우기는 거지? 왜? 그러나 같은 식의 판단을, 수언 자신도 했다는 걸 알았기 때문에 늘 따질 수는 없었다. 수언은 솔지가 팔자가 늘어졌다고 생각했다. 알바를 안 하니까 시간이 많지. 돈이 부족하지 않으니까 그런 일을 벌이지. 이미 가질 걸 다 가져서 속 편하게 남들 평가나 하는 거라고.

그러면서 니가 진짜로 우릴 무시 안 했다고?

무시했어. 모여서 기획이랍시고 자화자찬하고 떠들 바에 그냥 좀 써라, 그런 생각 했어. 그런데 내가 그 생각 입 밖으로 낸 적 있니?

말 안 해도 다 느껴지거든?

그래서, 너네가 진짜로 계속 했니? 계속 쓴 사람은 나밖에 없잖아. 내가 니들 무시하면 안 되니? 나도 그때 너네 싫었어. 쟤네는 가짜구나. 영화가 별로 중요하지 않구나. 중요하지도 않으면서 자기들 친목, 영향력, 그런 것 때문에 저런 활동 하는 거구나. 그렇게 생각했어. 영화 그럴듯하니까. 나는 진짜라고. 나만 진짜라고 생각했어.

야, 너 어떻게……

너희가 너희끼리 위로하느라 내 얘기한 건 괜찮고 내가 나를 위로하느라 속으로 생각하는 건 안 돼? 그건 아니잖아. 그냥 그런 거라고.

말싸움이 지속되는 동안 두 사람의 얼굴은 현저하게 달랐다. 수언은 표정의 변화가 거의 없었다. 와인을 마셔 발그레하던 낯빛도 점점 창백해져서, 사람이 차가워지고 있는 것 같다는 착각이 들었다. 반대로 솔지는 아무 말 하지 못한 채 상기된 얼굴을 일그러뜨렸다. 그런 얼굴을 보는 것은 처음이었다. 솔지의 얼굴은 항상 방긋 웃는 상이었고 그래서 그애에 대해 아무 생각 없다가, 이상하게 꼬여 있다가도 참 귀엽네, 귀엽게 생겼네, 하고 생각했던 적도 있었다. 솔지를 보면 항상 정반대의 마음이 꼬리를 물어서 마음이 복잡해졌었다. 그애를 무시하고 싶은 마음은, 쟨 어쩜 저럴까? 하고 궁금했던 마음과 맞닿아 있었다.

우쭐한 마음도 있었다. 네가 생애 전반에서 모든 게 나보다 나아도, 그래도 난 네가 못하는 단 하나를 인정받았다고. 그렇게 우월감을 느끼기도 했다. 수언의 기준은 알게 모르게 솔지였다. 네가 밖으로 그렇게 티를 내고 생색을 낸다면 나는 조용히 이루겠어, 그런 목적은 솔지를 기준으로 세워진 거였다. 솔지가 동경 30%, 질투 30%, 관심 30%(나머지 10%의 마음은 수언이 절대 알지 못하는 종류일 것이다)의 배합으로 자신에게 보내는 눈길도 알고 있었다. 그 눈길이 좋았다. 서로의 존재를 서로 가장 잘 인지

하고 있었다. 그건 다시 만나게 된 이후에도 마찬가지였다. 아직도 과거의 이미지로 자신을 바라봐주는 사람은 수언 주변에 솔지가 유일했다. 그래서 더 아무런 고민도 얘기하고 싶지 않았다. 솔지가 부러워하는 말없고 고고한 친구 역할이 좋기도 했다. 선택을 후회한다거나 하는 얘기를 부러 하지 않은 건 그 때문이었다. 지금 하는 일이 만들고 싶은 책의 기획권도 없이 그저 들어오는 논문을 편집해 내면 되는 일이라고. 교수가 떠넘기는 치다꺼리를 전부 해내는 게 일을 잘한다는 평을 받는 길이고 그 와중에 그 해맑고 짜증나는 족속들에게 혐오를 품게 되는 일이라고. 사실 그 비평 공모에 당선되어 여기 아닌 좀더 나은 삶(거창한 게 아니라 같은 월급이라면 더 좋아하는 일을 하는 쪽으로)을 상상하며 꿈에 부풀었다는 것도. 그런 얘기를 하면 어쩐지 솔지가 더이상 자신에 대한 호감을 품지 않을 것 같았고, 그러면 수언은 자신의 열심이 훼손되었다고 느낄 것 같았다. 그래서 아무것도 말할 수 없었다.

둘은 한참을 씩씩거렸다. 음식은 전부 식었다. 새우는 차가워졌고 기름은 엉겨갔으며 크림소스는 면에 흡수되어 물기라곤 없었고 면은 뻣뻣해졌다. 솔지와 수언은 정면으로 맞붙고도 자리를 뜨지 못했다. 어정쩡하게 부서지는 마늘을, 딱딱해진 바게트를, 툭툭 끊기는 파스타면을 씹어먹었다. 먼저 운 것은 수언이었다.

*

솔지는 서로의 밑바닥을 봐야만 진정한 사이라는 말을 믿지 않았다. 스스로의 밑바닥을 다 알고 있다고 생각하는 낙관적인 인간들이나 그런 말을 한다고 여겼다. 밑바닥은 그렇게 보여주자고 마음먹는다고 보여지는 게 아니라 둑처럼 터지는 것이었다. 차오를 대로 차오른 물의 무게를 견디다 못해 둑이 터지고 마는 것이라고. 그날 터뜨린 것은 뭐였을까. 솔지는 생각했다. 민망하고 후회되면서도 이상하게 후련해서, 자신의 마음을 단일하게 정리할 수가 없었다. 나는 그래서 수언을 더이상 보고 싶지 않은가? 이대로 끝인가? 끝일 수도 있지. 장수언이 뭐라고. 그렇게 단박에 정리를 했지만 자꾸만 혀끝이 썼다. 소매로 얼굴을 가리고, 우는 얼굴을 절대로 보여주지 않으며 소매가 젖을 정도로 울던 수언의 모습이 자꾸만 떠올랐다.

솔지는 자신이 하지 않은 일, 혹은 하지 못한 일에 변명을 만들어내는 데 능숙하다는 것을 알고 있었다. 그 사실을 가르쳐준 것은 수언이었다. 그렇게 하고 싶었으면 했겠지. 솔지가 몇 번이고 진로를 고민하고 포기한 것에 대해 한탄과 아쉬움을 늘어놓았을 때, 늘 말이 없던 수언이 언젠가 냉정하고 박정한 목소리로 그렇게 말했다. 뭐야 진짜 너무하네, 못 들어주겠다 이건가, 나이 차가 크게 나는 언니에게 어리광 부리지 말라고 혼이 난 것 같은 느낌에 반은 머쓱하고 반은 부끄러운 채로 그렇게 생각했던 적이 있다.

그러나 돌이켜보면…… 항상 수언이 옳았고 수언이 부러웠던 게 아닌지. 수언이 없는 몇 주간 솔지는 생각했다. 나는 그렇게 살지 못하고 수언은 그렇게 살 수 있는 애라서 그애가 좋고 멋졌던 건데. 그 질투심을 드러냈던 건 나였지. 물론 수언도 한심함을 드러내긴 했지만. 그럼 비긴 거 아닌가. 비겼을 땐 뭘 어째야 하는가. 그렇게 고민하다가 솔지는 수언에게 연락을 하기로 했다. 이제 그만 저녁 먹으러 오라고. 수언이 자신에게 가지고 있을 오래된 선입견 하나를 깨주고 싶기도 했다. 너는 나를 항상 어린애 보듯 봤지. 어른스럽지 못하고 그저 해맑다고. 하지만 이번에는 내가 장수언보다 어른스럽게 굴 거라고. 그렇게 결심하자 긴장이 되었다.

─저녁 먹자. 할 얘기 있어

그렇게 대차게 싸우고 또 없었던 일처럼 연락을 하는 것도, 열네 살 이후로 처음인 것 같다는 생각을 했다. 엄마가 아니면 이렇게 안 하지 않나…… 문득 우습다는 생각도 들었다. 이 관계는 다른 관계와 조금 다르다는 감각도 있었다. 수언에게서는 사 분 뒤에 짧은 답장이 왔다.

─언제?

그날 서로가 나를 함부로 판단하지 마, 하고 바락바락 외치며 싸웠지만 어쩐지 다 보이는 것 같았다. 이렇게 저렇게 썼다 지웠다 했겠지. 너무 늦게 보내면 거절인 줄 알까봐 안절부절하면서. 그러면서도 표정은 언제나처럼 평온했겠지. 걔가 속으로 안달복달한다는 걸 누구도 알 수 없겠지. 솔지는 어느새 웃고 있었다. 먼저 손을 내미는 일은 이상하게 쾌감이 있었다.

　—내일

　—알았어. 여덟시까지 갈게

　그날 근무 시간 내내 수언은 일이 손에 잡히지 않았다. 어느 누구와의 데이트 약속이 예정되어 있을 때도, 회사에서 어떤 규모의 사고를 쳤을 때도 이 정도로 긴장한 적은 없지 않았나…… 싶어 조금 의아했지만 정말로 가슴 한가운데가 계속 떨렸다. 거의 한 달 만에 보는, 솔지와 무슨 말을 해야 할지 머릿속으로 시뮬레이션을 하느라 바빴다. 자신이 긴장하는 순간이면 오버하는 타입이라는 걸 알았다. 솔지에게도 괜히 너무 너스레를 떨까봐 겁났다.

　그날의 메뉴는 연어덮밥이었다. 솔지에게 가장 자신 있는 요리였으므로 자신의 자격지심을 사과하기에 좋다고 생각했다. 솔지가 만든 연어덮밥은 완벽했다. 수언은 어떻게 이런 요리가 가정집 주방에서 가능한지 가늠할 수도 없었다. 취향껏 먹도록 따로 와사비를 듬뿍 내준 것까지 수언에게 맞춤이었다. 이제 그 요리들은 몇 년 동안 솔지의 손에 더할 나위 없이 익어 설은 데가 없었다.

　몇 년간 늘 하던 일이었으므로 몇 주 정도 보지 않았음에도 자연스럽게 솔지의 집 현관을 통과하고 식탁 의자에 가방을 걸고 늘

앉던 자리에 앉았으나, 솔지의 얼굴만은 쳐다볼 수 없었다. 솔지가 연어덮밥에 간장을 뿌리고 와사비 그릇을 따로 내어줄 때까지 수언은 애매하고 애매한 곳들에 시선을 두었다. 화장실과 거실 사이, 식탁과 그릇 사이, 수저를 건네는 솔지의 손과 팔뚝 사이 같은 곳을. 이윽고 솔지가 마주앉았을 때는 솔지가 입은 앞치마에 달린 단추를 보았다. 뭐해, 먹자. 솔지의 목소리를 듣고 어색한 나머지 수언은 와사비를 듬뿍 얹은 연어를 그대로 입에 넣고 말았다. 어찌할 수 없는 사이에 코가 찡하고 눈물이 쑥 나왔다.

어우……

고개를 숙이고 눈물을 흘리고 있을 때 솔지가 말했다.

미안해.

……야.

이건 내가 먼저 했다. 이건 진짜야. 친구가 되어가지고 축하도 제대로 못해줘서 미안해. 지나고 보니 그게 제일 걸렸어. 나는 너를 언제나 부러워했고 좋아했는데…… 우리 친해진 오 년 동안 부러움보다 좋아함이 앞섰다고 생각했는데. 너한테 좋은 일이 생겼을 때 부러움이 먼저 튀어나가는 걸 보고 나도 나한테 충격받았어. 나 진짜 별로구나.

……우리 처음 만났을 때 있잖아. 카페에서. 어떻게 지냈냐고 물어봐서 내가 회사에 다닌다고 하니까 네가 또 그 표정으로 봤잖아, 나를. 대단하네, 하는 표정으로. 그거 교수님 추천으로 들어간

거야. 자기 논문 내던 출판사에 소개해준 거.

알아. 그거 애들한테 진작 들었어. 그땐 그것도 질투했어. 학교 생활이랑 학점 관리는 내가 더, 내가 아는 애들이 더 치열하게 열심히 했는데 교수님이 알아본 애는 너뿐인 것 같아서. 치사하게 그랬어. 그때도. 네가 하는 건 다 부러웠어. 네가 들고 다니면 에코백도 좋아 보이고 셔츠에 청바지 차림도 있어 보였다고.

너는 나를 너무 좋게 봐. 나 그때 월급 백십만원 받았어. 그런 얘기를 너한테 할 수가 없었어. 네가 무슨 그런 말도 안 되는 데를 다니냐고 하면 너무 상처받을 것 같았어. 카페 직원으로 살아도 백오십만원은 벌었을 텐데, 글 쓰는 곳 언저리에 있어야 좋아하는 일을 잃어버리지 않을 것 같아서 동아줄처럼 잡고 있었어. 그건 나한테 부적 같은 거였어. 네가 물정도 모르냐고 멍청하다고 한다고 해도. 나는 셈도 더럽게 못하는 주제에 남한테 이래라 저래라 하는 소리는 또 못 들어. 자존심도 더럽게 세거든.

내가 그렇게밖에 말 못할 거라고 어떻게 장담하는데? 내가 응원할 수도 있잖아. 너 잘난 건 아는데, 나에 대해 뭘 그렇게 확신했어?

넌 네가 너무 소중하잖아. 네가 못한 걸 내가 하면 서운해하잖아. 네 눈에 내가 널 무시하는 게 보였듯이 내 눈에도 네가 기뻐하지 않을 게 보였어. 나라고 안 서운했겠니? 대학에서 만나 이제껏 친구인 건 너 하나밖에 없는데?

솔지는 억울한 듯 말했지만, 실은 스스로도 수언의 짐작이 맞았을 거라고 여겼기 때문에 어조는 공격적이지 않았다. 자신이 언제나 수언에게 파악당할까봐 노심초사했다는 것만 확인할 수 있었다. 부끄러움과 함께 이상하게 희열이 느껴진 것은 수언의 마지막 말 때문이었다. 친구인 건 나밖에 없다니, 수언에게도 그랬구나, 수언에게 존재감이 있었구나, 내가. 영문 모를 기쁨 같은 게 스물스물 올라왔다. 솔지는 그런 자신이 너무 시녀 같았고, 수언 같은 애를 내가 왜 이렇게 미워하면서도 좋아하는지 모르겠다고 생각했지만, 그것밖에는 설명할 길이 없었다. 수언의 마음에 들고 싶었다. 수언과 친구가 되고 싶었다. 그걸 오 년이나 지나서야 말하고 있었다. 수언도 고백 같은 말을 해놓고 묘하게 부끄러워져, 둘은 한참 말이 없었다. 솔지가 주방에서 썰어놓은 연어 몇 점을 더 가져와 수언의 그릇에 얹어주었다.

연어 더 먹어.

……고맙다.

그래도 오늘 내가 먼저 연락했지. 넌 그런 거 못하잖아. 너도 네가 너무 소중해서.

일어선 채로, 음식을 하느라 두른 앞치마를 여전히 입은 채로, 긴 요리용 젓가락으로 능숙하게 연어를 뒤적이며 그런 말을 하는 솔지의 얼굴을 수언은 올려다보았다. 어른의 얼굴이었다. 맞아. 언제나 초대하고 저녁식사를 준비해주는 건 너였지. 그렇게 손 내

밀어주는 게 얼마나 어려운 일인지 수언도 알고 있었다.

수언은 항상 솔지의 설익은 상태를 목격해왔으나 영영 설익은 상태로 있는 것은 아니었다. 늘 가고 싶은 쪽으로 가 있었다. 오년 동안 솔지의 요리는 솔지의 경제력과 더불어 무궁히 발전했다. 솔지의 요리는 이제 수언에게 항상 맛있었다. 여느 식당 못지않았다. 싸우던 날의 크림파스타도, 싸우지 않던 언젠가의 에그인헬도. 오늘의 연어덮밥은 말할 것도 없었다. 솔지가 의자를 끌어당겨 앉으며 후련한 표정으로 말했다.

네가 맞아. 영화 안 중요해. 그땐 내가 뭔가 하고 있다는 사실이 중요했고, 지금은 내가 포기한 게 있다는 사실이 중요했어. 그리고 그냥 너랑 그런 얘기 계속하는 게 좋았어. 누구 영화가 좋고, 어떤 비평이 있고, 그런 말을 여전히 하는 세계에 발 걸치고 있다는 느낌. 나는 그렇게 써먹고 있는 걸 네가 진짜로 이뤘다고 해서 놀랐어.

……

축하해.

솔지야.

우리가 왜 오 년 동안이나 친구인지 알겠다.

솔지는 노래하듯 말했다. 내내, 수언이 과장되었고 연출되었다고 여겨오던 목소리와 말투였다. 누가 봐주길 바라면서 저렇게 발랄하게 말하는 거지? 안 그러면 저렇게 부자연스러울 리가 없잖

아? 하고 괜히 시니컬하게 평하곤 했던 솔지의 목소리. 수언은 부
끄러움에 그저 밥을 씹었다. 솔지는 아랑곳하지 않고 이어 말했다.

연락을 해서야.

음?

눈을 동그랗게 뜨는 수언에게 솔지는 가만히 고개를 끄덕이며
말했다.

그게 전부야.

……

너 없는 동안 어색하고 외로웠어. 말 한마디 안 하고 저녁 먹는
거. 이렇게 먹으니까 사는 거 같고 좋다.

쟤는 어쩌면 저런 말을 할까. 수언은 그게 신기했다. 아는 사람
중 가장 세련되게 살고 싶어하는 솔지가 가끔 그렇게 옛날 사람
같은, 오래 산 할머니 같은 말을 불쑥 하는 순간.

우리, 싸울 때 제일 많이 얘기했어.

뭘?

그냥, 자기에 대해.

나 누구랑 싸워본 거 처음인 거 같아.

누군 여러 번이냐.

그날 늦은 저녁식사가 끝나갈 즈음 갑작스러운 밤비가 내렸다.
솔지는 수언에게 우산을 빌려주었다. 수언은 비 내리는 어두운 거
리를 걸으며 평소 습관대로 바닥을 보지 않고 고개를 들어 우산의

안쪽을 보았다. 하늘색 바탕에 분홍 땡땡이 우산. 대학교에 다닐 무렵 수언은 그 우산을 쓴 솔지를 본 적이 있었다. 공주님 같다고 생각했지. 그리고 저런 애가 나랑 어울릴 리 없다고, 괜한 심술을 섞어 지나쳤었다. 그때 솔지는 혼자였는데.

*

솔지의 연어덮밥을 먹고 온 날 밤 수언은 꿈을 꿨다. 솔지와 함께, 솔지처럼 느껴지는 인물을 옆에 세운 채 한밤의 산길을 걸어가는 꿈이었다. 꿈의 장면은 변하고 변해서 높고 끊임없는 계단을 오르는 것으로 시작했는데 정신 차려보니 숲의 입구에 서 있었다. 검은 나무로 뒤덮인 길은 세 갈래였고 수언은 별생각 없이 그중 하나의 길로 접어들었다. 솔지와 손을 잡게 된 것은 그때쯤인 것 같았다. 둘은 손을 잡고 걸었다. 이쪽저쪽으로 뾰족한 모서리를 찌른 화살표 몇 개가 정신없이 붙어 있는 표지판을 맞닥뜨릴 때마다 수언은 아래쪽을, 더 깊고 어두워 보이는 길을 선택했다. 아주 희미한 빛만 있었고 옆에서 들리는 솔지의 발걸음 소리, 숨소리, 옷깃이 스치는 소리, 나뭇가지를 손으로 들어올리는 소리를 들으며 걸었다. 넘어지지 않게 조심하며. 꿈에서도 발끝에 단단히 힘을 주고 있는 것이 느껴졌다. 대체로 더 검고 덜 검은 것으로 형체와 풍경이 파악되는 숲속에서 가끔 희고 누런 나뭇잎과 나뭇가지들이 눈에 띄었다. 어둑한 숲길은 가파르다 완만하다를 반복했지만 그래도 인간에 의해 조성된 숲길이었다. 끝없는 길엔 여느 등산로가 그렇듯 짚을 엮어 깔아놓은 분명한 경로가 있었고 종종 나무뿌리가 튀어나왔거나 갑자기 솟구치는 땅 때문에 위험한 곳에는 딛고 올라가기 좋은 나무 계단이 서너 개씩 놓여 있었으며 어딘지 매캐하게 흰빛을 뿜는 가로등도 잊을 만하면 나타났다. 빛이 사라질 즈음에 또다른 빛이 놓여 있었다. 어두움에 한 치 발밑을 보지 못할라치면 흰 등이 뿌리는 빛이 눈을 부시게 만들었다.

　수언과 솔지는 그렇게 한참을 걸었다. 턱끝에 차오르는 숨을 턱턱 뱉으며, 아무 말 없이. 잡은 손을 놓지 않았다. 발밑이 푹 꺼져서 이대로 떨어지는 게 아닌가 싶고 나무가 빼곡한 틈으로 이상한 소리가 들려 들짐승이 튀어나올 것 같은 공포스러운 순간에 솔지가 쥔 손에 힘을 주어 뼈마디가 아플 때에도 말을 하지 않았다. 말 없이 걸었다. 내리막길을 급하게 내려가다가 다시 오르막길을 힘겹게 올라갔다. 그러다 갑자기 숲이 끝났다. 숲이 끝나자 대번에 팔차선 도로가 있는 도시였다. 숲이 끝난 곳에서 시선을 멀리 보내면 아주 작게 남산타워가 보였다. 꿈속에서도 수언은 오래전 대학교 강의실에 앉아 생각 없이 창밖으로 눈을 돌리면 미세먼지를 측정하는 용도로밖에 안 보이는 남산타워가 있었던 것이 떠올랐다. 그때 본 것과 비슷한 크기였다. 그렇다면 그 정도 거리를 두고 있는 걸까. 아니면 그때 거기인가. 정확히 알 수 있는 것은 남산타워가 있으니 여기가 서울이라는 사실뿐이었다. 그 외엔 아무것도 모르겠다고 생각했는데 어쩐지 직감으로 (곁에 있는 사람의 얼굴을 볼 수 없지만 결국 솔지라고 결론 내렸던 것처럼) 집으로 갈 수 있는 방향을 아는 것만 같았고 그것은 팔차선을 앞에 둔 수언의 위치에서 도로의 왼편으로 가야 하는 길이었다. 팔차선을 옆에 두고 조심조심 걷는 두 사람의 앞에 어느새 팔차선 도로를 넉넉히 둥그렇게 감싸는 거대하고 아늑해 보이는 터널이 등장했다. 수언과 솔지는 여전히 손을 잡은 채로 집으로 향하는 멋진 터널을 통과했다. 터널이 끝나자 여전히 터널 같은 검은 하늘에서 (그러고 보니 검은 숲을 빠져나오든 숲속 한가운데를 헤매든 하늘은 온통 어두웠다) 거짓말처럼 폭우가 쏟아졌다. 우산 없이 온몸으로 비를 맞는 느낌이 시원했다. 맞잡은 손 사이로 빗물이 흘러들었다. 손등에 닿은 차가운 비가 마주잡은 두 손바닥 사이로 들어가 체온 정도로 데워졌다. 맞을 만한 비였다.

근육의 모양

재인은 필라테스와 담배를 동시에 시작했다. 서른두 살의 겨울이었다. 건강에 도움이 되는 일과 건강을 해치는 일을 동시에 시작하면 결과는 플러스일까 마이너스일까 궁금했지만, 실은 재인이 관심 있는 것은 더하거나 빼고 난 값이 아니었다. 더 정확히 말하자면 어느 한쪽도 마이너스가 아니고 모두 플러스라고 여겼다. 필라테스를 하지 않아서 결국 좋지 않던 허리가 디스크로 망가져 입원을 하거나 수술을 해도, 혹은 늦게 배운 담배를 죽어라 피워대다가 폐렴이나 다른 나쁜 병에 걸려도 재인은 그것들을 모두 플러스로 쳤을 것이었다. 그것은 자신이 해본 것이므로. 잃거나 얻은 것이 아니라 해본 것. 투병이나 입원, 혹은 수술 같은 단순한 단어로 '해본 것' 리스트에 적어둘 것이었다. 해본 것은 더한다.

그것이 재인이 세운 단순한 원칙이었다. 해가 갈수록 안 하던 뭔가를 한다는 게 어렵고 생각만으로 마음이 바빠졌으나, 다행인지 불행인지 재인은 그가 작성중인 '해본 것' 리스트에 두 가지를 더 추가할 수 있었다.

처음 해보는 도전이나 시도에 걸림돌이 되는 것은 후회나 두려움처럼 한 단어로 설명할 수 없는 복잡한 감정들이었다. 처음 해보는 것이지만 여러 번 해본 사람처럼 능숙하게 하고 싶다는 사춘기적 마음, 다른 사람들에 비해 뒤처지고 싶지 않다는 마음, 해야 할 것을 제대로 이해하지 못하고 혼자 엉뚱한 짓을 해서 우스꽝스러워지고 싶지 않다는 절박한 마음 같은 것. 때문에 뭔가를 한다는 건 정말이지 부담스러웠지만, 그럼에도 재인은 '한다'와 '하지 않는다' 사이에서는 '한다' 쪽을 택했다. 결과적으로는 무조건 남는 게 있다고 믿는 편이었다.

재인은 다이어리에 그런 걸 적는 사람이었다. 스물세 살 이후부터 적은 것으로 기억하고 있는데, 고3 수험생 시절 힘든 입시를 견디려고 수능 D-100 다이어리 뒤쪽에 '신입생이 되면 꼭 해야 할 것들' 리스트를 만든 것까지 친다면 더 오래된 습관이었다. 스물세 살 이후에 적은 '해본 것' 리스트에는 이런 것들이 있었다. 논술학원 아르바이트. 원나잇. 양다리. 전액 장학금. 절교. 독립. 어떤 시기에 재인은 십대 애들을 무서워했지만 한 번만 더 마주해보기로 결심했고, 섹스는 사랑하는 사람과만 하는 게 아닐지도 모른

122

다고 생각해보았으며, 동시에 두 사람을 사랑할 수 있다는 사실도 인정했다. 또 다른 시기에는 자신이 생각보다 성실한 사람인지도 모른다고 믿어보기로 했고, 오랜 친구와 헤어지는 일은 생각보다 쉽다는 걸 깨달았으며, 가족을 떠나는 일은 생각보다 어렵다는 걸 알게 됐다. 그건 재인이 한 선택의 목록이었고, 의심 없이 믿고 있던 것을 거듭 수정해온 변화의 목록이었다. 그 목록을 훑어볼 때마다 재인은 그런 게 쌓여서 내가 되었지, 하고 생각했다.

그러나 그해 겨울 재인이 더하기만 한 것은 아니었다. 빠진 것도 있었다. 이것은 균형이 맞는 것인가 아닌가, 재인은 자주 갸웃거렸다. 재인의 목록에서 빠진 것은 애인과 결혼이었다. 그 둘이 한 가지가 아니라 두 가지라는 것을 자주 곱씹었다. 그러니까 재인이 원한 사람은 그 사람이 아니었고, 재인이 원하는 연애의 끝은 결혼이 아니었다는 것. 그리고 애인의 목록에서 자신이 빠진 게 아니라 재인이 자신의 목록에서 애인을 빼버린 것이라는 사실도. 그 선택은 내가 했다는 걸 알고 있는 게 재인에게는 중요했다.

우리 서로 짠해하지 말자.

헤어지자는 말을 하며 재인은 그렇게 말했고 남자친구는 가슴을 부여잡으며 조금 과하게 울었다. 제발 자기를 짠하게 여겨달라는 것처럼 보여서 재인은 살짝 인상을 쓸 뻔했다. 한 명이 더 힘을 줘 끌고 가는 관계는 언제까지나 반대편이 일 프로 정도는 함께 힘을 실어줄 때 가능한 일이었다. 이별을 이야기하기 오래전부터 재인은 싣던 힘을 모조리 뺀 상태였다. 나한테도 기회를 줘야지, 남자친구가 긴 훌쩍임 끝에 그렇게 말했을 때 재인은 납작해지는 기분이었다. 상대에게 쏟는 기운을 영 프로로 만들고도 내려갈 곳이 더 남아서 진공포장 상태처럼 납작해진 기분으로, 가까스레 말했다.

그게 안 돼서 헤어지자고 하는 거야.

그 말을 마지막으로 남자친구는 크게 고개를 끄덕였다. 이상하게 복종하는 듯한 표정을 지었다. 네 말을 모두 이해했고, 친구로라도 지낼 수 없느냐고 태세를 전환했다. 어쨌거나 자신이 원한 대로 관계를 끝맺었으므로 재인에게 다른 말들은 뭐든 별로 중요하지 않았다. 남자친구의 말에 재인은 건성으로 고개를 끄덕였고 그 시점부터 남자친구는 전 남자친구가 되었다.

*

은영은 필라테스 강사가 된 지 사 년 차였다. 이전에는 대기업에 다녔다. 꽤 큰 액수의 월급을 받았지만 번 돈을 전부 다시 필라테스 교육비로 썼다. 자격증을 따기 위해 필기시험 백 문제를 풀었고 세 시간의 실기시험을 쳤다. 주말에 하루 일하고 평일에 하루를 쉬며 주 오 일 일했고 한 달에 이백칠십만원 정도를 벌었다. 대기업 신입사원 때 받던 월급을 사 년 차 강사 때 받고 있지만 은영은 이 일을 좋아했다. 직장의 근무복이 운동복인 점, 오십 분 수업을 하면 적어도 오 분은 꼭 쉴 수 있다는 점, 교습소 오픈 담당인 날 블라인드를 걷으면 창으로 가득 들어오는 아침 볕, 강의실 바닥을 물걸레질하며 떠올랐다 가라앉는 먼지들이 반짝이는 모습을 구경하는 것, 차례차례 들어오는 수강생들의 피곤하거나 웃고 있거나 무표정한 얼굴, 얼굴들.

사람을 많이 만나는 일을 직업으로 삼으면 반쯤은 관상쟁이가 된다는 말을 은영은 믿지 않았다. 그것까지 너무 자기중심적인 생각이라고 믿는 편이었다. 얼굴에 삶의 시간이 드러나는 건 극히 일부라고. 일부를 가지고 아는 척을 하는 건 은영으로서는 좀 부끄러운 일이었다. 내가 그 사람 그럴 줄 알았잖아, 처음 봤을 때부터 그런 느낌이 좀 왔잖아, 하는 식의 화법을 부끄러워했다. 그런 말을 자신만만하게 하는 사람들 앞에서는 조용히 손가락으로 반대 손등을 꼬집으며 버텼다. 그렇다고 얼굴에 드러난 일부를 보는 일에 아예 관심이 없던 것은 아니었다. 은영은 우연히 만나게 된 사람들의 얼굴에 깃든 표정을 살펴보는 일을 좋아했다. 그 표정으로 그 사람을 평가하거나 판단하고 싶지 않았을 뿐이었다.

1회 체험 수업을 마친 후 곧바로 등록하겠다고 말하는 재인의 얼굴에서 은영이 읽은 것은 기분이나 감정이 흐르지 않게 단단히 걸어두려는 의지였다. 낯선 곳에 발을 디디면 당연히 들 법한 어색함, 긴장 같은 걸 최대한 덜 표출하기 위해 애쓰는 표정. 이렇게까지 해석하고 확신하는 건 언제나 민망했지만 미묘한 표정에 이유나 이름을 붙이는 건 매번 수강생을 받는 직업을 가진 은영이 좋아하는 놀이 같은 거였다. 스스로 만들어낸 놀이는 은영이 선택한 이 직업을 좋아하는 이유가 되기도 했다.

재인 같은 얼굴과 마주할 때마다 은영은 이상하게 마음이 기우는 걸 느꼈다. 마음이 약해서 단단하게 걸어 잠그는 유형의 사람들을 보면 늘 조금씩, 운동으로 다져진 몸만큼이나 단단한 은영의 마음이 물렁해지는 것 같았다. 마음이 물렁해진다는 건 아주 사소한 부분에서 티가 났다. 이를테면 그런 사람들에게는 원칙을 깨고 잘해주고 싶었다. 은영이 근무하는 필라테스 교습소의 원칙은 '수업 일정 하루 전 취소 및 변경 가능, 당일 취소는 수업 횟수 차감'이었다. 기본이 10회인 수업이었고, 매 수업이 끝나면 서로의 스케줄을 확인하고 조정하며 다음 수업일을 잡았다. 수업이 잡히면 은영은 그 전날 수강생들에게 일정 확인 문자가 가도록 문자 예약을 걸어두었다. 말없이 수업을 빠지거나 당일에 취소하면 1회가 차감되므로 수강생들이 최대한 수업을 들을 수 있도록 하기 위해 마련된 시스템이었다. 필라테스는 회당 가격이 비싼 운동이었으므로 은영이 문자를 보내는 하루 전까지 일정의 변경과 취소가 치열했다. 여러 수강생의 바뀐 일정을 잘 기억하고 기록하는 일이 이 직업의 큰 부분을 차지했다.

재인 같은 유형의 수강생들은 변명을 하거나 조르지 않았다. 은영 같은 사람들이 해야 하는 일에 수반되는 감정노동을 줄여주기 위해 애쓰는 게 느껴졌다. 예약 발신 문자에도 꼬박꼬박 네, 감사합니다, 변동 없습니다, 하고 답장을 했다. 일정 변경도 거의 없었고 예상치 못한 당일 취소에 은영이 더 안타까워하면 오히려 괜찮다고 대답했다. 1회 차감되시는데…… 어쩌죠? 하고 문자를 보내면 괜찮습니다, 번거롭게 해드려 죄송해요, 하고 말 뿐이었다. 그럴 때 은영은 원칙을 깨서라도 그 수업을 더 해주고 싶었다. 그냥 해드릴게요, 하고 싶었다. 그러나 한 번도 진짜로 그렇게 말해본 적은 없었다. 마음은 마음이고 원칙은 원칙이었다.

*

집 근처 필라테스 교습소에서 1회 체험을 한 날 재인은 곧장 10회권을 끊었다. 애초에 1회 체험을 해보고 등록을 고민하려던 건 아니었다. 이미 등록을 하려고 결정을 해둔 채 1회 체험을 신청한 것이었다. 어떤 걸 선택할 때 그게 실제로 어떤지 알아보는 일은 재인에게 큰 영향을 미치지 않았다. 자신이 그 선택을 정말로 하려고 하는지, 그것이 중요했다.

운동이 패턴이 되는 것은 꽤 오랜만이었다. 정확히 헤아려보면 고3 때 찐 살을 빼기 위해 대학 입학 전까지 매일매일 헬스장에 다닌 열아홉 살 무렵 이후로 처음이었다. 매일매일 체중계에 올라서

던 날들. 그러고 보니 그것도 겨울이었네, 하고 재인은 조금 재미있어했다. 겨울이면 해가 바뀔 무렵이었고 해가 바뀐다는 자연의 사이클에 맞춰 몸도 바꾸고 싶은지, 재인에게는 유독 겨울에 일어나는 일들이 많았다. 만나던 애인들과 꼭 겨울에 헤어졌고, 헤어지고 나면 몸무게가 이삼 킬로그램씩 줄어 있었다. 이별 때문에 특별히 힘들지 않았는데도 매번 그랬다. 내 몸에 붙어 있던 그들이 떨어져나간 자리겠지, 재인은 그렇게 생각했다. 그렇게 믿는 쪽이 좋았다. 나도 애도할 줄 아는 사람이야. 몸으로 애도하는 사람. 스스로를 그런 존재로 생각하는 것이 나쁘지 않았다.

이번 이별도 마찬가지였다. 전 남자친구가 된 남자친구를 카페에 남겨놓은 채 나와 걸으며 이별의 순간을 꼼꼼히 느껴보았다. 뒤통수가 당기지만 뒤를 돌아보지 않는 마음으로. 드라마에서는 이럴 때 꼭 뒤에서 누군가 쫓아와 붙들지만, 그 오랜 학습 때문에 한 번쯤 그런 일이 일어나지 않을까 상상하게 되지만 절대 그럴 일은 없다는 걸 잘 아는 마음으로. 단단히 팔짱을 끼고 옷깃을 여미고 바람이 사나운 겨울의 골목을 걸었다. 등이 굽지 않도록 허리를 계속 곧추세우며. 이제 더는 따라올 사람이 없다는 걸 알아가는 마음. 원래도 없었고 정말로 없다고 인정하고 앞을 보고 걷는 마음. 그건 슬픔에 잠겼다가 빠져나오는 일이기도 했고 그런 감정에 취해 있으면 으레 조금 행복하기도 했다. 어느 순간마다 자신의 마음을 들여다보는 일은 '해본 것' 리스트를 적는 일만큼 재인에게 중요했다. 그리고 그 둘은 떼려야 뗄 수가 없었다. 모르는 마음으로 모르는 것을 선택할 수는 없으므로.

모르겠는 것은 마음이 아니라 몸이었다. 1회 체험권으로 난생처음 필라테스 수업을 받으며 재인은 선생님의 말을 잘 알아들을 수 없어 당황했다. 지시를 받아도 제대로 수행할 수 없다고 생각했다. 이를테면 이런 말들. 척추를 더 뽑으세요, 갈비뼈는 닫아요, 골반을 더 찍어내려요, 옆구리를 구부리지 말고 펴서 늘려요, 아랫배와 허벅지 사이에 근육을 당겨올리세요. 겨드랑이 뒤쪽 옆으로 만져지는 곳에 근육이 있다는 것도 재인은 처음 알았다. 이후 본격적으로 시작된 수업에서도 마찬가지였다. 선생님이 말을 뱉으면 재인이 그 말을 머릿속에서 해석하기 위해 일이 초 정도가 필요했다. 최대한 선생님의 표현 그대로 몸을 움직여보려고 애썼다. 어디 있는지 모를 근육을 머릿속으로 더듬었다.

잘하고 싶었다. 잘 해내고 싶었다. 처음 하는 것을 마주할 때면 매번 드는 생각이 이번에도 여지없이 들었다. 그러나 자신이 없었다. 써본 적 없는 근육을 상상하기란 생각보다 더 어려웠다. 몸이 탄탄하고 맑고 또렷한 목소리를 가진, 첫 방문 후 좋은 인상이 남았던 필라테스 선생님에게도 잘 보이고 싶었지만, 누군가에게 잘 보이고 싶은 마음이 들면 반드시 그렇지 않을 때보다 더 우스꽝스러워지기 마련이었다. 이곳저곳에 힘을 줘보느라 동시에 어깨에 힘이 잔뜩 들어간 재인에게 선생님이 말했다.

너무 답답해하지 마세요.

그 말에 자기도 모르게 숨을 뱉으며 재인은 어깨에서 힘이 빠져나가는 것을 느꼈다. 기분좋게 차가운 손으로 재인의 어깨를 두드리며 잘하셨어요, 하고 선생님이 이어 말해주었다. 선생님은 몸을 삐그덕거리는 재인에게 매번 잘하셨어요, 하고 칭찬했고 수업이 끝나면 수고하셨어요, 하고 인사했다. 칭찬 스티커를 받는 기분에 매번 좀 황송했는데 그럴 때마다 재인이 할 수 있는 것은 환복을 하고 교습소를 나서기 전에 평소보다 크게 웃어 보이는 것뿐이었다. 기분보다 조금 더 밝게 웃는 얼굴로 안녕히 계세요, 라고 인사하는 일.

*

필라테스 수업을 하면서 은영이 수강생들에게 가장 자주 하는 말은 배에 힘을 주면 다리를 들 수 있어요, 였다. 배에 힘을 준 채 다리를 들라고 하면 수강생들 열이면 여덟이 무릎 관절에 힘을 꽉 주었다, 그 힘을 빼라고 하며 은영은 항상 말했다. 배의 힘으로 드는 거예요. 다리에는 힘을 주지 마시고. 그러면 수강생 열의 일곱이 그게 뭔데요? 하는 표정이 되어 있었다. 다리를 다리로 드는 게 아니라 배로 드는 거라고. 그렇게 말하는 스스로가 가끔 우습기도 했다. 자신도 근육이 어떻게 사용되는지 모르던 시절이 있었다.

그때 자신도 똑같은 표정을 지었을 것이었다. 그런 광경을 상상하고 있으면 회사에는 너무 마음 붙이지 말고 대충 다니는 거예요, 라는 말을 들었을 때의 자신이 떠올랐다. 그게 뭔데요? 하고 울상을 지었던 스물여섯의 신은영이.

사람들의 마음이 아니라 몸에 집중하는 일. 은영은 그걸 바라서 회사를 그만두었다. 회사에서는 서로의 의중을 파악하는 일을 악질적으로 즐겼다. 은영의 상사부터가 그랬다. 은영은 회사에서 사람들을 깊이 알아가고 싶지 않았다. 중요한 것은 그저 자신의 일을 잘하는 것. 그것이 은영의 회사생활 원칙이었다. 그 외엔 신경쓰고 싶지 않았고 휘둘리고 싶지 않았는데, 상사의 곁에 있으면 그럴 수 없었다. 그는 언제든 후배들을 비꼬았고 자신의 기분이 좋지 않을 때는 더 비꼬았다. 일을 잘하는 사람에게는 그의 옷차림, 말투, 습관 같은 업무 능력 외의 것을 평가하며 우습게 만들고 일을 못하는 사람에게는 작은 심부름을 시키면서도 그의 업무 능력을 과도하게 평가하며 우습게 만들었다. 그러면서 티나게 사람을 가려 칭찬을 하거나 추켜세워서 후배들로 하여금 계속 눈치를 보게 만들었다. 은영의 동기와 후배들은 필사적으로 눈치를 보며 알았다. 저 사람 눈 밖에 나면 지옥 같을 것이다, 중학교 때 왕따를 당하는 것과 비슷할 것이다, 하는 예감이 모두에게 있었다.

상사에게 터무니없는 인신공격을 당하거나 상사가 유난히 자신의 나쁨을 요란하게 드러낸 날에는 동기들과 나란히 정시 퇴근을 하고 회사에서 먼 동네로 가 맥주를 끝도 없이 마시며 끝나지 않는 욕을 해댔다. 비싼 가방을 사거나 혼자 일식당에서 오마카세를 시키며 꼬인 마음을 성실하게 해소했고 착실하게 출근했다. 그러나 그렇게 버티는 데에도 한계가 있다는 것을, 은영이 가장 잘 알았다. 입을 뗄 수조차 없게 된 날이었다. 손가락 까딱할 힘이 없고 눈꺼풀을 들어올릴 힘이 없어도 그 사람을 욕할 땐 이상한 기운이 생긴다고 동기들끼리 자주 우스갯소리를 하기도 했고 실제로 은영도 그 말을 끝까지 믿었는데. 어느 날 분노의 에너지도 고갈된 상태가 찾아왔다. 여기에 계속 있다보면, 저런 사람과 마주하며 살다보면 나도 어느새 저런 모양이 되어 있겠지. 그 생각에 몸서리를 쳤던 순간을 기억했다.

은영이 상사 때문에 회사를 그만두겠다고 했을 때 주변의 모두가 만류했다. 어딜 가도 똑같아. 월급 많이 주는데 더러워도 그냥 좀 참아. 욕하면서 다니는 재미도 있잖아. 앞에선 무시하고 뒤에서 욕하면서 다녀. 그 말이 틀리다고는 생각하지 않았다. 그러나 내내 그 조언에 따르면서도 은영은 매번 가슴속이 기분 나쁘게 간질거리는 느낌을 받았다. 그 조언에 대해서라면 할말이 많았다. 나는 무시할 수가 없어. 편한 대로 생각하려고 해도 그렇게 되지가 않아. 그 사람은 살아서 움직이는 사람이고 그 사람이 자기 모양을 바꿀 때마다 내 마음의 모양도 바뀌어. 따라서 싫었다 좋았다 하게 돼. 그게 너무 힘들어. 다른 사람이 내 모양을 바꾸는 걸 더 보고 있을 힘이 이제 나에게는 없어.

어떤 공간에, 집단에 그런 사람이 있으면 그 공간을 벗어나서도 계속 그 사람이 만들어낸 압력에 눌려 있었다. 퇴근을 하고도 계속 상사의 표정과 말투와 화법을 반복 재생하는 스스로를 발견하고, 그만 생각하자는 생각을 수백 번 읊조려도 그만둘 수 없다는 걸 깨달은 뒤부터 은영은 물리적으로 숨이 잘 쉬어지지 않는 것을 느꼈다.

마음을 너무 붙이네요, 은영씨는.

그런 얘기를 한 건 동기 예은이었다. 예은에게 처음 그 말을 들었을 때는 상사에게 받았던 모멸감과 다른 종류의 감정을 느꼈는데 동시에 느껴지는 수치심은 비슷했다. 왜인지 부끄러웠고, 자신을 그렇게 부끄럽게 만드는 예은이 미웠다. 당신이 뭔데 그런 소리 하느냐고 따져 묻고 싶었다. 나에 대해 뭘 그렇게 많이 아느냐고. 그러나 어쩐지 은영은 예은에게 기분 나쁜 내색을 할 수도, 따져 물을 수도, 예은을 미워할 수도 없었다. 예은의 말은 고요히 은영의 마음에 남았다. 따뜻한 물에 찻잎이 가라앉는 것처럼 마음 가장 밑부분에 내려앉아 사라지지 않았다.

대충 다녀요, 은영씨. 너무 마음에 들려고 하지 말고. 힘들이지 말고.

예은은 그렇게 덧붙였다. 그 순간 은영은 무너지는 것 같기도 했고 다시 살아나는 것 같기도 했다. 그때는 그 느낌을 어떻게 설명해야 할지 몰랐는데, 필라테스 강사인 지금은 알고 있었다. 긴장했던 몸이 이완되는 느낌. 예은은 은영이 아는 사람 중 가장 서브텍스트가 없는 사람이었다. 있는 그대로 말했고 말하지 않은 것을 알아달라고 하지 않았다. 예은과 함께 있으면 은영은 몸에 힘을 주지 않을 수 있었다. 다른 동기들에게 꺼낸 적 없는 이야기를, 예은에게는 자꾸만 털어놓게 되었다. 예은은 행간을 읽어내는 데 지쳐 있던 은영에게 유일한 숨쉴 곳이었다.

*

10회에 칠십만원. 회당 칠만원의 비싼 운동이었으므로 재인은 빠지는 일 없이 수업을 다 듣고 싶었다. 모두들 업무를 조금씩 쉬어가는 연말이어서 빠지지 않을 수 있을 거라고 제법 자신하기도 했다. 절반 가까이를 수강할 때까지 갑작스러운 야근이나 참석해야 할 행사가 생기지 않아서 정말로 백 퍼센트 출석이 지켜지나, 두근거리는 마음도 들었다. 그러나 그날은 결국 수업을 들으러 가지 못했다. 전 남자친구의 가족에게서 연락이 왔기 때문이었다. 퇴근 직전의 오후 다섯시, 그의 누나로부터 명동역의 어느 카페에서 만나길 원한다는 내용의 문자가 도착했다. 우리 아버지가 너를 만나 이야기를 하고 싶으신 모양이다. 무슨 소리를 하실지 모르니 내가 함께 가겠다. 그런 설명도 덧붙여 있었다. 약속 시간은 저녁

일곱시. 재인이 정시 퇴근을 하고 필라테스 수업을 들으러 갈 시간이었다.

　결국 재인은 전날 저녁 선생님이 보낸 일정 확인 문자에 답신으로 '죄송하지만……'으로 시작하는 수업 취소 문자를 보냈다. 은영에게서 곧바로 '당일 취소하시면 1회 차감되시는데…… 어쩌죠?' 하고 문자가 왔다. 재인은 머쓱해져 거듭 '괜찮습니다, 제가 갑자기 일이 생겨서…… 번거롭게 해드려 죄송합니다' 하고 사과했다. 재인은 정말로 미안했다. 일곱시 수업을 다섯시 삼십분에 취소하다니. 돈을 내고 듣는 수업이긴 했지만 어쨌거나 매번 서로의 스케줄을 대조하며 잡은 약속이었다. 한 시간 반 전에 약속을 취소한 거나 마찬가지인 셈이었다. 입장을 바꿔 자신이라면 어떤 기분이 들지 상상해보았다. 예정된 약속이 자주 변경되는 직업이라니, 어쩐지 자신은 필라테스 강사는 못하겠다는 생각이 들었다. 재인이 싫어하는 태도 중 한 가지는 바로 번복이었다. 했던 말을 뒤집는 것, 했던 결정을 되돌리는 것.

　전 남자친구의 아버지와 누나를 만나러 명동역으로 가면서 재인은 곧바로 다음 필라테스 수업을 잡았다. 가장 빨리 들을 수 있는 토요일 아침으로 했다. 시간을 조정하며 은영에게서 '가능한 시간이 오전 열시뿐인데 괜찮으세요? 늦잠 필요하신 것 아닌지 걱정이 됩니다!' 하는 문자가 왔을 때 재인은 조금 웃었다. 귀여운 선생님이라고 생각했다. 수업을 받을 때에는 그런 생각이 든 적이 없었다. 은영은 키가 백칠십 센티미터쯤 되었고, 몸이 근육으로 단단했으며 팔다리가 길었다. 언젠가 매트에 앉아서 해야 하는 동작중, 재인이 허리에 힘을 주어 온몸을 곧게 펴는 것을 힘들어하자 은영은 재인의 허리에 자신의 다리를 부목처럼 대주었다. 제 다리에 등을 붙여보세요. 힘 빼고 기대어보세요. 그 말에 재인이 등을 기대자 놀랄 만큼 단단하고 곧은 은영의 다리가 느껴졌다. 재인은 그 편안함을 기억했다.

무려 전 남자친구의 아버지와 누나가, 일방적으로 두 시간 전에 약속을 통보해 재인에게 한 시간 반 전에 예정되어 있던 필라테스 수업을 취소하게 만들었지만, 재인은 생각보다 놀라지 않았다. 어쩌면 예정된 일처럼 여겨지기도 했다. 전 남자친구와는 꽤 구체적으로 결혼 이야기가 오갔다. 일반적으로 어떤 순서로 결혼을 진행하는지는 모르겠으나 재인의 경우에는 먼저 함께 살고 있었다. 그가 프러포즈를 한 이유는 결혼을 목적으로 집을 구하는 일이 잘되었기 때문이었다. 재인은 프러포즈에 응했고, 곧 자신의 '해본 것' 목록에 결혼도 올릴 수 있겠구나 싶은 마음에 꽤 설렜다. 재인은 생에서 할 수 있는 선택이라면 대체로 하는 쪽이길 스스로에게 바랐다. 그는 다정하고 순종적인 편이었으므로 오래 함께 살 파트너로서도 적당하다고 생각했다. 재인은 그가 마련한 집에서 그와 함께 살았고, 서로의 부모님을 뵈었고, 상견례를 앞두고 있었다. 그의 부모 쪽에서는 결혼을 준비하고 있던 아들의 이별이 황당할 테고, 듣고 싶거나 하고 싶은 말이 있을 것이었다.

전 남자친구의 아버지는 말이 많았다. 어른으로서 재인에게 인생은 그런 게 아니다, 하고 가르치기도 했고 머리도 나쁘지 않은 네가 신랑감으로 적격인 내 아들을 왜 차버리는지 모르겠다, 하고 묻기도 했다. 재인은 그저 죄송하다고 말했다. 재인은 종종 이별의 이유를 잊었다. 그 사람은 다정했고 우리는 아무런 문제가 없었는데 왜 헤어졌지…… 한참 만에 생각해낸 이유는 별게 아니었다. 마음이 사라져서였지. 아무리 생각해봐도 그뿐이었다. 그 사람이 천천히 싫어졌던 이유와 헤어진 이유는 얼마간은 같고 얼마간은 다를 것이었다.

재인은 그가 자주 투덜거리는 게 싫었다. 언제나 아는 척하는 태도로 말하는 게, 함께 영화를 보고 나면 좋았던 점보다 나빴던 점을 먼저 말하는 사람인 게 싫었다. 상냥한 어조로 아무것도 결정하지 않는 점이, 그렇게 선택을 미뤄놓고 선택의 결과에 책임이 없는 것처럼 구는 태도가 싫었다. 재인을 대할 때와 비슷한 태도로 제 부모에게도 깍듯하고 동시에 꼼짝도 못하는 게 싫었다. 그러나…… 그래서 헤어졌다고 하기에는 언제나 일 프로가 부족했다. 상대방이 자신에게 어떻게 굴어도 재인이 채우던, 채울 수 있던 일 프로. 그게 사라져서 헤어지게 된 것이었다.

재인의 침묵이 계속되었지만 그의 아버지도 지지 않았다. 이유를 말해주지 않겠니, 하고 거듭 물었다. 재인은 그냥, 마음이 그래서요, 하고 대답했는데 무책임하다는 질책이, 결혼이 장난이냐는 호통이 돌아왔다. 재인은 내 마음을 열심히 들여다보는 일이 누군가에게는 무책임한 일일 수 있다는 생각에 조금 놀랐다. 동시에 반발심이 들었다. 내가 열심히 들여다본 내 마음을 왜 당신에게 말해줘야 해? 나는 내 마음을 제대로 보려고 노력했어. 사랑했던 마음, 사랑하지 않는 마음. 그게 왜 당신에게 사과해야 할 일이지? 재인이 그렇게 속으로 투덜대고 있는데 그의 누나가 한마디 했다.

이혼보단 파혼이 낫지. 잘했어요.

명동의 카페에서 시켜놓은 커피를 한 모금도 마시지 않고 한 시간 반을 견디다 일어서 집으로 돌아오는 길에, 재인은 전 남자친구와의 이별을 '해본 것' 리스트에 넣기로 결정했다. 이별이라고 여겼을 때에는 넣을 이유가 없었는데, 파혼이라는 단어를 듣자 그 단어도 생의 목록에 수집하고 싶어졌기 때문이었다.

*

재인이 수업을 취소한 날 은영은 갑작스레 생긴 한 시간을 어떻게 쓸까, 생각하던 중 좀 울고 말았다. 예정대로 재인이 수업에 왔다면 울지 않을 수 있었을까, 그 순간을 유예할 수 있었을까 하는 생각이 들자 이 우연의 연쇄가 조금 우습게 느껴져 울음을 그치고 조금 웃었다. 수업을 받을 때 재인이 자주 짓는 표정을 떠올렸다.

고집스레 입을 다물고, 간혹 대답을 할 때에도 목소리가 아주 작고, 질문은 거의 없는 재인은 표정에서 많은 것이 읽혔다. 제가 지금 잘하고 있나요? 저 지금 바보 같진 않나요? 제가 뭘 하고 있는지 저는 도통 모르겠어요…… 같은 것들. 보다보면 그 자조 섞인 진지한 표정이 재미있어서 미소를 짓게 되었다. 자기도 모르게 괜찮다고 말하고 있었다.

재인의 취소 문자를 받고 은영은 어쩐지 마음이 허전했다. 하지만 이런 거절에 하나하나 마음을 쓰면 이 일을 할 수 없다는 걸 알고 있었다. 처음에는 잘 적응되지 않았는데, 곧 적응할 수밖에 없었다. 하루에 몇 차례 반복되는 번복과 취소 문자에 하나하나 스트레스를 받게 된다면, 직업을 바꾼 것이 무색해지니까. 은영의 동료들은 은영을 이해하지 못했다. 왜 그렇게 반응해? 그냥 일정이 변경된 것뿐이잖아. 그들의 말도 맞았다. 연락도 없이 오지 않은 뒤 불쑥 전화를 하거나 찾아와서 다음 스케줄을 잡아달라고 하는, 더 피곤하고 곤란한 경우도 있었다.

이 모든 게 왜 이렇게 자연스럽게 이해되지 않을까, 그저 그런 사람들도 있다고 마음을 놓아버릴 수가 없을까. 이러면 회사를 다닐 때와 똑같은 게 아닌가. 그럼 그건 어느 직장의 문제가 아니라 나의 문제가 아닌가. 강사가 되고 얼마 지나지 않았을 때 은영은 그런 고민을 했다. 나는 그러니까 어디에 있건 존중을 받고 싶었던 것이라고, 직업을 바꾼 후에야 깨닫게 되었다. 언제나 어디에서나 다른 사람이 귀하지 않은 사람들이 있고…… 그건 직업을 바꾼다고 피할 수 있는 게 아니었다. 그걸 받아들이는 데 삼 년이 걸렸다. 은영은 자신이 언제나 느린 편이라고 생각했다. 남들은 훌쩍훌쩍 넘어가는 시기에 혼자 찐득하게 머물러 있다고. 불량 액체괴물 같다고. 손에 묻지 않고 모양을 자유자재로 바꾸는 게 액체괴물의 특징인데, 나는 자꾸 손에 묻는 거지. 모양도 제대로 만들지 못하고.

오전 열한시에 카톡 답장이 가장 빠른 건 직장인들이었다. 컴퓨터에 깔아둔 카톡으로 서간체 소설도 쓸 수 있는 사람들이었다. 오 년 전에는 은영도 그랬다. 이제는 빼곡히 차 있는 수업 스케줄 때문에 오십 분 수업 후 오 분 쉬는 시간에 밀린 카톡을 모두 읽고 대충 답하고 있지만. 오늘 은영은 오전 열한시, 필라테스 교습소에 가장 빛이 잘 드는 시간에 그 빛이 드는 풍경을 찍어 예은에게 보냈다. 그 시간에 보낸 카톡에 대한 답장이 저녁 여섯시에 온 것이었다. 예은에게서 온 짧은 메시지를 은영은 여러 번 읽었다. 어쩐지 낯선 느낌이 들어 체한 듯 가슴을 쓸어보았다. 그러나 그 문자들 어디에도 힌트는 없었다. 그저 짧은 말들의 나열일 뿐이었다.

—좋겠네요 (오후 6:22)

—너무 부럽다 (오후 6:23)

그러고는 끝이었다. 안부에서 대화로 들어가지 못했다. 예은이 들어가고 싶어하지 않는 것 같기도 했다. 서브텍스트 없는, 이어지지 않는 문자에 은영은 왜인지 외로워졌다. 내가 예민한가. 이렇게 순식간에 거리감이 느껴질 수 있나. 눈에 보이지 않는 것이 이렇게 느껴질 때면 당황스러웠다. 정말로 먼 거리감이었다. 이제 너와 나는 다른 곳에 있다는. 오전 열한시부터 저녁 여섯시까지 한 번도 휴대폰을 볼 수 없던 때가 은영에게도 있었다. 여유가 없어 누구에게도 관심을 줄 수 없을 때가. 먼 곳에서 예은은 하루 반나절 동안 아주 힘든 일을 겪고 담담하게 울고 있을지도 몰랐다. 그런데 그걸 이제는 알 수가 없어졌다는 사실에 은영은 마음이 조금 내려앉는 걸 느꼈다. 예은씨, 혹시 많이 힘든가요. 그 말을 하려다가 하지 못했다. 사실을 되물어봤자 사실일 뿐이라는 생각에 손가락이 자꾸만 멈췄다. 힘들면 그만두라는 말도 말뿐이고, 넌 잘할 거야 원래 잘 견뎠잖아 하는 말은 욕보다 나쁘고. 퇴직한 이후 말을 고르는 일에 신경을 덜 쓸 수 있어서 좋았는데 아주 오랜만에 그런 자신이 싫었다. 예은에게 건넬 수 있는 말을 아무리 골라봐도 마땅한 것이 없었다. 텅 빈 것 같았다. 오늘 많이 바빠요? 일 아직 안 끝났어요? 끝없는 물음표를 찍고 싶었지만 곧 모조리 지워버렸다. 은영은 속에 담긴 말을 고르다가 결국 가장 건져올리기 싫었던 문장에 머무르게 되었다. 바쁜 게 아닐지도 몰라. 힘든 게 아니라…… 힘들어도 이제 나랑 얘기할 필요가 없는 거겠지.

자신이 느낀 거리감의 정체를 알고 나니 멋쩍은 동시에 아득해졌다. 회사를 그만두며 가장 쓸쓸했던 것은 자신의 믿음을 확인하는 시점이 올 것이라는 예감이 드는 순간이었다. 회사에서는 친구가 될 수 없다고, 될 수 없고 될 필요도 없다고 스스로에게 주입하고 이해시키던 문장. 그 문장이 멀리 돌아 고스란히 은영에게 도착한 기분이었다. 그 순간 눈물이 떨어졌다. 예은씨, 우리 이제 머네요. 고르고 고르다 남은 말이 그것뿐이어서. 언제나 더 붙어 있는 쪽만이 붙어 있던 것이 떨어지는 순간을 더 감각할 수밖에 없는 노릇이었다. 떨어지고 있구나. 나는 또 붙어 있고. 나는 예은을 언제까지 붙들고 있을까. 언제까지 기억할 수 있을까. 은영은 언젠가 예은이 했던 말을 떠올렸다. 마음을 너무 붙이네요, 은영씨는. 그 목소리가 따뜻했는지 잘 기억나지 않았다.

*

명동에서 전 남자친구의 아버지를 만난 후 재인은 조금 가라앉은 상태로 일주일을 보냈다. 누구도 만나고 싶지 않았다. 일주일 중 저녁 스케줄이 있는 것은 필라테스 수업이 있는 날뿐이었다. 누구도 만나고 싶지 않을 때 운동을 하고 있어서 그나마 다행이라고 재인은 생각했다.

혼자 있으면 거듭 곱씹게 되었다. 전 남자친구의 아버지가 들려달라던 헤어짐의 이유를 말하는 자신과 넌 이게 다 장난 같느냐고 소리치던 장면을. 누군가가 문제라고 지적하자 그것이 자신의 문제인 것 같았다. 애인들과의 이별에서 재인은 항상 맡았던 역할을 맡았다. 작별인사를 하는 역할. 기회를 달라고 매달리는 애인에게 단호하게 고개를 젓는 역할. 처음 몇 번은 후련하고 시원했으나, 거듭되자 매번 같은 역할을 맡는 일은 그렇게 유쾌하지 않았다. 이별의 이유나 장면을 반복 재생하여 복기하다보면 스스로가 싫어졌으므로 심각한 부작용이 있는 셈이었다.

누군가 자신의 곁을 떠났다는 사실, 그러니까 헤어짐 자체가 슬펐던 것은 스물다섯 살 이전까지만 그랬다. 이후로 재인이 더 골몰하고 괴로워한 것은 지속되던 관계를 어그러뜨리는 장본인이 바로 자신이라는 생각이었다. 관계를 끊는 것은 항상 재인의 몫이었다. 일단 그 사람에게 붙였던 마음이 떼어지면, 더이상 그 사람과 함께할 수 없었다. 넌 왜 그렇게까지 뒤돌아보지 않아? 뭐 그렇게 한 번에 다 버려? 하고 원망을 들었던 기억이 오래 남아 있었다.

스스로가 싫어지면 연쇄적으로 다른 사람도 싫어졌다. 다른 사람이 싫어지면 스스로가 싫어지는 것 같기도 했다. 알쏭달쏭했지만 한 가지는 분명히 알고 있었다. 재인은 더이상 누군가를 좋아하고 싶지 않았다. 자신을 향해 내린 판단들은 냉정하고 박정했다. 어느 누가 다가와도 결국엔 내 마음이 거기에 잘 붙어 있지 못할 거야. 마음이 포스트잇이야. 나는 관계를 지속하는 데 목적이 없는 사람이야. 한번 그렇게 생각하자 자꾸만 자신이 내린 스스로에 대한 생각을 점점 믿게 되었다. 자신에게는 애초에 그 기능이 없다고.

수업을 한 번 빠진 것뿐인데, 오래 안 나간 듯한 기분이었다. 몇 번의 수업에서 매번 운동을 잘한다는 칭찬을 듣는 재인이었는데 그날은 이상하게 몸도 굳은 듯 동작이 잘 되지 않았다. 근육에 힘이 들어가지 않았다. 내심 좋아하는 필라테스 선생님의 얼굴을 보기도 왠지 부끄럽게 느껴졌다.

대체로 모든 동작을 열심히 따라가는 재인이었는데, 취약한 동작이 하나 있었다. 무릎을 안은 채로 몸을 말아 꼬리뼈에 중심을 두고 아슬아슬 버티다가 뒤구르기를 하듯 굴렀다 돌아오는 동작이었다. 은영은 어떤 동작을 하든 복부의 힘이 중요해요, 라고 거듭 강조했다. 뒤로 구르는 것까지 한 다음 돌아오는 순간 언제나 힘이 부족해 앉은 자세로 돌아오지 못하고 옆으로 쓰러졌다. 은영의 목소리를 되새기며 힘껏 굴렀다가 돌아오려고 해도 자꾸만 실패했다. 그날은 더군다나 자신이 없는 날이었다. 되던 동작도 안 되는 날이었으니까.

자, 이제 그 동작을 할 거예요, 하는 은영에게 재인은 자신도 모르게 저 그거 잘 못해요, 하고 말하고 있었다. 어리광 부리는 것처럼 들리는 스스로의 목소리에 재인은 내뱉는 동시에 후회했고, 곧바로 은영의 표정을 살폈다. 재인은 이 친절한 필라테스 선생님이 엄살 부리는 걸 알지만 봐준다는 너그러운 표정을 짓고 있을 거라고 예상했는데, 막상 마주한 은영의 표정은 어쩐지 당부에 가까워 보였다.

갈 수 있는데, 안 가는 거예요. 재인씨가.

재인은 자신의 표정을 재빨리 지우려고 애썼다. 놀란 표정에서 깨달았다는 표정으로 바꾸려고. 선생님 말씀을 잘 알아들었습니다, 하는 표정을 띄우려고 노력했다. 하지만 어쩐지 얼굴 근육이 잘 움직이지 않는 것 같았다. 은영은 재인을 똑바로 보고 있었다.

돼요. 그거 안 될 분이 아니에요. 겁먹지 말고 몸을 확 넘겨야 해요.

그럴까요?

그럼요. 어려우시면 뒤로 몸을 던질 때는 힘을 뺀다고 생각하세요. 그냥 넘어가야 해요. 힘을 써야 할 때가 있고 안 써야 할 때가 있는데, 뒤로 구르는 순간에도 힘을 주니까 몸이 뻣뻣해져버려서 자꾸 멈추는 거예요.

재인은 전문가들이 확신하는 어조로 말하는 걸 들을 때 항상 신기했다. 될 거예요, 가 아니라 돼요, 라는 말. 명료하고 정확하게 왜 안 되는지 진단해주는 말. 원인과 결과를 선명하게 드러내주는 말을 자연스럽게 익힌 사람들이 부러웠다. 눈앞에 반듯한 자세로 서 있는, 제 또래로 보이는 젊은 선생님에게서도 그런 걸 느꼈다. 은영의 설명이 든든한 응원처럼 들렸으나 그럼 다시 해볼까요, 하는 말에 곧장 몸이 다시 굳는 것 같았다. 못한다고 생각하면 편한데 말이야. 속이 복잡했다. 못한다고 인정할 때의 마음도 착잡했지만 다시 할 수 있다고 믿을 때도 부담감 탓에 상쾌하지는 않았다.

같은 동작을 연달아 세 번 다시 시도했는데 한 번은 제대로 굴러갔다 돌아와 자세를 잡았고, 나머지 두 번은 또다시 자세가 흐트러졌다.

한 번에 성공하지 않아도 돼요.

네에.

자세가 완벽하면 좋겠지만 그게 중요한 건 아니에요. 아시죠?

그렇게 말하며 은영은 자신의 배를 가리켜 보였다. 여기, 힘, 그렇게 입모양으로 말하며 웃었다. 고생하셨어요. 오늘은 여기까지예요. 꾸벅 고개 숙여 인사하는 은영을 보며 재인은 아쉬웠다.

마음처럼 몸도 복잡했다. 생각이 너절했고, 그래서 습관처럼 속으로 '해본 것' 리스트에 적혀 있는 몇 가지를 반복해서 되새겨보았다. 원나잇, 절교, 양다리, 파혼. 그것들의 공통점은 부서졌다는 것이었다. 재인은 그 말을 두고 항상 고민했다. 부서졌다고 해야 하나, 끊어졌다고 해야 하나.

*

재인이 10회 수업을 끊은 필라테스 수업이 두 번 남았을 즈음에는 연말이 정신없이 지나가고 있었다. 그날 역시 퇴근 시간에 맞춰 잡은 저녁 여덟시 수업이었다. 문득 휴대폰을 들어 날짜를 확인하니 12월 29일이었고 마지막 수업은 새해에 하게 되겠구나, 하는 생각에 조금 기분이 이상했다. 머리가 복잡했지만 운동복으로 갈아입고 수업이 시작되자 언제나 그랬듯 다른 생각은 할 수가 없었다. 자신이 어디에 힘을 주고 있는지, 근육이 제대로 쓰이고 있는지에 집중해야 했기 때문이었다.

그날 수업에서 은영은 재인이 재등록을 할까, 이대로 등록하지 않을까를 가늠하지 않기 위해 애썼다. 기대하거나 실망하지 말자고. 그런데도 괜히 마지막일지도 모른다는 생각 때문인지 안 하던 말을 하게 되었다. 그 말이 더없이 친밀하다거나 갑자기 거리감을 마구 좁히는 식은 아니었지만, 어쨌든 결국 하고야 말았다.

재인씨랑 수업을 하면 시간이 정말 빨리 가요.

그래요?

상기된 얼굴로 재인이 웃었다.

제가 계속 말을 못 알아들어서…… 오래 걸려서 그런 거 아닐까요?

잘하고 있어요. 계속 거기가 어딘지, 찾는 부분을 찾으려고 애쓰잖아요.

그게 보이나요?

손을 대고 있으면 알 수 있어요.

그렇게 말하는 은영이 마법사 같았다.

이제 한 번 남으셨네요.

네.

재인은 그 말이 이상하게 서글펐다. 이 관계도 내가 끊을 수 있어. 다시 등록하지 않으면 이 상냥한 선생님도 다시는 보지 않는 사이로. 그런 생각 뒤에는 으레 이 모든 생각이 자의식 과잉이다, 하는 스스로를 향한 힐난이 바로 뒤따랐다. 하지만 그러면 좀 어떤가. 내가 잡는 손과 놓는 손을 알고 있으면 좀 어때. 재인은 자신의 표정에서 어떤 기미를 살피는 은영을 느꼈다. 선생님, 몸과 마음은 조금 다르네요. 마음은 손을 대지 않아도 알 수 있다는 점에서.

은영은 애써 평온하려고 노력했다. 그리고 노력하지 말기를 노력했다. 사람을 붙들려는 노력을 하지 말기로. 언제나 붙드는 역할은 그만하기로. 계속 나오시나요? 하고 묻지 않기 위해 묵묵히 데스크 뒤로 들어가 분주한 척을 했다. 계속 나올 거냐고 물어도 상술처럼 보일 거야. 오해받을 거야. 한 달 동안 수강생들의 수업 일정을 정리해놓은 일정표를 의미 없이 훑으며 그런 주문을 걸고 있었다. 일정표에서 고개를 들었을 때 재인은 탈의실에 들어가고 없었다.

좁은 샤워실에서 몸을 씻다가 재인은 문득 자신의 몸이 낯설다는 생각을 했다. 샤워기를 든 채 몸을 뒤틀다가 배 쪽에, 갈비뼈 아래쪽부터 골반뼈 안쪽까지 사선 모양으로 근육이 잡힌 것을 발견한 것이었다. 재인은 천천히 배에 힘을 줘보았다. 배를 더 납작하게 붙여요, 하는 은영의 목소리를 떠올리며. 힘을 주면 새로 나타난 근육이 조금 더 도드라져 보이는 걸 확인할 수 있었다. 내가 찾아낸 것, 여러 번 써서 알아낸 것. 그렇게 생각하며 근육의 모양대로 배를 천천히 쓸어보았다.

머리를 말리고 옷을 갈아입으면서도 어쩐지 자꾸만 손이 느려졌다. 옷을 다 갈아입고, 메고 온 목도리까지 다시 잘 두르고서 재인은 데스크에 몸을 가까이 붙이고 작은 목소리로 말했다.

저 재등록하려고요.

고개를 숙여 데스크에 놓인 작은 피규어 장식에 시선을 둔 채 말했지만 재인은 자신보다 키가 훨씬 큰, 그래서 고개를 높이 들지 않는 한 얼굴이 보이지 않는 은영의 표정을 알 것 같았다. 큼직한 입매로 시원하게 웃고 있겠지. 활짝 열린 문 같은 표정을 짓고 있겠지. 재인은 그 환대의 감각에 민감했다. 과거의 나는 나를 사랑하는 사람들을 사랑했었지. 내 기준이 뭐든 간에 나를 좋아해주는 태도 하나만으로 그 사람을 와락 좋아하고. 누가 나를 사랑하는지 아닌지, 그게 너무나 중요했던 시절이 있었다. 사랑받는 게 중요해서 상대방의 표정만 살피고 자신의 표정도 비슷하게 지어보려고 있는 힘껏 노력했던 시기가. 내가 누구를 사랑하는지 아닌지가 중요한 지금과는 정반대의 생활방식이 재인에게도 있었다. 시간이 흘러 그 태도를 서서히 철거하며 재인은 그건 자신의 생존

본능에 가까웠던 거라고 짧게 결론지었다. 변명할 필요는 없었다.

은영이 새로 회원카드를 작성해 재인에게 건넸다. 재인은 신용카드를 내밀고 삼 개월 할부로 결제해달라고 말했다. 카드기가 카드를 읽는 소리를 들으며 영수증이 나오길 기다리다가 재인이 말했다.

우리 새해에도 보겠네요.

그러네요.

새해 복 많이 받으세요.

재인씨도요.

은영이 카드와 영수증을 돌려주며 웃었다. 지금 재인은 자신이 짓고 있는 표정이 궁금했다. 내 표정은 어떨까. 조금 민망해하는 표정일까, 아니면 그건 내 생각일 뿐이고 필라테스 선생님의 눈에는 그저 무심하거나 무감한 표정으로 보일까.

그런데 어쩌다 이렇게 되었지, 하는 생각이 들 때마다 재인은 속으로 '해본 것' 리스트에서 유독 도드라진 단어들을 읊었다. 독립, 절교, 파혼, 끊어진 관계들의 기록을. 그리고 생각했다. 그 리스트는 흉터가 아니라 근육이야. 누가 날 해쳐서 남은 흔적이 아니라 내가 사용해서 남은 흔적이야. 어딘가에 아직 찾지 못한 근육이 있을 것이었다. 재인은 이제 겨드랑이 뒤쪽에 있는 그 근육의 이름을 알았다.

척
출
기

봄이 시작될 무렵에 영은의 가장 큰 걱정거리는 한쪽 귀가 들리지 않게 될지도 모른다는 거였다. 영은은 그 전해부터 갑자기 생긴 중이염을 앓고 있었는데, 아주 어릴 적 수영 강습을 받느라 거의 매일 귀에 물이 들어가 중이염에 걸렸던 이후 이십여 년 만이라 좀 당황스럽고 성가셨다. 한번 걸리면 거듭 재발한다는 말을 어디에선가 들었기 때문이었다. 그래도 약을 꾸준히 먹으니 한동안 잠잠하던 증상이 연초에 다시 심해졌는데, 그 느낌은 무시할 만한 것이 아니었다. 한쪽 귀에 물에 젖은 솜이 들어가 있는 것처럼 소리가 울리고 반대쪽 귀까지 먹먹해지는 느낌. 귀가 아프면 이어서 턱이, 머리가 아팠다. 귓속에서 작게 소리가 울리는 현상은 자연스레 미간을 찌푸리도록 만들었다. 비행기에 탄 것처럼 귀가 자주 먹먹해져서 침을 삼키거나 하품을 해야 했다. 그러나 아무리 침을 삼켜도 소용이 없었다. 귀가 기분 나쁘게 뜨끈거렸다.

한 주만 더, 한 주만 더 참아보자 했던 것이 한 달이 되었고 증상은 나아지지 않았다. 다시 찾아간 동네 이비인후과에서 또다시 몇 주 동안 주사를 맞고 약을 먹었지만 이명과 통증은 그대로였다. 답답한 마음에 귓속에 휴지를 말아넣어보면 진물이 흐르고 끈적한 고름이 묻어나기도 했다. 의사는 영은에게 아무래도 큰 병원에 가보는 게 좋을 것 같다고 말했다.

대학병원에서 검사를 마치고 의사는 곤란한 듯 몇 가지 정보를 말해주었다. 그중에는 영은이 잘못 알고 있던 사실도 있었다. 그러니까, 처음 중이염으로 진단받았던 것은 사실 진주종이었다. 종양이 진주 같다고 해서 붙은 병명이라고. 염증은 두개골을 갉아먹고 신경을 건드릴 수 있으며 자칫 죽음에 이르도록 할 수도 있다고 했다. 영은은 그 이름에 야속함을 느꼈다. 어려운 이름으로 지어두지. 병명을 왜 그런 식으로, 너무 잘 외워지고 마음에 박히도록.

청력검사에서는 오른쪽 귀의 청력이 절반 가까이 떨어져 있다는 결과가 나왔다. 어느 정도 이상의 고음과 저음 구간을 아예 듣지 못하거나 이명이 들렸다. 청력을 잃는 일. 그건 상상해본 적 없는 일이어서 가만히 있어도 저절로 입이 벌어졌다. 어쩌지, 하는 말만 맴돌았다. 이제 나는 어쩌지. 조금이라도 큰일을 치르고 싶지 않은 마음에 약으로 나아질 수 있는 방법을 물색했다. 일상이 깨지더라도 조금만 깨지기를 바라는 마음이었다.

아직 해놓은 것이 아무것도 없고 해야 할 일이 많다고, 그래서 일상을 내려놓을 수 없다고 생각하니 더욱 약물 치료에 매달리게 되었다. 양방에 회의가 들면 한방으로, 항생제와 한약을 오갔다. 그러나 패딩을 입고 시작한 병원 순례는 날씨가 푹해지고 점차 봄 꽃이 피는 3월 말이 되어서야, 결국 수술을 받을 병원을 선택하고 나서야 멈췄다.

접수를 마친 날, 고향인 원주에서 올라온 엄마는 영은과 병원 앞 식당에서 칼국수를 먹다가 결국 울컥 울음을 토하고 말았다.

이게 뭐니……

묵묵히 엄마를 위로하던 영은은 그 말에 상처를 입었다. 귀의 통증과 고름과 진물은 참을 만했지만 그 말은 너무 아팠다. 내 귀가 아니라 나한테 한 말이야, 엄마? 엄마, 나를 진짜로 생각하는 거 맞아? 내가 수술을 받고 안 들리게 되면 선생님이 되지 못할까 봐는 아니고? 그런 물음이 합리적인지 아닌지 판단할 새도 없이 솟구쳤다. 앞에 앉은 사람은 누구라도 미워할 수 있을 것 같았다. 이게 뭘까, 곱씹게 되었다. 이 상황은, 이 병은, 이 막막함은 뭘까. 나는 도대체 뭘까. 나는 이제 뭐가 될까. 순식간에 눈물이 고여 영은은 눈물을 떨어뜨리지 않으려고 안간힘을 썼다. 여기서 울면 엄마의 울음을 걷잡을 수 없을 것이다. 그런 생각으로 애써 참았다. 눈두덩이 시뻘게졌지만 어쨌든 눈물은 흘리지 않았다.

고등학교 국어 교사가 되기 위해 노량진에서 공부를 하다가 생활을 제쳐놓은 채 시험에만 매달릴 수는 없어 기간제 교사 일을 시작한 지 일 년이 조금 넘은 무렵이었다. 왜까? 처음 병명을 받아 들고 영은이 가장 많이 한 생각은 그것이었다. 왜 이 병에 걸렸을까? 그러다보면 너무 자연스럽게 지난해에 출근하던 학교에서의 일이 떠올랐다.

　길게 말하자면 길게도 말할 수 있었지만 그러기에는…… 너무 피곤했다. 남자 고등학생들에게 성희롱을 당하는 것은 생각보다 더 역겨웠다. 악질이고 저질이었다. 시선으로, 음성으로, 눈빛으로, 표정으로, 높낮이로, 욕설로…… 한 사람을 있으나 마나 한 사람으로 만드는 것, 장난감처럼 다루는 것, 킬킬대고 수군대는 것, 핥는 것처럼 훑는 것, 핥는 흉내를 내는 것, 손가락으로 모양을 만드는 것, 걸걸하고 탁한 남자 고등학생의 목소리로, 볼품없이 비쩍 마르거나 위협적으로 커다란 남자 고등학생의 몸으로……

　정확하게 시간을 거슬러올라가보면 진주종이 생긴 건 그걸 모두 견디고 전체적으로 더 순하고 선한 학생들이 모여 있는, 마음고생을 덜 할 수 있는 학교로 옮긴 뒤였다. 살 만했는데, 할 만했는데 어째서. 영은은 그저 그런 것이 아쉬웠다. 차라리 조금 일찍 아프지. 그 지옥 같은 곳에 울면서 출근할 때 아팠더라면 더 속시원했을걸. 마음껏 저주하고 마음껏 미워하도록. 하지만 바라는 것과 도착하는 것의 시간은 언제나 조금씩 어긋났다. 오래 있고 싶은 곳에서 오래 있지 못했다.

아직 완전히 청력을 잃은 것은 아니었지만, 청력을 잃게 되는 것은 양쪽 모두가 아니라 오른쪽뿐이었지만 벌써부터 막막했다. 못 듣는 소리가 늘었다. 스스로의 목소리도 잘 들리지 않았다. 새 어나가는 많은 소리 때문에 영은은 몸도 마음도 내내 긴장 상태였다. 아픈 귀에서는 다른 음이 들렸다. 말하는 사람의 목소리보다 한 키 정도 높은 음역대의 목소리가 뒤따라 웅웅 울렸다. 노래를 들으면 노래의 화음이 들렸다. 영은은 고통스러운 와중에도 울리는 귀를 부여잡고 웃었다. 영은은 심각한 상대음감이었다. 절대음을 잘 찾지 못했다. 노래는 곧잘 부르는 편이었지만 그건 원곡을 잘 흉내내는 방식이었다. 그런데 화음이라니. 이 신기한 일을 혼자서만 알고 있는 게 아쉬웠지만 설명하기에는 역시, 피곤했다.

아픈 것은 그런 일인 것 같았다. 평소의 나와 아주 많이 달라지는 일. 혼자가 되는 일. 평소에도 영은은 그렇게 생각해왔다. 다르다는 건 외로운 일이라고. 하지만 우리가 서로 모두 다른 건 어쩔 수 없는 일이니까, 외로운 건 어쩔 수 없는 거라고도 생각했다. 다만 달라도 괜찮다는 말은 거짓말이라고 생각했다. 아무리 해도 외로운걸.

수술 날짜가 정해졌고, 독서실과 스터디를 그만두었다. 기간제로 출근하던 학교에 갑작스러운 병으로 인해 재계약이 불가하다는 말을 전하고 떠날 때는 조금 슬펐다. 학생들에게는 인사하지 않았다. 독서실의 짐을 정리하는 날에는 오히려 후련한 마음도 들었다. 졸업 전부터 교직 이수를 했고 정식으로 시험을 친 것은 네 번. 작년에는 거의 공부를 하지 못해 포기했었고, 다시 마음을 다잡고 올해의 시험을 기다리던 중이었다. 시험을 치는 그 하루를 뺀 매일을 '되지 못한 날들'로 여기며 살았으나 내 입으로, 내 의지로는 그만두고 싶다고 말하지 못한 채 영은은 '될 날'을 기다리며 노량진을 오갔다. 병에 떠밀려서야 그만두는 일을 선택할 수 있었다. 다른 이유였다면 못했을 거라는 생각이 들었다.

*

시험 준비를 그만뒀다는 얘기는 주현에게만 했다. 이상하게, 주현에게만 하게 되었다. 친구들에게 설명하려니 피곤하고 용기가 나지 않았고 시간이 필요했다. 오히려 수술 후에 이야기하는 게 나을지도 모르겠다는 생각도 들었다. 주현은 소개팅으로 만난 남자였다. 그런 걸 소개팅이라고 할 수 있을까 싶지만, 어쨌거나 증상이 이 정도로 심해지기 전에 소개로 만난 남자였다.

주현을 알게 해준 친구는 대학 동기인 희재였다. 동기들 중 가장 먼저 직장생활을 시작한 친구. 그러나 영은은 언제나 희재가 하는 일을 정확히 알지 못했다. 졸업을 하고 일 년에 한 번, 이 년에 한 번 꼴로 만났지만 그 정도면 충분했다. 나이가 들수록 친구를 자주 만나봐야 피곤하기만 했다. 해온 것이 공부뿐이므로 전형적인 운동 부족이었고 체력이 떨어진 탓에 몸이 금세 피로해졌으며 어딜 가든 시험 준비생의 정체성이었으므로 들어오지 않은 공격에도 괜히 방어하려는 듯한 태도를 취하게 되어 마음도 하염없이 녹초가 되기 일쑤였다.

매번 희재가 추천하는 식당이나 카페에서 만나게 되었는데 그날은 아보카도샌드위치가 맛있다는 해방촌의 어느 카페였다. 희재는 영은이 아는 사람 중 빵과 커피를 가장 좋아했다. 자연히 약속 장소는 빵과 커피가 모두 있는 카페가 될 때가 많았다. 커피도 팔고 빵도 팔아서 마음만 먹으면 계속 먹고 마시며 앞에 앉은 사람과 얘기를 할 수 있는 게 너무 좋잖아. 언젠가 희재는 그렇게 말했다. 테이크아웃은 잘 안 하고 꼭 누군가와 함께 그 공간에 가서 먹는다고 했으니 실은 그것들을 파는 공간을 좋아하는 건가? 영은은 희재를 정의 내리려고 할 때마다 약간씩은 갸웃거리게 되었다.

희재가 카페를 좋아한 것은 영은을 알게 된 무렵부터였으니 십년이 다 되어가는 꽤 오래된 취향이었다. 대학생 시절에도 희재는 학교 앞 카페에서 아르바이트를 했다. 영은은 공강 시간이나 수업이 모두 끝난 오후에 다른 동기들과 함께 희재가 일하는 카페에 들르곤 했다. 주방 바로 옆 테이블에 자리를 잡고 앉아 과제를 하거나 다디단 카페모카를 마시며 수다를 떨었고 손님이 적을 때면

한가해 보이는 희재와 이야기를 나누기도 했다. 그럴 때에도 희재
는 말했다. 이것 봐, 얼마나 좋니. 일하면서 친구랑 얘기도 하고.

그러고 보면 얘기하는 걸 좋아하는 건가…… 말수가 적은 편은
아니니 그쪽도 맞겠구나, 그렇게 생각하면서 영은은 웃었다. 잘
모르지만 좋은 친구, 그 정도로 정의하면 될 것 같았다. 몰려다니
던 동기 무리에서 어떻게 희재와 내가 남게 되었을까, 하는 것도
영은이 가끔 떠올리는 의문이었다. 가장 멀다고 생각했는데. 그러
나 살다보면 그런 우연도, 나쁘지 않은 우연도 있는 거라고 생각
하면 마음이 좀 넉넉해지곤 했다.

희재를 만나는 날은 아주 오랜만에 노량진을 벗어나는 날이어
서 그날 영은은 들뜨고 기뻤다. 일 년 만에 만난 친구는 여전하면
서도 달라진 것 같았다. 영은은 자신도 얼른 여전하고도 다른 사
람이 되고 싶다는 마음이 들었다. 그 모습이 좋아 보이고 부러웠
던 것이다. 이제까지와는 다른 사람이 될 수 있을지도 모른다는
가능성으로 설레는 마음. 그건 여러모로 오랜만에 느끼는 즐거운
설렘이었다. 희재가 들려주는 이야기가 자신과는 영 먼 곳의 이야
기인 것 같아서 더 그랬다.

희재는 많아도 이천 명 정도가 알 것 같은 영화감독의 에세이나
각본집을 계약하고 책으로 만들어내는 아주 작은 출판사의 공동
대표이자 실무자였다. 이천 명 정도, 그렇게 설명해주며 희재는

웃었다. 최근에는 천 명 정도가 알 법한 트랜스젠더 여성의 에세이나 게이 사진작가의 작품집도 계약했으며 계속해서 관심 분야의 전시회에 다닌다고도 설명해주었다. 그런 일도 있다는 것, 그런 삶도 있다는 것을 영은은 희재를 통해 알게 되었다.

이천 명 정도가 아는 영화감독의 삶은 영영 모르겠지만 이를테면 이런 것. 같은 학교를 다니고 같은 수업을 들었던 친구가 점점 혼자만의 독특한 모양을 드러내는 것. 안정적이고 복지가 꽤 좋은 중견기업을 그만두는 삶도 있다는 것. 희재가 속한 어떤 집단에는 당연히 고기를 먹는 사람들보다 당연히 채식을 하는 사람들이 많아 아직도 고기를 좋아하는 희재가 문득문득 죄책감을 느낀다는 것. 영은이 한 번도 해보지 않은 고민을 희재는 거의 매일 한다는 것.

그날도 희재와 샌드위치와 수프를 먹으며 마치 한강이 가로놓여 건널 수 없는 이쪽과 저쪽처럼 다른 서로의 일상을 얘기하고 있었다. 여러 이야기가 흘러가다가 좋아하는 일을 열심히 하는 것도 조금 지친다고, 내가 선택한 일이어도, 하고 말할 때 희재는 슬며시 지친 낯빛을 띄워 보였다. 내내 그랬던 것은 아니고 대체로 유머러스하고 활기차다가 그런 이야기를 할 때에 잠깐 지친 기색이 엿보이는 정도였다. 영은은 고개를 크게 끄덕였다. 당연하지, 내가 선택한 일이어도 싫어지고 지치지. 근데 뭐가? 요즘은 뭐가 제일 지쳐? 그렇게 물었을 때 희재는 곰곰이 생각하다가 대답했다.

서로 아픈 부분을 보여줘야만 친구가 된다는 것? 내가 너무 건강한 사람처럼 보일 때는 오히려 나를 조금 배척한다는 것? 아픈 사람들이 자기 말고 다른 사람들은 아파본 적 없다고 생각하는 것 같을 때?

영은은 그 말에 좀 얼떨떨해졌다. 그래? 친구면 아프고 힘든 걸 털어놓게 되지 않나? 오늘만 해도 내가 너한테 가르치는 학생들 욕이랑 같이 일하는 기간제 교사 욕을 얼마나 했는데…… 그렇게 말하며 눈을 동그랗게 뜨는 영은에게 희재는 웃으며 고개를 저었다. 친구한테 아픈 얘기를 털어놓는 거랑 아픈 얘기를 털어놔야 친구가 된다고 믿는 건 다르지. 근데 내가 말을 좀 그렇게 했나. 그러고는 한 손으로 자신의 몸통 주위에 작은 원을 그려 보였다. 딱 이만큼만 그래. 그러다가 다시 고개를 흔들었다. 아냐, 그냥 사람이라 그래. 사람은 사람을 지치게 하잖아. 뭐가 어때서라기보다 사람을 대하는 건 언제나, 가끔 지치는 일이잖아.

영은은 그런 희재를 두고 저렇게 자기 말을 자기가 반박하고 의심하고 수정하는 것도 희재의 세계에선 흔한 일일까, 하고 생각했다. 사람은 누구나 자그마한 자기의 세계 안에서 살고 서로 다른 분위기와 풍습과 규칙을 지녔지, 하고 생각하기도 했는데 친구를 표본 삼아 그런 문장으로 정리한 것이 사회문화 과목 선생님이 된 것 같은 기분이어서 재밌었다.

그때 누군가가 희재의 등을 톡톡 건드렸다. 희재의 등뒤에서 나타났으므로 희재는 보지 못했고 영은은 볼 수 있었다. 그 남자의 얼굴. 해사하고 웃음기 띤 얼굴. 어쩌면 그 표정을 본 순간 영은은 그가 마음에 들었는지도 몰랐다. 커피 쿠폰에 첫 도장을 꾹 찍는 것처럼, 아무것도 없이 깨끗했던 마음에 뭔가가 남았다. 몸을 틀어 등뒤의 남자를 확인한 희재의 얼굴이 순식간에 밝아졌다. 반가움과 장난기가 동시에 떠올랐다. 주현씨! 언제 지친 낯이었냐는 듯 그를 끌어당겨 옆자리에 앉혔다. 그 열렬한 환대에 영은은 둘 사이를 조심스레 의심했었다.

자리에 앉은 주현은 영은을 향해서 꾸벅 인사했는데 영은은 자기도 모르게 악수를 하자는 듯 손을 내밀고 말았다. 주현은 조금 당황한 기색이다가 크게 웃으며 영은의 손을 잡았다. 튀어나온 마디도 하나 없이 손가락이 곧게 뻗어 있는 고운 손이었다. 영은은 언제나 손과 손목이 예쁜 남자들을 좋아했다. 그렇게 두번째 도장. 시험을 준비하는 동안 영은은 아주 오래 연애를 하지 않았고 이쯤 되면 자신이 연애에는 관심이 없는 것일지도 모른다고 생각했을 정도였는데, 마음속 쿠폰에 도장을 찍는 일은 생각보다 쉬웠다. 아주 오랜만에 일어난 일이지만, 그래, 언제나 그런 일이 일어났다. 첫눈에 마음에 드는 사람을 만나는 일.

희재는 주현을 가끔 함께 일하는 디자이너라고 소개했다. 그러자 주현은 일하는 건 진짜 가끔이고 그냥 만나서 노는 사이, 라고 재빠르게 덧붙였고 희재와 같은 포인트에서 웃었다. 그날 주현은 들고 온 스케치북과 오일파스텔로 귀여운 아보카도와 샌드위치를 그려 보였다. 이거 가져도 돼요? 감탄하며 묻는 영은에게 주현은 또다시 당황스러운 표정을 띠우다가도 크게 웃으며 가지라고, 그렇게 말해줘서 오히려 자기가 고맙다고 말했다. 헤어지기 전 주현은 그림을 그린 종이를 조심스럽게 말아 가지고 있던 화구통에 넣어주었다. 이거 받아도 돼요? 하고 묻는 영은에게 다정하고 자연스럽게 나중에 주세요, 했다. 그게 아마도 세번째 도장. 영은은 희재와 헤어지고 돌아가 그림을 책상 앞에 붙였다. 이틀을 꾹 참았다가 희재에게 주현의 번호를 물었다.

그때가 제일 행복했지. 피를 뽑고 이런저런 검사를 하며 아무리 생각해봐도 그랬다. 몇 년 만에 즐거웠고 몇 년 만에 설렜는데.

대학교를 졸업할 무렵에, 영은이 좋아하던 남자는 영은에게 급하다고 했다. 빨라요, 열 번은 만나야 하지 않겠어요? 그 말에 영은은 뒷목을 잡았다. 열 번이라니. 세 번 만나면 답 나오지 뭐 열 번씩이나. 그 열 번을 만나는 동안 우리는 내내 아무 사이도 아니고 아무 사이도 아닌데 열 번씩이나 만나고 나는 이미 당신을 좋아하게 되어버렸는데 당신만 아무 사이도 아닌 채로 느긋하게 만나는 게 말이 된다고 생각하나요? 라고 속으로만 울부짖었다. 임용 시험이 이렇게 오래 걸리고, 오래 기다려야 하는 일인 줄 몰랐던 때였다. 어느 쪽이든 기다리는 일은 지긋지긋하네, 내가 적성에 안 맞는 일을 선택해버렸네, 하고 한탄했지만 그럼에도 그만둘 수는 없었다. 실은 적성 같은 건 없고 다만 그것이 천성인지도 몰랐다. 오지 않은 것들을 오래 기다려야 하는 것. 언제나 내가 기다리는 것들은 꼼짝없고, 멀기만 하네.

화구통을 돌려주며 주현과 단둘이서 처음 만났을 때 왠지 예전 그 남자의 말이 떠올라서, 영은은 이번에는 절대로 먼저 고백하지 않겠다고 마음먹었다. 어떤 실험 같은 거였다. 내가 말을 안 하면, 당신이 하는지에 대한 실험. 얼마나 기다리면 될까? 누가 먼저 다가와주는 건 어떤 느낌일까? 기쁘겠지? 그러나 주현은 네번째 만남에서도 사귈 건지 어쩔 건지에 대한 말을 꺼내지 않았다. 네번째 만남에서 영은이 다른 고백을 하긴 했다. 그러니까 자신이 떠안은 이 불운들에 대해서.

그때 영은은 먼 거리의 한방과 양방 병원을 번갈아 다니는 일에 지쳐 있었고, 자고 일어나면 베개에 불그스름한 피가 섞인 고름이 묻어나는 걸 보는 일에 무뎌져가고 있었다. 기다리는 것은 오지 않고 피하고 싶은 것은 절대 피해지지 않는다는 사실에 아주 많이 불안했고, 그럼에도 누군가가 좋았다. 그런 생각을 하다보면 분한 마음에 가만히 있어도 몸이 조금씩 떨렸다. 웅웅 울리고 아프고 뜨끈한 귀의 상태가 마음 한구석에도 전해진 것 같았다. 그걸 도려내면 나아지겠지. 침울해진 탓에 술은 절대 마시지 말라는 의사의 당부에도 맥주 한 잔씩만 하자고 주현에게 졸랐다.

마음이 엇나가면 이렇게 굴게 되는구나. 영은은 스스로의 모습을 보며 그런 생각을 했다. 살면서 뭔가를 어기거나 어깃장을 놔본 기억은 거의 없었다. 대체로 착실한 모범생으로 살았다. 그렇게 살았는데…… 당신은 나에게 좀처럼 마음이 없는 게 서운하고, 이십대 후반인데 아직 변변한 직업도 갖지 못한 채 병만 얻은 자신에게 자신은 없고, 그래 이런 사람을 누가 좋아할 리 없지 하는 바닥의 바닥 같은 마음이 되어 털어놓고 말았다. 실은 꾹꾹 참으려고 했는데 동정 섞인 배려라도 받고 싶어져버린 것이다. 주문한 맥주가 나오자마자 벌컥 들이켜는 영은을 보고 주현이 웃으며 천천히 드세요. 저 못 데려다드려요. 하고 말한 순간.

저 준비하던 거 그만뒀어요. 못하겠어요. 사실 진작 못하겠다고 생각했는데 이제야 그만뒀어요. 잘 모르겠어요. 이젠 아무것도 못하겠어요. 계획하고 준비하는 거. 미래가 좋을 거야…… 하고 나한테 내가 최면 거는 거.

*

―주말에 말예요

문자는 그렇게 왔다. 긴장됐다. 주현은 그런 사람이었다. 본론을 바로 말하지 않아 긴장하게 만드는 사람. 그게 정말 그 화법 때문이었을까, 주현이어서였을까. 영은이 임용 시험 준비를 그만뒀다는 걸 얘기한 지 며칠이 지나서였다. 그 고백을 하고 난 뒤 주현에게서 먼저 문자가 온 것은 어떻게 생각해야 할까, 하며 조금 인상을 썼다. 그날 영은은 바라던 마음을 받았고(주현이 집 앞까지 데려다주었다) 고마웠지만, 계속 동정을 받을 생각은 없었다. 가슴뼈 아래가 약간 욱신거렸고 귀가 아픈 게 아니었는데도 습관처럼 귀를 만졌다.

며칠째 영은은 방안에만 있었다. 그래도 꽤 괜찮았다. 고요하고 조용하고. 어차피 잘 들리지 않는데 듣지 않아도 되고. 고민하는 것은 커피를 마실까 주스를 마실까 정도이고. 수술 날짜는 하루하루 다가오고 있었다.

본론을 말할 때까지 꾹 참고 기다렸는데 다음 메시지는 십삼 분 뒤에 왔다. 영은은 조급한 마음으로 메시지를 확인했다.

―여의도 웨딩홀 알바 할래요? 대여 장소를 예식장으로 만드는 건데, 의자 나르고 거기에 흰 천 씌우고 뭐 그러는 거. 세 시간에 십만원이라는데 할래요?

주현의 제안에 영은이 아니라 영은의 손가락이 벌써 아니요 하고 적고 있었다. 몇 년 전이었다면 했을지도 몰랐다. 하지만 지금은 아니었다. 그런 일을 할 몸도 마음도 아니었다. 주말에 여의도까지 부랴부랴 가서 목장갑을 긴 채 의자를 나르고 흰 천을 씌우고 먼지를 잔뜩 마시고 팔과 다리에 잔뜩 알이 밴 채 집으로 돌아오는 일. 어딘지 익숙하고 낯설고 괴롭고 외로운 일. 그런 일들은 대개 그랬다. 지금은 주말을 그런 데 쓸 수 없었다. 주중에도 주말에도 영은은 피로하고 피로했으므로.

주현이 주는 설렘도 피로는 못 이겼다. 아니라고, 못 가겠다고 했는데 다시 주현에게서 메시지가 왔다.

—그럼 그냥 만나요

그 메시지에 영은은 픽 웃었다. 뭐야, 플러팅이야? 무슨 만나자는 말을 이렇게 마르크스주의자처럼…… 하고 얄미워하고 빈정거리다가 결국 네, 라고 보냈다.

주현은 궁금한 사람이었다. 처음 만났을 때, 희재가 얘기해주기 전까지 영은은 주현에게 무슨 일을 하느냐고 묻지 못했다. 몹시도 궁금했는데 쉽게 물을 수 없는 사람이라는 분위기가 있었다. 좋은 쪽으로든 나쁜 쪽으로든.

친구가 주말에 웨딩홀 알바나 하고 있으면 영은은 등짝을 때릴 거였다. 정신 차려, 우리 스물아홉이거든? (심지어 주현은 영은보다 나이가 많았다) 너 주택청약은 들었니? 알바만 하고 있는 건 아니지? 알바도 하는 거지? 사고 싶은 거 있어서 안 놀고 바짝 뛰는 거지? 물론 잘 들여다보면 그런 타박을 하게 되는 데에는 그런 식으로 자신을 애써 긍정하려는 이유도 있었다. 말하자면 자신이 사는 방식을. 나 밥값을 안 하고 있지는 않아. 부모님께 빚만 지고 시간만 날리고 있진 않아. 정식 시험을 준비하고 공부를 하면서 기간제 교사로도 일하고 있어. 육 개월, 일 년마다 갱신되는 계약직이지만 나 스스로를 먹여 살리며 공부하고 있다고. 그런데 너는 왜? 너는 왜 안 하는데? 하고. 그건 자칫 남을 향한 공격이 되기 십상이었지만 영은에게는 그런 것까지, 남의 사정까지 헤아릴 여유가 없었다. 자기 처지에만 코를 박고 하루하루를 살았다. 의정부에 있는 고등학교와 노량진의 독서실을 오가는 삶에서 지닐 수 있는 여유는 딱 그 정도였다. 자신을 몰아붙이는 정도로 남을 몰아붙이는 것.

그러나 주현은 그림 일을 꾸준히 하는 것 같지도 않았고, 일회성 아르바이트만 하고 있는 것 같았고, 도대체가 어떻게 삶을 굴리는 사람인지 모르겠다는 생각이 들었다. 하루 일과표가 잘 그려지지 않는 사람이었다. 그래서인지 마음껏 좋아할 수가 없었다. 온통 주현을 생각하며 가늠해보다가도 아무것도 묻지 못했다. 그 밑엔 내가 뭔데, 싶은 마음이 있다는 것도 알고 있었다. 내가 뭔데 저 사람을 걱정하나. 저 사람의 미래를, 저 사람과의 미래를 뭘 어떻게 그려보려고? 당장 수술은 어떻게 될지 모르고 수술이 잘되어도 잘되지 않아도 먹고살 걱정을 처음부터 다시 해야 하는데? 이 나이에 시험공부 말고는 내가 뭘 잘하는지도 모르는데?

이전까지의 영은에게 미래는 중요했다. 자신의 미래가 좋았고 미래가 그려지는 사람이 좋았다. 함께 미래를 그릴 수 있으려면 지금의 하루 일과가 선명한 사람을 만나는 게 나았다. 그러나 이제는 그게 다 무슨 소용이람. 가까운 미래든 먼 미래든 지겹기만

했다. 늘 유보해뒀던 자신의 미래도 지겨웠고 미래가 선명한 사람이 자신에게 주는 상처도 지겨웠다. 선명하지 않은 주현이라고 해서 자신에게 상처를 주지 않는다는 건 아니었지만, 이상하게 미래도 현재도 잘 그려지지 않는 사람에게 치미는 이 호기심이 좋았다. 염증덩어리 귀를 부여잡고 점점 짜증스러운 사람이 될 바에야 주현의 세계로 가고 싶었다. 타인이 가장 사랑스러울 때는 순수하게 '저 사람을 모르겠다'는 마음이 가장 클 때가 아닐까. 막연하게 그렇게도 생각해보았다.

한 사람이 하나의 세계라서, 가끔 너무 무섭지 않니? 그것은 어느 날엔가 희재가 했던 말이었다. 중얼거림에 가까운 말. 습관적으로 동의했지만 그때 영은은 그게 무슨 말인지 몰랐다. 몰랐다는 것을 지금에야, 주현의 문자를 두고 보면서야 아주 조금 깨달았다. 정말 무섭다, 희재야. 그런데도 이상하지. 주현의 이야기를 자꾸 듣고 싶고 묻고 싶었다. 그래도 부르면 나가고는 싶었다.

*

제안대로 웨딩홀 아르바이트를 할 것도 아닌데 영은은 주현과 여의도에서 만났다. 둘은 윤중로를 걸었다. 벚꽃이 없는 윤중로는 그냥 강을 낀 길고 긴 길이었다. 그럴 일도 아닌데 마음이 약해졌는지 영은은 스스로의 팔자를 곱씹었다. 이게 내 팔자인 것 같아.

때는 어긋나고 인생에 짚이는 건 없는 게. 윤중로에 오긴 왔지만 벚꽃은 없을 때 오는 게. 겨우겨우 혼자가 아니라 누군가와 함께 왔지만 사실 그 사람이 누군지는 잘 모르는 게. 항상 오리무중인 게. 주현은 도서관에 가기 위해 여의도에 자주 온다고 했다. 그는 별 목적 없이도 국회도서관에 다니는 사람이었다. 공부를 하려는 목적이 아니라 그냥 도서관에 가는 사람들도 신기한데, 그냥 도서관이 아니라 구체적으로 국회도서관에 간다는 점은 더 신기했고, 그게 주현이라는 점이 모든 것을 통틀어 가장 신기했다.

그의 지난 시간은 어쩐지 미로 같았다. 파편적으로 자기 얘기를 들려주긴 했지만 연대기가 잘 구성되지 않는 이야기였다. 한 사람의 역사가 이렇게 어긋날 수 있나…… 영은은 주현의 이야기를 들으며 자주 아리송해졌다. 자신에게 거짓말을 하고 있을지도 모른다는 생각을 안 한 것은 아니었다. 그러나 언제나 자세히 묻지는 않았다. 들려준 것만 듣겠다고 영은은 생각했다. 사실은 들려주는 것도 거의 못 듣잖아, 하고 습관처럼 자신을 비웃었다.

주현은 오 년 동안 헬스장의 스피닝 강사로 일하다가(정확히 언제인지는 말하지 않고 그저 그렇게만 말했다. 오 년 동안 스피닝 강사로 일했어요. 돈을 제법 많이 벌었어요. 거기다 대고 영은은 묻지 못하는 사람이었다. 언제요? 언제부터 언제까지? 번 돈은 어디에 썼어요? 그런 것들을) 일 년 전 처음으로 사무직으로 취직했었다고 했다(그러니까 영은이 더는 시험공부에만 몰두할 수 없어 기간제 교사 일을 병행하자고 마음을 먹고 실행에 옮겼을 무렵이었다). 한 무역상사의 아웃도어용 원단을 취급하는 부서에 계약직으로 출근하게 되었는데, 협력사에 메일 쓰는 법, 물품 주문하거나 양식에 맞게 서류를 작성하는 일에는 서툴렀지만 중국과 러시아 등에서 수없이 받고, 또 보내야 하는 원단을 잘라 샘플을 만들거나 다 쓴 샘플 원단을 뜯어내는, 그러니까 힘쓰는 일은 척척 해내 사무실 안에서 나름 역할이 있기는 했던 것 같다고 말했다. 그런데 몇 달 만에 그 회사를 그만두게 되었다고도 했다. 이것은 영은이 주현과 두어 번 정도 만났을 때 알게 된 것이었다. 그러고는 지금까지 계속 비정기적으로 도서관에 다니고 아르바이트를 하고 있다는 일상을 전하는 식이었다.

휑하고 쌀쌀한 강변을 걷다가 주현은 문득 이쪽으로 걸어요, 하며 영은의 팔꿈치를 살짝 잡았다. 작은 접촉에 영은은 침을 꼴깍 삼켰는데 귀가 아팠다. 침 삼키는 소리가 이상할 정도로 크게 울렸다. 영은은 주현 앞에서 자기도 모르게 미간을 찌푸리지 않기 위해 애썼다. 일부러 더 환하게 웃으며 눈에 들어온 주현의 민트색 셔츠를 칭찬했다. 주현은 하얗고 마른 편이었다.

셔츠 잘 어울려요.

이거 봐요.

주현은 자신의 목을, 셔츠 깃을 가리켰다. 영은은 곤두서 있었다. 주현의 말을 못 들을까봐. 아무리 생각해도 셔츠 깃에는 특별한 점이 없었다. 내가 잘못 들었나? 그래도 미간을 펴자. 인상을 찌푸리지 말자. 하지만 자꾸 결심해도 찌푸리게 되었다. 영은은 햇살에 눈이 부신 척하며 물었다.

그게 왜요?

잠갔잖아요.

잠근 게 왜요?

그때 왜 영은씨가 셔츠 단추는 끝까지 잠가야 예쁘다고 해서.

그렇게 말하고 웃는 주현을 보자 정반대의 마음이 동시에 들었다. 아픈 게 네가 아니라 나라서 다행이라는 마음과 아무런 나쁜 일 없이 말끔한 너를 괴롭히고 싶다는 마음. 좋아하나? 아니면 미워하나? 마음이 혼종이었다. 그러나 다행이라는 쪽이 근본적으로 더 컸다. 영은이 선해서가 아니었다. 자신이 아픈 사람들을 잘 대하지 못하는 걸 알고 있기 때문이었다. 나쁘지만, 더 나빠지고 싶지 않은 마음에 가까웠다. 귀가 닫히자 마음들이 살아 움직였다. 그 궤도가 보였다.

주현이 강변 카페에서 뜨거운 커피를 사들고 돌아와 벤치에 앉은 영은에게 건넸을 때, 영은은 말했다.

주현씨.

네?

좋아해요.

늦은 오후의 볕은 체다치즈 같았다. 테이크아웃 잔을 잠깐 동안 얼굴 가까이에 들고 쏟아지는 햇빛을 막아내던 주현이 그것을 내리자 주현의 하얀 얼굴에 체다치즈 빛깔이 드리워졌다.

……저도요.

주현은 영은을 보고 있었다. 바람에 흩어지는 머리카락을, 벤치에 앉아 주현을 올려다보는 영은의 얼굴을. 그 시선을 느꼈을 때 영은은 두 볼의 온도가 늘 뜨끈거리는 귀의 온도와 비슷해지는 걸 느꼈다.

그런데 왜 데이트 신청 안 했어요?

했잖아요.

알바 물어다준 거 말고요.

그 속에 들어 있었죠.

그러니까 왜 그렇게 했냐고요.

장난스럽게 물었다고 생각했는데, 할 수 있는 한 최대한 장난스럽고 축축하지 않게 물었다고 생각했는데 주현의 얼굴이 굳어지는 게 느껴졌다. 또 실패인가, 또 티를 냈나. 영은은 에라 모르겠다, 하는 마음이 되었다. 나는 누굴 만나도 또 이렇게 묻고 있구나. 왜 먼저 마음을 열어 보여주지 않아? 내가 좋다면서 왜 내 쪽으로 더 넘어오지 않아? 그러나 지금 영은은 그렇게 물으면서도 처음으로 당당했다. 목적이 달라졌으니까. 이제 그 물음표들은 상대를 향해 이쪽으로 넘어오라고 거는 갈고리가 아니었다. 자신의 마음을 거둬들이는, 닫히는 쪽의 문고리에 가까웠다. 다른 사람의 세계에 구멍을 크게 뚫는 일이, 그래서 내 쪽으로 넘치게 하는 일이 뭐가 그렇게 좋겠어. 거기엔 이미…… 내 고름 같은 것들이 꽉 차 있는데.

그런 마음이 든 기념으로 주현에게는 담백하게 말해보고 싶었다. 영은의 질문에 주현은 고개를 숙이고 컵을 쥔 자신의 손을 오래 바라보았다. 영은이 느끼기에 너무 오래. 걱정이 되어 그 손을 살짝 건드리자, 주현은 잠에서 깨어난 사람처럼 몸을 떨며 한마디를 뱉었다.

저 뭘 하나 속였어요.

속였다고요?

네.

영은은 긴장했다. 몇 년간 연애 생각이 싹 사그라들었던 데에는 개인적인 이유만 있는 것은 아니었다. 임용 시험 커뮤니티, 기간제 교사 커뮤니티, 독서실 스터디 커뮤니티에서 매일 접하는 사건들로 남자라면 일단 덮어놓고 믿지 못하게 된 것이 당연해진 참이었다. 영은이 머물던 독서실에서도 두려운 사건들이 끊임없이 벌어졌었다. 경찰 공무원 시험을 준비중인 남자가 같은 독서실에 다니는 여자를 스토킹하고 임용 시험을 준비하는 남자가 함께 스터디 하던 여자를 스토킹하고 또다른 남자가 독서실 여자 화장실에 불법 촬영 카메라를 설치하는 일들. 지금도 벌어지고 있을 일들.

소개팅에서 만난 남자라고 다를 건 없었다. 더구나 주현은 아리송한 사람, 오리무중인 사람. 모르는 사람도 아는 사람도 갑자기 무서워졌다. 입을 꾹 다문 채 주현을 바라봤다. 너는 누구야. 나는 그래도 너를 알고 싶었는데.

그러니까, 저는 수술을 했어요.

수술이 왜요? 저도 해요. 그게 뭐요?

전환 수술이요. 성전환 수술.

언제요?

몇 년 전에.

……

스피닝 강사를 했다고 했잖아요.

네.

그땐 여자였어요. 돈을 모아서 수술을 했어요.

그랬구나.

안 놀라요?

지금은요. 이따 집에 가서 놀랄지도 모르죠.

그 말에 주현은 웃었다. 고개뿐 아니라 등과 허리까지 써서 크게. 주현이 웃어서 영은도 웃었다. 작게 웃으며 고개를 끄덕였다.

실은 안 놀라요? 하는 주현의 말을 안 들려요? 라고 들었다. 대답을 해야 하는 순간에 눈치껏 앞뒤를 유추해낸 거였다. 식어가는 커피를 한 모금 마시자 그 맛이 생생하게 느껴졌다. 목을 타고 흘러 온몸으로 퍼지는 커피처럼 모든 게 뒤섞인 감정이 퍼져나가는 것 또한 생생했다. 독서실에서 퇴실할 때 들던 기분과도 비슷했다. 누군가가 자신의 연약한 면을 고백해주는 일은 생각보다 기쁘고, 흥미롭고, 짜릿했다. 나는 이제 너에게 그런 사람이구나…… 그건 황홀감에 가깝기도 했다. 기쁨에 찬 감정들은 순식간에 고조되고, 차례로 떨어졌다. 그런 말을 들어도 아무것도 할 수 있는 일이 없다는 것, 우리 사이에 달라질 건 아무것도 없다는 걸 깨달은 순간. 나는 그 말을 잘 몰라요. 그 말 아래의 실체를. 심지어 정말로…… 잘 듣지를 못해요. 당신이 당신의 아픔을 말해도 나는 내 아픔에만 놀라요. 안 들려요? 라고 잘못 들었을 때 심장이 쿵 하고 떨어지던 느낌이 선명했다.

수술하고 어땠냐고 물어보고 싶은데…… 그러지 않을게요.

그냥 아프고 불편하고. 다시 천천히 나랑 사귀는 느낌이죠. 어떤 사람은 변화하는 몸을 다 찍어서 남긴대요. 과정이니까. 그걸로 사진집을 출간했다더라고요.

나도 그러고 싶을 것 같기도 하고. 주현씨는 안 그랬어요?

네, 전 그냥 다른 사람이 되고 싶었어요. 과거를 남기지 않은 채로. 잘 안 되죠?

안 되죠. 저는 그냥 저더라고요.

그걸 전부 포함해서, 우리는 이전과 달라졌다고 하죠. 주현이 그렇게 덧붙이며 웃었다. 이번에는 잘 들렸지만 영은은 웃지 않았

다. 저 세계에서 통하는 농담인가? 그러고는 제법 자연스럽게 희
재를 떠올렸다. 이 모든 이야기를 희재는 알겠지, 주현의 농담에
희재는 웃었겠지. 등뒤의 주현을 마주한 순간 반가움으로 가득하
던 희재의 얼굴. 천 명 정도의 크기, 그 세계에 희재와 주현은 함
께 들어 있나. 왜인지 좀 쓸쓸했는데 주현이 다시 말했다.

영은씨랑 이런 얘기를 하게 될 줄이야.

왜요?

영은씨는 너무 건강해 보여서요.

기분 나쁘네.

미안해요.

……

무슨 수술을 해요?

빨리도 물어보네.

그렇게 말하며 영은은 눈을 흘겼다. 퍽 가까워진 기분이 들었
다. 그렇지만…… 우리는 왜 서로의 아픈 곳을 보여야만 가까워
질 수 있을까? 문득 그런 질문이 떠올랐고 그건 희재의 목소리였
다. 이런 거였구나, 희재. 영은은 속으로 조용히 고개를 끄덕였다.

저 고막에 종양이 있어요. 수술해서 상한 부위를 다 도려내야
하는데 잘돼도 청력이 반 정도만 돌아오고 잘 안 되면 계속 염증
이 두개골을 갉아먹는대요.

……

처음이에요. 좋은데 사귀자고 하지 않은 건.

영은은 주현에게 내 말 다 알아들었니? 무슨 말인지 알겠니? 하고 물어보고 싶었다. 그러나 늘 그랬듯 묻지 않았고, 그저 들여다봤다.

저도 처음이에요. 남자가 되고 여자에게 좋아한다는 말을 해본 거.

그렇게 말하는 주현의 얼굴이 울기 직전의 모양으로 일그러졌다. 눈썹의 움직임, 깜빡거리는 속눈썹, 물기가 차오르는 눈동자 같은 작은 변화들이 어떤 마음을 표현하고 있는지 영은은 지켜봤다. 지켜보며 속으로 외쳤다. 고맙다고 하지 말아요, 제발, 그 말을 할 수 있게 해줘서 고맙다고 하지 마요. 속엣말이기에 주현이 들을 리 없으므로 쩌렁쩌렁하게 외치는 상상을 했다. 모처럼 속이 시원해지는 것 같았다. 그 와중에도 귀에서는 찔리는 듯한 통증이 느껴졌다. 습관처럼 뜨끈하게 달아오른 오른쪽 귀를 손으로 꾹꾹 누르며 말했다.

연락하지 말아요. 나 수술할 때까지. 수술하고 나서도.

……

그 사람의 인생을 바꿀지도 모르는데, 내가 책임져줄 수 없는 후회를 하게 만들지도 모르는데 이쪽으로 넘어오라고 하는 거 지쳤어요. 삐라 날리는 짓 같은 거 그만하고 싶어요.

그래요.

주현씨가 할 말 내가 먼저 한 거죠?

……맞아요.

저 지금 너무 후련해요.

그렇게 말하고 영은은 울었다. 어쩌면 울음이 터져나오길 기다리면서 그 모든 말을 했는지도 몰랐다. 울기 위해서. 자기가 자기에게 하는 말을 듣고 시원하게 울기 위해서. 우는 영은의 옆에 앉아 주현은 시선을 멀리 들어 강을 바라봤다. 그러다가 한 번 손을 들어 영은의 어깨를 잠깐 쥐었다 놓았고, 다시 손을 들어 영은의 머리카락을 한 번 정돈해주었다. 영은은 소매로 문질러 벌게진 눈두덩을 하고 한층 개운해진 목소리로 말했다.

우리는 서로 아플 때 해줄 수 있는 게 없네요.

그런 사람은 아무도 없어요. 뭘 줄 수 있는 사람은.

그렇구나.

해가 지기 시작해 강물은 짙은 빛을 띠었다. 4월의 봄이었지만 강바람은 추웠다. 얇은 코트 위로 자신의 팔을 감싸안은 영은을 지켜보던 주현이 이만 갈까요, 하고 말했다. 벤치에서 일어나며 주현은 손을 내밀었다. 영은은 그 손을 보며 몇 개월 전 마음에 찍혔던 도장을 떠올렸다. 커피는 한참 전에 식었는데 주현의 손은 따뜻했다.

수술 잘 받아요.

그 사람 이름이 뭐예요?

누구요?

사진집 낸 사람.

아, 로런 캐머런.

*

자기 슬픔은 자기가 알아서 하고 갈게요. 수술대 위에 누워 영은은 그렇게 생각했다.

나는 나를 지켰어. 최선을 다해 그렇게 믿고 싶었고 그것이 최선이라고도 믿었다. 너라는 총체적인 세계보다 내 오른 귀의 편협한 청력의 세계가 중요해. 아픈 게 지나가고, 그 아픔의 무늬를 지닌 어떤 사람이 되었을 때 다른 아픔의 무늬를 알아보는 일에는 최선을 다하겠지만. 아픔의 한복판에서 발을 구르는 채로 다른 사람 곁에 갈 수는 없다고 생각했다. 너무 가까이 가면 머리채를 잡혀 함께 가라앉을 것이고 너무 멀찍이 서서 그의 이름만 반복해 외치는 건 그에게나 나에게나 무력하다, 그렇게. 그러니까 우리, 나중에 만나요. 나중에 못 만날지도 모르지만 나중에 만나요. 영은은 처음으로 결정짓지 않는 관계를 결정지었다.

그래도…… 의식이 흐릿해지는 순간에, 손끝에 힘이 풀리는 순간에 스치듯 지나가는 생각이 있었다. 나는 이제 시간이 많을 거예요. 어쩌면 한 번쯤 볼 수 있을 거예요. 회복이 되면 시끄러운 자동차 소음을 견디며 다리를 건너, 국회도서관에 한 번쯤은 가보 겠다고. 다른 도서관일 수도 있는데 그 도서관인 이유는 도려낸 곳이 회복이 되었다는 뜻이니까. 어색하게 도서관 한쪽 구석에 자 리잡고 로런 캐머런의 사진집을 보겠다는 다짐이었다.

정체기

이것은 아마도 한달음에 쓰인 뒤 영원히 잠가져 오로지 나 외엔 열람이 불가능한 사적 기록으로 남을 것이다. 혹은, 그 반대도 가능하다. 이것은 내 정체화에 대한 공적 기록이 될지도 모르겠다.

*

은주와 만난 건 어느 포럼에서였다. 당시 내가 어울리던 사람들은 우울증, 메니에르증후군, 공황장애, 근육병 등 다르고 다양한 병을 앓는 사람들이었다. 성적 지향도 다양했다. 동성애자가 두 명, 양성애자가 한 명, 이성애자가 두 명이었다. 나는 이성애자였고, 역시 내 몸이 약하다는 것에 몰두해 있었다. 나는 어릴 때부터 말랐고 어디라고 특정할 수 없이 몸이 약했지만 그중에서도 유독 걱정하는 것은 하루걸러 소화불량과 두통을 일으키는 위장, 심각한 PMS와 생리통, 그로 인해 주기적으로 생기는 변비와 그 때문인지 늘 트러블이 생기는 피부였다. 위나 장에서 소화를 잘 해내지 못하면 피부의 여기저기가 막히는지 팔, 다리, 배, 허벅지에는 언제나 하얗거나 노란 농이 찬 뾰루지 같은 것들이 볼록볼록 작은 분화구처럼 올라와 있었다. 자리가 불편하거나 조금이라도 무리해서 식사를 한 경우에는 어김없이 토했으므로 식도는 헐고 약해졌고 그 때문에 목소리는 작아졌다. 그런 사소한 것들에 한 인간의 성격이 얼마나 좌우되는지, 아니면 작은 일 하나하나를 문제 삼는 성격 탓에 그런 사소한 것들이 전부 문제로 다가오는지 가늠하는 시간이 내 하루의 절반이었다.

나는 그들과 어울리는 동안 우연히 우리가 골몰하는 주제에 대해 사람을 모으고 글을 써서 소셜 펀딩을 통해 책을 내는 작업에 몇 번 참여하게 되었다. 개인 프로필은 각자 만들었는데 주로 자신이 지닌 소수자성이 드러나는 문장들로 이루어져 있었다. 나는 매번 '의지가 많이 약한 여성'. 그 외엔 나를 소개할 만한 말로 떠오르는 표현이 별로 없었다. 그러니까 나는 장애인도 아니고 퀴어도 아니었다. 그들과 어울리는 일은 나에게 살아온 동안 어디에서도 느낄 수 없던, 다른 종류의 소외감을 주었다. 그래서 주로 인터뷰를 하거나 르포의 형태로 글을 써서 싣고, 프로필에 '르포라이터'라고만 적어 내곤 했다. 그러다보면 좁은 판 덕분에 간혹 비슷한 문제의식을 지니고 구술 기록 프로젝트를 진행하는 연구자들이나 자신들의 목소리를 다듬어 출판하고 싶다는 성 판매 여성들의 협업 요청 연락을 받았다.

그러나 사실대로 말하자면 나는 나 자신을 기록자로도, 전문가로도, 활동가로도 여기지 않은 채 어울리던 사람들과 조금 동떨어져 있었다. 딱히 내세울 만큼 하는 일은 없었고, 거의 매일 몸과 영혼에 대해 생각할 뿐이었다. 몸과 영혼은 왜 계속 고장나고 병드는지. 나는 그것만 생각하면 잠이 오지 않을 정도로 궁금한데 다른 사람들은 태연하다는 것에도 거듭 놀랐다. 우리가 아플 거라고, 지금도 어딘가는 계속 아프다고, 아프지 않더라도 아프게 될 거라는 대화를 계속 나누는 일은 아프지도 않고 아픔에 별생각도 없는 사람들에게는 고역일 터였다. 그러므로 내가 그런 사람들—아프거나 아프게 될 일이 중요한 사람들—과 어울리게 된 것은 놀랄 일이 아니었다. 나보다 더 아픈 사람들, 아프다는 현상에 나보다 더 예민한 사람들과 함께 있을 때면 나는 종종 건강한 사람으로 여겨졌고 덜 예민한, 무딘한 사람으로 통했다. 고통은 절대적인 동시에 상대적이었다.

몸과 주체, 장애와 젠더에 대한 발표와 토론이 진행되는 포럼에 다 같이 가자고 한 것은 그중 클로짓 레즈비언인 성연이었다. 성연은 발표와 토론이 모두 끝난 뒤 저녁식사 메뉴를 두고 이야기를 나누던 우리에게 자신의 친구인 은주를 소개해주었다.

은주는 정책연구원으로 대학은 독일에서 다녔으며 지금은 지원을 받아 대학원에 다니면서 일을 하고 있다고 했다. 언제든 국경을 넘어갈 수 있는 언어능력을 지닌 사람들, 그런 엘리트들을 나는 언제나 조금 싫어했다. 이유는 딱히 없었다. 은주는 동성 애인과 동거중이라고 했다. 동거라니 좋겠네요, 하고 우리 중 누군가가 웃으며 말을 건넸다.

좋아요, 좋지만…… 이런저런 어려움이 있어요.

은주가 그렇게 대답했을 때 나는 내심 우리가 거의 매일 열을 올리며 이야기 나누는 화제에 대한 대화가 시작될 거라고 생각했다. 이를테면 생활동반자법이나 비혼 여성이 겪는 혐오 발언 같은 것. 그러나 은주의 고민은 그런 것이 아니었다. 거칠게 요약하자면 애인의 전 여자친구에 관한 이야기였다.

은주의 애인은 전 여자친구와 육 년을 만났다고 했다. 하지만 일 년 전 은주를 만나 당시 여자친구와 헤어지고, 은주와 사귀기 시작한 지 한 달이 채 되지 않아 동거를 시작한 것이었다. 은주는 늘 육 년이라는 시간, 그 압도적인 밀도에 대해 불안해했다. 은주의 마음 깊은 곳에는 과거에 사는 애인이 있었다. 네모진 방에 앉아 뭉친 오른쪽 어깨가 조금 더 올라간 비뚤어진 자세로 노트북을 들여다보는 애인이. 은주는 작은 방에 홀로 앉은 애인이 뭔가를 쓰다가, 골똘히 생각하다가, 가끔 휴대폰을 들어 채팅창 목록에서 아직도 지우지 않은 전 여자친구와의 채팅방에 들어가 '우리' '삶' '행복' '미안해' 등의 단어를 검색해서 지난 대화를 하염없이 읽는 상상을 했다.

이길 수 없을 것 같았어요. 사실 지금도요.

그 말을 하는 은주를 우리 다섯 명이 어떻게 바라보았는지 알 수 없었다. 다만 부디 너무 노골적으로 동정어린 시선은 아니었기를 바랄 뿐. 몇 초가 흐른 뒤 누군가가 그 불안을 애인에게 말해본 적이 있나요? 하고 물었고 은주는 조용히 고개를 가로저었다.

내 불안을 설명하고, 납득시키기 위해 노력하는 동안 그 모든 말들을 내가 듣잖아요. 그렇게 불안을 구체화하면 견딜 수 없을 것 같았어요.

그렇게 말하는 은주는 약해 보였다.

저녁식사 자리로 함께 이동하는 동안 네 명이 앞서 걸었고, 나와 은주가 뒤처져 걷게 되었다. 겨울이었고, 유독 추웠다. 주머니에 넣은 손도 점점 얼어갔고, 한껏 올려 두른 목도리는 내쉰 숨이 맺혀 금세 축축해졌다. 은주는 옆에서 걷는 내게 올해 좀 쉬셨어요? 하고 물어왔다. 나는 언 손으로 축축해진 목도리를 끌어내리며 해외는 못 갔고, 국내 여행은 그래도 좀 다녔어요, 하고 대답하며 은주에게 질문을 되돌려주었다.

은주씨는요?

은주는 저도요, 하고 살풋 웃으며 며칠 전에야 애인과 경주로 여행을 다녀왔다고 했다. 그렇군요, 경주 좋나요? 하고 묻자 대번에 고개를 끄덕였다. 이전보다는 확실히 정확하고 큰 동작이었다. 뭐가 좋나요? 하고 다시 묻자 조금 고민하더니 대답했다.

아주아주 오래되었다는 점이요.

그 말에 나는 약간 우스꽝스러운 표정으로 오래된 게 좋나요? 하고 되물었는데 의외로 그 말에 은주는 안도하는 표정으로 그러게요, 할 뿐이었다. 그 순간 은주와 나 사이에 존재하던 거리감이 단번에 삼십 미터에서 삼 미터 정도로 줄어드는 것이 느껴졌다. 안도하는 표정. 나는 늘 상대방의 얼굴에서 그런 표정을 찾으면 마음이 놓이곤 했다. 상대를 편안하게 만들었다는 성취감은 내 안의 유능감을 고취시키고 상대방에 대한 호감도를 상승시켰다. 상대가 내 맘에 들든 맘에 들지 않든 그건 별로 중요한 일이 아니었다. 내가 상대의 마음에 드는 일. 그게 중요했다. 은주에게 나는 좋은 인상으로 남겠구나. 그렇게 생각하자 가슴 부근에서 전신으로 따뜻한 물질이 퍼지는 것 같은 느낌이 들었다. 그런 느낌은 늘 그 순간을 애타게 기다리는 사람만이 느낄 수 있었다. 은주에게서 시선을 돌리자 앞서 걷던 무리가 벽에 붙은 어느 외국 가수의 내한 공연 포스터를 가리키며 깔깔 웃고 다시 진지한 표정으로 이야기를 나누는 모습이 보였다.

우리 빨리 쫓아가죠. 저 길을 몰라요.

내가 웃으며 은주 쪽으로 손을 내밀었고 기세 좋게 팔을 휘두르며 걷는 몸짓을 하던 은주의 손이 살짝 스쳤다.

저녁식사는 자연스럽게 술자리로 이어졌다. 포럼장 뒷자리에서 듣던 은주의 이야기도 다시 이어졌다. 술을 마신 은주는 처음보다 편안해 보였고, 이런 말을 어디엔가는 털어놓고 싶던 사람의 얼굴이 되어 있었다. 빗장이 풀린 표정. 타인에게서 그런 표정을 발견하는 것은 오랜만이라 나는 조금 걱정이 되기도 하고 기대가 되기도 했다. 어디에서는 그토록 굳게 다물어져 있던 잠금 장치가 어디에서는 이토록 쉽게 풀어지는 순간을 목격하면 항상 그랬다. 르포라이터라는 명칭을 어색하게 달고 참여한 몇몇 인터뷰 자리에서 거듭 느꼈던 감정이었다.

은주는 자신의 불안을 시시각각 느꼈다. 전 애인과 육 년이나 연애한 사람을 만나는 것은 은주로서도 부담이고 도전이고 결심이었다. 불안은 은주의 선택에 대한 할부금처럼 애인을 만나는 일 년 내내 지속되었다. 왓챠피디아나 페이스북처럼 아주 간간이 접속하는 앱에 아직도 애인이 전 여자친구를 친구로 등록해놓은 것을 목격했을 때, 전 여자친구가 포함된 페미니즘 독서 모임 단체 카톡방에서 애인이 여전히 빠져나오지 않고 그들의 대화를 물끄러미 읽는 모습을 봤을 때, 애인은 은연중에도, 의식적으로도 그 모든 걸 가리거나 감추지 않았다. 은주는 곁눈질로 그 모든 것을 보았고 이 장면들이 장기 기억의 칸으로 들어가 내내 자신을 괴롭히리라는 걸 알았다. 애인의 당당함이 미웠지만 한 번도 애인에게 물을 수 없었다. 다만 그런 날에는 다른 이유로 애인과 싸웠다. 애인이 약속 장소에 오 분 늦게 도착했다는 이유로, 애인이 은주에게 작은 말실수를 했다는 이유로.

최근에 상처받은 일도 그 때문이었는데요. 이 포럼에 참석한 이유도 그 때문이고요.

소주와 맥주를 섞은 잔을 비우며 은주는 말했다.

저는 아무도 상처주지 않아도 알아서 상처를 받는 능력이 있어요. 그리고 그 상처를 무시하거나 덮어놓지 않고 내내 뚫어져라 바라보는 습관도 있고요. 아주 최악이죠?

말투를 과장하며, 농담하듯 말하는 은주에게 우리는 그런 거 있죠, 저도 전 애인 인스타그램 매일 검색해요, 하고 왁자지껄 대답했다. 은주는 우물쭈물하며 물었다.

SNS는 그렇다 쳐도…… 남의 문자를 보는 건 좀 별로잖아요.

그때 우리의 표정은 어땠을까. 나는 첫번째로 은주의 친구인 성연의 얼굴을 살폈고, 이후 차례차례 다른 사람들의 얼굴을 살폈다. 성연은 친구의 면모에 약간 놀란 표정이었다. 야 뭘 그렇게까지, 그보다 남의 문자를 왜 보니, 하는 질책이 이어지려다 만 듯한 표정. 실망할까 말까 고민하는 듯한 표정. 성연의 옆에 앉아 있던

192

둘은 그보다는 와이 낫, 하는 얼굴이었다. 이제 와서 문자를 보고 말고 한 게 뭐가 문제야. 이미 일은 벌어져버렸는데. 그 문자가 아니어도 어차피 알게 될 일이었을 텐데. 물론 안 봤으면 좋았겠지만. 그리고 은주의 옆에 앉아 있던 M은 이미 삽시간에 은주의 불안에 이입한 후였다. 분개한 표정이 되어 있었다.

설마 은주씨 애인, 전 여자친구랑 연락한 거예요? 아니 그런 건 지금 사람한테 실례죠. 자기 추억만 중요하대요? 너무 비겁한 거 아니에요?

M이 흥분하자 은주는 다급히 덧붙였다.

아, 애인이 전 여자친구와 연락을 한 건 아니에요.

은주가 본 것은 애인이 애인의 친구와 나눈 문자 메시지였다. 은주도 아는 친구였다. 그 친구는 은주와 애인이 동거를 시작하고 둘의 공간을 방문한 사람들 중 한 명이었다. 은주는 환대의 느낌이 가득했던 몇 번의 저녁식사를 기억했다. 그는 둘을 축하해주고 은주의 이야기를 살뜰히 들어주었다. 은주와 애인에게 자신의 연애 고민을 털어놓기도 하며 위로를 주고받았던 사람이었다.

긴긴 메시지에서 친구는 자신이 지금 일 년 전 은주의 애인이 마주했던 순간과 비슷한 일을 겪고 있음을 털어놓고 있었다. 일 년 전이라면 애인이 은주를 만나게 된 때였다. 육 년 동안 만나던 여자친구에서 은주로 마음이 옮겨오던 때. 친구 역시 비슷한 이별과 만남의 과정을 겪고 있었다. 같은 직장에 다니는 오래된 남자친구와의 사이가 소원해졌고, 그때 마침 취미 삼아 등록했던 제빵학원에서 만난 남자가 친구에게 구애해온 것이었다. 친구는 이미 자신이 좋아하는 사람이 누군지 스스로도 알고 있으나, 이게 한때의 흔들림인 건 아닌지에 대한 걱정과 오래 만나며 많은 걸 나누고 쌓아온 남자친구에 대한 미안함이 사라지지 않아 괴롭다고 말하고 있었다.

　—이 죄스러운 마음에서 놓여날 수 있을까

　친구가 애인에게 보낸 그 문장에 은주는 오래 머물렀다.

　애인은 친구의 상황과 마음에 전적으로 공감하고 동의하고 있었다. 그들의 대화에 따르면 은주와 친구가 새로 좋아하게 된 이름 모를 어떤 남자는 그들의 인식 속에 '죄책감' 혹은 '죄책감을 불러일으키는 죄' 비슷한 곳에 함께 묶여 놓은 것 같았다. 은주는 말로 설명 못할 수치심과 모멸감을 느꼈다. 아아, 은주는 그러다가 고쳐 말했다.

　수치심이나 뭐라기보다는…… 그저 상처였어요. 깊은 상처.

　애인의 친구가 고민을 털어놓은 이후로는 침묵하던 애인이 그동안 누구에게도 말하지 못했던 속마음을 쏟아내고 있었는데, 은주는 그 말들을 전부 기억한다고 했다.

　애인의 고백은 이랬다.

　—혜인이랑은 더할 나위 없이 잘 맞았지. 소울메이트가 있다면 그런 관계였다고 생각해. 물론 은주도 좋은 사람이지만, 혜인

이와 나누던 대화를 은주와 나누진 못할 거야. 명백해. 그런 면으로는 혜인이가 압도적으로 우위지. 은주는 상식적이고, 건강하고, 자신의 소수자적 위치를 크게 생각하지 않아. 거기에 매몰되면 안된다고 생각하는 것 같기도 하고. 그런 사람이라 좋아하게 된 거기도 하지. 나와 다르기 때문에. 그러니까…… 혜인이와 헤어지고 은주를 만나겠다고 한 건 내 선택이고, 이 선택을 해버린 이상 다시 돌이킬 수 없다는 걸 알기 때문에 은주와 후회 없을 관계를 위해 노력하겠지만…… 다시 돌아간다면 이 선택은 하지 않을 것 같아. 혜인이와 나, 그리고 우리를 축복하던 오랜 친구들, 그 세계를 죽이고 나 홀로 다른 세계로 건너온 것 같은 기분이 들어. 나는 내가 살해자 내지는 파괴자로 느껴져. 계속 혜인이를 만났더라면 살 수 있었을 그 세계에 대한 그리움이 시시각각 사무쳐. 마음이 맞는 그 느낌은 다시 느낄 수 없겠지. 그 사실이 이렇게 참담하게 다가올 줄은 몰랐어

애인의 긴 답장. 그건 마치 잘못 보내진 편지 같다고 은주는 생각했다. 이걸 봐야 할 사람이 있다면 자신도 애인의 친구도 아니고, 애인의 전 여자친구인 혜인인 것 같다고. 이 절절한 사랑 고백. 문득 자신은 생에서 한 번도 이런 사랑과 인정과 평가를 받아본 적이 없었다는 것을 깨달았다. 애인에게서조차.

그야말로, 참담해졌어요. 그 말들을 읽은 이상 애인이 저에게 베푸는 상냥과 다정, 사랑과 헌신은 전부 '후회 없을 관계를 위한

노력'으로 여겨질 테니까…… 하지만 마음은 자꾸 오락가락했어요. 이런 문제가 없는 다른 관계는 그럼 그런 노력이 필요 없나, 모든 관계가 이런 노력이 필요하다는 점을 생각한다면 이건 별게 아닌 게 아닌가…… 애인을…… 영지를 이해하고 싶었어요. 미치도록요.

은주가 그렇게 말하는 순간 나는 테이블 밑에서 꽉 쥔 그의 손을 보았다. 붙잡고 싶은지 터뜨리고 싶은지, 조여 죽이고 싶은지 모를 그 손을 보며 몸이 감정을 담고 있는 병이나 주머니처럼 느껴졌다. 감정은 어떻게 폭발할까. 터질까, 흐를까, 깨질까, 그런 생각을 했다. 고개를 들자 은주의 떨리는 턱이, 흰 이로 꼭 깨물어 붉어진 입술이, 천천히 깜빡이는 젖은 눈이 보였다. 흐르겠네. 그런 생각을 했던 것 같기도 하다.

취하네요.

은주가 민망한 듯 웃었다.

물론 그 일도, 애인에게 말하지 못했겠네요.

내 말에 은주는 고개를 끄덕였다. 아주 작게, 자책의 표정이 지나갔다.

그 때문에 이 포럼에 참석했다는 말은 어떤 의미인지 물어봐도 되나요?

은주의 얘기를 듣는 내내 성연과 M보다는 조용해서 일견 심드렁해 보이던, 둘 중 한 명이 물었다. 입을 떼려던 은주의 얼굴이 순식간에 일그러졌다. 금방이라도 울음이 터질 것 같은 얼굴이었다. 그 얼굴은 정말로 아이 같았다. 나이답지 않은, 나이를 초월한 얼굴을 마주하자 돌연 심장이 빠르게 뛰었다. 은주가 애인의 휴대폰을 몰래 봤을 때의 심장박동이 혹시 지금 같지는 않았을까. 나는 봐선 안 될 것을 본 듯한 기분까지 들었다. 자제력을 잃은 얼굴과 안도하던 얼굴, 은주가 가진 표정을 하나하나 수집하는 마음으로 두 얼굴을 번갈아 떠올렸다. 그러면서 한 손을 외투 안에 넣어 두근거리는 가슴을 다독여보았다. 숨을 크게 들이쉬고 내쉬어봤다. 온 얼굴이 일그러지는 사람을 본 것은 퍽 오랜만이다. 그런 생각을 하며 나는 조용히 고개를 숙였다.

올해 영지는 한쪽 청력을 잃었어요. 무리해서 일을 했어요.

거기까지 말하고 은주는 잠시 숨을 참았다. 영지는 여성운동 활동가가 되거나 관련 독립출판물을 만들고 싶어했다. 혹은 그 둘을 동시에 하려고 생각하고 있었다. 그 모든 결정에 전 여자친구와 함께 속해 있던 공동체 사람들의 영향이 컸다는 걸 알고 있었다. 그런 삶을 원했으나 은주를 만나고 그들과 단절하며 직장을 구했다고 이야기할 때 은주는 고통스러워 보였다.

영지는 원래 하고 싶던 모든 일과 무관한 중소기업의 홍보기획팀에 계약직으로 들어갔다. 청력을 잃기 전에도 영지는 그곳에서 일한 십 개월 동안 두 번 정도 쓰러졌다고 했다. 각각 급성 위장염과 위경련이었다. 영지는 환경이 바뀌어서 그래, 몸이 적응이 안 돼서, 라고 은주를 안심시켰다. 그런데 슬슬 일이 편해지고 적응이 되었다 싶었을 무렵 돌발성 난청 진단을 받은 것이었다. 갑자기 오른쪽 귀가 잘 안 들리고 종종 아프다고 하긴 했지만 두 사람다 크게 걱정하지는 않았다. 병원에서 진단을 받고서도 조금은 낙관적이었다. 그러나 약을 쓰고 주사를 맞고 입원까지 했는데도 결국 영지의 청력은 거의 절반밖에 돌아오지 않았다. 의사는 그마저도 청력이 언제 또 떨어질지 모른다고, 꾸준히 관리해야 한다고했다. 아픈 동안 섬세하고 느긋하던 영지의 성격은 짜증스럽고 예민하게 변했다. 영지는 새벽 내내 골목에서 고양이가 시끄럽게 운다고, 속눈썹이 눈알을 계속 찌른다고 흐느낌 같은 신경질을 냈다. 중요하다고 생각하던 것들이 많이 바뀐 것 같았다. 영지의 그런 결정들 중, 그러니까 영지가 잃었다고 생각하는 것들 중 가장 치명적인 건 뭘까…… 은주는 고민했다.

알고 싶었어요. 더 적극적으로 퀴어와 페미니즘에 대한 활동을 하고 싶어하는 사람들, 그러니까 전 여자친구와 함께 소속되었던 그 공동체를 잃은 일일까, 아니면 자연스럽게 듣던 것을 듣지 못하게 된, 몸에 결함이 생긴 일일까. 혼자서라도 좀 알아보고 싶었어요. 이쪽저쪽으로. 어느 쪽이든 눈을 감고 더듬거리는 꼴이 되겠지만.

머리 위의 조명이 깜빡거렸다. 아주 살짝 조도가 낮아졌던 순간 봤던 은주의 얼굴은 그전까지의 얼굴과 어딘가가 달라 보였다. 신비한 느낌을 주는 건 빛일까, 은주의 얼굴일까. 문득 이 시공간이 낯설고 이상하다는 생각이 들었다. 전심으로 애인을 이해하려는 은주가 여기에 있다. 이 도시 어딘가에 있을 은주의 애인은 한쪽 귀가 거의 들리지 않고, 누군가가 자기를 이토록 이해하려고 애쓰는 마음을 지녔다는 걸 까맣게 모르고, 오늘 낮까지는 두 사람의 존재 자체도 몰랐던 내가 그 모든 이야기를 안다. 그 어마어마한 시간이 빛이 깜빡이던 찰나에 응축된 것 같았다. 그 순간이 마법 같았다. 원형 테이블에 둘러앉은 이들 중 성연과 M은 취해 있었다. 나를 포함한 셋이 각자 한 손으로 턱을 괴거나 아침부터 포럼을 들으며 불편한 자리에 앉아 있느라 뻐근해진 목을 주무르며, 혹은 간간이 마른안주를 집어먹으며 은주의 이야기를 듣고 있었다.

……상처를 받았다는 사실도 깨닫지 못했을 때는 그저 화가 났어요. 나는 아니라고 말하니까. 자꾸 나는 네가 온 마음으로 사랑하는 소울메이트이자 연인이 아니라고 하니까. 그럼에도 자기는 이 관계를 지속할 수 있는 사람처럼 구니까. 네가 뭔데 나를 아니라고 말하느냐고 따져 묻고 싶었어요. 그런데 생각할수록…… 나는 자격이 없었어요. 주지도 않은 상처를 알아서 받아버렸으니 해명을 요구할 자격 같은 건 저에게는. 자격도 없었고 물을 필요도 없었죠. 아니라는데……

모두가 취한 와중에, 오로지 나만 술을 마시지 않아 말짱한 낯빛과 정신으로 은주의 옆에 앉아 있었다. 다만 술을 마시지 않는 대신 저녁과 안주를 너무 많이 먹어 소화가 되지 않는 것 같아 오른손의 엄지와 검지 사이 오목하게 들어간 부분을 꼭꼭 누르며 물었다.

그 문자를 본 게 언제인가요?

별로 힘을 주지 않았는데 찌릿하고 뾰족한 통증이 올라왔다. 얹힌 게 분명했다. 요 며칠 소화제를 먹지 않고도 잘 버텼다 싶었다.

영지와 갔던 경주에서였어요. 일박 이일의 짧은 여행이었는데 그 밤이 지난 후 제 마음은 너무 많이 달라졌거나 혹은 아무것도 달라지지 않은 것 같아요. 영지가 씻으러 들어간 사이 그 문자를 봐버리고 나서…… 그저 씻고 나온 영지를 끌어당겨 안을 수밖에 없었어요. 내가 좋아하는 영지의 작은 머리통. 어깨에 닿는 영지의 코. 만족스럽게 품에 담기는 영지의 가슴, 등뼈. 내 앞에 이렇게 있는데 이게 다 껍데기인가. 아주 껍데기는 아니라고 해도 나는 여기엔 없는 오래전의 누군가와 영지의 마음을 나눠 쓰고 있고. 그게 싫으면서도 어쩔 수가 없고. 그렇게 산산이 조각난 마음에 목소리를 입혀 영지에게 들려줄 수는 또 없고. 할 수 있는 게 아무것도 없고 이 오래된 무덤들의 도시에서 보내는 시간이 좋고 해서 그저 조금 울었어요. 영지가 힘들었지, 알아, 하고 제 머리를 조용히 쓰다듬어줬어요. 아무것도 모르면서.

은주와 영지는 전날에도 내내 무덤을 봤고 다음날에도 또 내내 무덤을 봤는데, 은주는 그 모든 무덤을 바라보며 아름답고 또 무섭다고 생각했다. 정확히는 전날의 무덤은 너무 커서 아름다웠고, 그 밤이 지나고 다음날의 무덤은 너무 커서 무서웠다고 말했다. 영지의 문자를 보고 난 뒤의 무덤에서는 시간이 너무 잘 보여서 몸이 없는 무덤 주인의 영혼이 생생하게 느껴지는 것 같았다고. 그 안에 나무 널과 뚜껑과 돌로 꼭꼭 묻어놓은 사람은 이미 죽었을지 몰라도 그 존재감이 너무 컸다고. 너무 오래된 건 이토록 이상하구나 생각하면서 동시에 왜 이렇게 압도적일까, 원망도 들었다고 했다. 그런데 그 변화가, 아름다움과 무서움의 차이가 너무 미세해서 마음이 달라진 건지 여전한 건지 알 수 없었다.

은주가 이야기를 하는 사이, 모두가 조금씩 몸을 기대고 있던 테이블에서 진동이 울렸고 사람들은 각자 주섬주섬 자신의 휴대폰을 확인했다. 나도 휴대폰을 확인해봤지만 부재중 전화나 확인하지 못한 문자는 없었다.

아, 애인이에요. 영지요.

은주는 웃으며 전화를 받았다. 약간 코가 막힌 목소리를 대번에 알았는지 휴대폰 너머에서 걱정하는 듯한 목소리가 들렸다. 은주는 아니야, 술을 좀 마셨어, 하고 애인을 안심시켰다. 은주가 곧 가, 이제 일어나려고, 하고 대답할 때 갑자기 가게 전체가 조용해졌다. 어느 가게에서나, 어느 강의실에서나, 어느 사무실에서나 갑자기 생기는 정적이 생긴 것이다. 천사가 지나간다는 시간. 단 몇 초. 그사이에 은주의 애인 영지의 목소리를 들을 수 있었다. 내가 너무 일찍 오라고 잔소리했지? 미안해. 그래도 보고 싶어서. 다정하고 다정한 목소리였다. 사려 깊고 함부로 말하지 않는 사람의 목소리. 사람의 목소리에는 어떻게 그 사람의 진심이나 성격이나 가치관이 담기는지, 그런 것을 궁금해하며 나는 우연히 들은 모르는 사람의 목소리를 속으로 몇 번 곱씹었다. 전화를 끊고 은주는 가야겠네요, 하고 말했다.

주섬주섬 옷을 입는 은주를 보며 나는 건너편의 성연과 M을 깨웠다. M을 일으키는 내 옆으로 지지가 다가왔다. 지지는 여성운동 활동가인 그의 활동명이었다. 내내 조용하던 둘 중 한 명이었고 메니에르증후군을 앓고 있는 레즈비언이었다. 지지는 어지럼증이 증상인 병을 지니고 있으면서도 술을 워낙 좋아해 술자리에서 늘 비틀거리거나 누군가에게 기대어 있었고, 그것도 아니면 잠깐 한눈판 사이에 넘어져 피를 흘리고 있었다. 성연을 부축하는 나에게 지지가 나무늘보처럼 몸을 기대어왔다. 은주를 턱짓으로 가리키며 지지가 말했다.

레즈비언 팔자 너무 사납지 않아요?

나는 그 말에 웃으며 대답했다.

아까 못 들었어요? 이성애자도 똑같은 문제로 고민한다잖아요.

그나저나 은주씨 너무 괜찮다. 저렇게 힘들 바에야 나랑 만나자고 하고 싶다. 어때요, 유진이 보기에는. 나 가능성 있으려나?

성연한테 연락처 받아서 연락해봐요. 저렇게 힘들면 권태로워지기 마련이고 도망가고 싶을 거고 그러면 조금만 흔들어도 흔들리지 않을까?

내 말에 지지는 짓궂은 표정으로 내 어깨를 가볍게 때렸다.

완전 연애 박사네.

내 몸에서 떨어져나간 지지는 다시 휘청거리기 시작했다. 나는 지지의 말에 대답하지 않고 다시 한번 M을 흔들었다.

M, 가자.

주변을 돌아보던 은주가 그런 나를 발견하고 살짝 웃었다. 밖으로 나가기 전 바깥의 차디찬 날씨에 대비해 겉옷부터 모자, 장갑, 목도리를 착실히 꿰며 우리는 드문드문 말을 건넸다. 더 단단히 입고 나왔어야 했는데, 이렇게까지 추울 줄은 몰랐죠, 그러게요, 더 대비했어야 했는데, 같은 말들을. 그리고 나는 은주에게 위로가 될 만한 말을 한마디도 건네지 못한 것에 미안해하며 단지 이렇게밖에 말하지 못했다.

은주씨, 저도 그런 적 있어요. 유구하고 보편적인 문제예요.

그 말에 은주는 너그러운 얼굴로 고개를 끄덕였다. 좋은 사람. 나는 은주에 대해 단정적으로 생각했다. 좋은 사람일 것이라고. 내가 좋아할 만한 사람일 거라고. 은주는 대답 대신 이런 말을 건넸다.

경주에 가면 꼭 무덤 속에 들어가보세요.

무덤 속이요?

눈을 동그랗게 만든 나에게 은주는 덧붙였다.

천마총이요. 들어가면 잠깐 경이로운데…… 돌아나오면 별거 아닌 것처럼 느껴지거든요. 과거를 아껴두려는 현재의 손길이 덕지덕지, 결국 현재만 남아 있어서. 저는 그게 참 위로가 되더라고요. 결국 지금이라는 것이. 그 얄팍한 게.

반지하의 술집에서 겨우겨우 올라와 취한 친구들을 하나씩 택시에 태워 보낸 뒤 나는 잠깐 머뭇거렸다. 새벽 공기는 차가웠고 은주는 차들이 위협적으로 달리는 도로를 바라보고 있었다. 타고 갈 택시를 찾고 있는 것이었지만 나는 혹시라도 은주가 차도로 넘어지거나 뛰어들까봐 졸아드는 마음으로 은주의 뒷모습을 바라보았다. 은주는 그런 내 마음과는 상관없이, 그저 택시를 잡아야 하기에 바쁜 마음으로, 그러나 반 발짝 뒤에 서 있는 내가 신경쓰이는 모양인지 내 쪽으로 고개를 돌리지 않고 말을 붙였다.

술을 안 드셨네요, 그러고 보니.

네, 어쩌다보니.

술 별로 안 좋아해요?

좋아해요.

오늘은 왜 안 드셨어요?

그냥요.

은주는 그제야 싱겁다는 듯 웃으며 손을 내밀었다. 이상하게 선뜻 그 손을 잡을 수가 없어 몇 번의 헛손질 끝에 나는 겨우 은주의 약지와 새끼손가락을 잡았다가 놓았다. 잡으면 붙들릴 것 같았다. 오버야. 저 여자 사연에 취한 거야. 정신 차려라 나 자신. 그렇게 생각했는데도 멈출 수 없었다. 은주를 태울 택시가 불빛을 깜빡이며 다가오고 있었다. 주먹을 쥐며 은주의 손가락이 닿았던 내 검지와 중지를 만져보았다. 술을 한 방울도 마시지 않았는데 뜨거워진 손가락을.

그날 밤 자려고 누워서도 한참 은주를 생각했다. 정확하게는 은주와 손을 잡고 팔을 안고 키스를 하게 되지 않을까 하고 상상했다. 은주의 손가락이 닿았던 내 손가락을 쓰다듬으며. 한 번도 없던 욕망이 왜 갑자기 튀어나오게 되었는지, 혹은 그걸 욕망이라고 불러도 되는지에 대해. 나는 스물아홉 살에 처음으로 여자를 사랑하게 된 건지, 아니면 은주라는 여자만 사랑하게 된 건지, 혹은 사랑하지 않아도 입맞춤의 가능성을 타진해보는 사람이 되었는지에 대해. 은주로 인해 맞닥뜨리게 된, 은주를 향한 이 고요하고 이상한 변화에 대해. 은주가 옳았다. 아름다움과 무서움은 너무 비슷해서 잘 가려지지 않았다. 다만 정확한 것은 요즈음 나의 인생에서 이토록 생생하게 존재감을 드러내며 등장한 사람은 없었다는 사실이었다. 온갖 복잡한 감정에 휩싸인 것 같은 은주는 그 자리의 누구보다 생생해 보였다. 그런 건 눈에 보이지 않는 건데, 마치 눈에 보이는 것 같았다. 나는 한동안 잠들지 못하고 은주의 말들을 거듭 떠올렸다.

헤어지지 않을 거예요. 저도 할 거예요. 후회하지 않을 관계를
위한 그 노력을. 헤어질 마음은 없어요. 그런데 재미있는 게요, 더
이상 물건을 사들이지 않게 됐어요. 저는 집을 꾸미는 걸 좋아하
거든요. 영지는 그런 데 전혀 관심이 없어요. 러그나 좌식 테이블,
테이블보, 스탠드, 원목 협탁, 이불과 이불 커버, 쿠션, 그릇과 커
피잔 세트, 인형과 피규어…… 그런 걸 너무 많이 사서 영지에게
매일 혼났어요. 혼낸 뒤에 영지는 항상 한숨을 쉬며 그래, 예쁘긴
하네, 하고 체념했고요. 그런데 그날 밤 이후 아직까지 아무것도
사지 않았어요. 죄다 무덤에 넣을 보물들인 것 같아서요.

*

은주에게서 연락이 온 것은 포럼에 갔던 날로부터 두 달 정도가
흐른 뒤였다. 국제전화였고, 은주는 성연에게 물어 내 번호를 받
았다고 했다. 봄이 올 무렵, 계절 중 일교차가 가장 심할 때였다.
나는 평생 함께한 비염에 시달리는 동시에 유행하는 감기까지 걸
려 있었다. 나는 갑작스러운 연락에 어색해할 새도 없이 연달아
질문을 했다. 헤어졌어요? 은주는 아니라고 했다. 여행중이에요?
은주는 조금 고민하다가 맞는다고 했다. 지금은 일 때문에 다른
나라에 와 있지만 그전까지는 국내여행을 다녔다고 했다. 유진씨,

정말 귀신같네요, 라고도 덧붙였다.

　지금은 독일이에요. 서울 집을 떠나 있는 날들을 다 합치면 두 달 정도 되네요.

　……

　조금 변하고 싶어서요.

　좋네요.

　예전엔 변심하면 여행이 시작되는 걸 굉장히 비웃었는데. 제가 혼자 여행을 떠나본 적이 한 번도 없거든요, 이전에는요. 그런데 이상해요. 지역마다 내가 다른 사람인 것 같은 느낌이에요.

　은주가 경주에서, 통영에서, 제주에서 느꼈다던 그 오래되고 낯선 시간을 나는 서울에서도 종종 느꼈다. 종로에서, 홍대나 합정에서, 광화문에서 걷는 나는 단일하지가 않았고 종로에서 합정의 나를 생각할 때, 광화문에서 홍대의 나를 생각할 때 언제나 서로가 어색했다. 거기 있는 몸과 여기 있는 몸은 다르지. 같지가 않지. 지박령처럼 장소에 매인 듯한 여러 개의 몸들을 생각하면 언제나 아득해졌다.

　그리고 자연스럽게 한 번도 본 적 없는 은주의 애인을 생각했다. 사람이 사람을 떠나면서도 몸이 바뀌나. 아마도 그렇겠지. 이전 몸을 떠나 다른 몸으로 갈아입으면 얼마간은 새로 입은 몸이 낯설고 두렵고 껍데기처럼 느껴지겠지.

　저 서울 도착하면 만나실래요?

은주가 물었고 나는 단 한 번의 망설임도 없이 그러자고 했다. 어쩌면 은주의 말끝에 물음표가 찍히기도 전에. 다급히 대답을 하다가 비염 증상과 감기 증상이 동시에 터져나와서, 그러니까 콧물, 가래가 기관지를 간지럽혀 참을 수 없는 재채기와 심한 기침이 연달아 쏟아져 더럽게 시끄러운 나에게 은주는 걱정스러움이 뚝뚝 묻어나는 목소리로 말했다.

감기 걸렸어요? 어떡해. 아프지 말아야 할 텐데.

나는 맹맹한 목소리로 간신히 괜찮아요, 라고 말하고는 전화를 끊었다. 전화를 끊은 후로, 은주가 제시한 날이 다가오는 동안에, 그 이 주를 보내는 동안 나는 틈만 나면 그 목소리를 재생시켰다. 아프지 말아야 할 텐데. 어떡해. 아프지 말아야 할 텐데.

*

우리가 만난 곳은 이태원의 어느 펍이었다. 스피커에서 나오는 음악은 시끄러웠고 서버들이 모두 외국인인 그곳에서 은주는 자연스럽게 영어로 피자와 맥주를 주문했다.

은주를 만나서도 나는 뭐가 급한 사람처럼 주문한 피자와 맥주가 나오기도 전에 그 일은, 그 감정은 좀 괜찮아졌느냐고 물었다. 마치 그 일이 나에게도 너무 중요한 일인 것처럼 느껴졌다. 은주가 영지에게서 받은 상처를 극복하는 일이. 은주가 영지에게서 받은 상처를 극복하고 영지를 향한 사랑까지 걷어내어 혼자가 되어 있는 일이. 은주의 전화를 받던 날, 일 때문에 독일에 체류하기로 한 기간이 한 달 정도 된다는 은주의 말에 나는 대번에 그 애인과 사이를 정리하고 간 게 아닐까 하는 생각부터 했었다. 은주는 나의 그런 의도는 하나도 눈치채지 못한 채 그동안의 감정들을 다시 정리하려고 애쓰는 모습이었다. 미간을 찌푸리고 손끝을 강박적으로 눌렀다. 그 손을 잡고 싶었다.

저 사실 독일로 가기 전에 말했어요, 영지에게.

영지는 한동안 은주가 뭐라고 말하는지를 알아듣지 못해 두세 번 되물었다고 했다. 은주가 청력이 거의 떨어진 영지의 오른쪽 귀에 대고 말했기 때문이었다. 뭐? 뭐라고? 되묻는 영지의 순진한 표정이 견딜 수 없어질 즈음 은주는 영지를 똑바로 마주보고 말했다. 네 휴대폰을 봤어, 하고 시작되는 은주의 고백에 영지는 한동안 말없이 고개를 숙이고 있었다. 은주는 영지가 화를 낼지도 모른다고도 생각했는데 오히려 영지는 부끄러움을 견디는 것 같았다고 했다. 큰 실수를 저지르고 어쩔 줄 몰라하는 모습처럼 보이기도 했다고. 은주는 한참 동안 영지가 할 말을 기다렸다. 정말 미안해. 그런데 나는 정말 지금의 내가 좋아. 지금의 우리가 좋아. 그 말들은 정말 미안해. 영지는 거듭 사과했다. 은주는 우리 앞에서 쏟아냈던 수많은 말들, 아직까지 정리되지 않은 그 많은 말들을 다 하지 못하고 그저 조금 울었다.

그리고 은주는 여행을 선언했다. 정확히 말하자면 스스로에게만 선언했다. 이미 함께 살게 된 집에서 각자의 공간은 없었다. 그일 때문에 내내 함께 눕던 침대에서 자기를 거부한다면 관계는 가시적으로 돌이킬 수 없게 되어버릴 것 같았다. 영지에게는 정책포럼 때문에 가게 된 독일 출장 기간을 두 달이라고 속였다. 영지와 함께하는 공간에서 자신이 바꿀 수 있는 자리는 그런 것뿐이었다고.

숱하게 다녔던 출장을 다시 준비하며, 은주는 자신이 내내 품었던 불안이 처음으로 수면 위로 올라온 듯한 느낌을 받았다. 영지가 틔웠지만 결국 자신이 지니고 있던 씨앗 같은 게 있다는 걸 알았다. 은주는 자리에 대해 생각했다. 애인에게 자신의 자리를 부정당했지만 따져 묻지도 못하고 되찾을 수도 없는. 내 자리가 맞는다고 우길 수도 네가 틀렸다고 공격을 할 수도 없는, 눈에 보이지 않지만 정확히 거기에 있는 자리에 대해서. 은주가 스스로를 소개할 때 정책연구원이라고 말하면, 그러니까 나랏돈으로 거주와 식사를 해결하며 유학을 다니고 하고 싶은 공부를 계속할 수 있는 직업이라고 설명하면 모두 부러워했다. 누구는 마음대로 여행을 한다는 점을, 누구는 생활비를 지원받는다는 점을, 누구는 공부를 계속할 수 있다는 점을 특히 부러워했으나 그들은 모두 공통적으로 은주의 직업이 안정적이라는 점을 가장 부러워했다. 그러나 나는 안정적이었나, 하고 은주는 생각했다.

근무지가 있는 세종시에서도, 원래 살던 집이 있는 서울에서도, 교환 근무나 포럼 때문에 머물러야 하는 독일에서도 안정감을 느낀 적은 없었다. 매번 처음 디딜 때처럼 낯설었고 늘 그렇듯 일주일 정도가 지나면 그제야 숙소와 근처 풍경이 익숙해졌지만 익숙하다는 감각만으로 안정감을 느끼고 있다고 말할 수는 없었다.

저는 그 모든 곳에서 저를 이방인으로 느껴요. 어디에도 속하지 못한다고요. 서울에서 세종시, 세종시에서 독일, 독일에서 서울까지의 거리만큼 괴리를 느껴요. 그 괴리를 주워 담고 스스로를 달래는 일에 좀 지쳤는지도 몰라요.

나는 기어들어가는 목소리를 쥐어짜내 은주에게 물었다.

그래도, 그래도 어디가 제일 좋아요?

내 물음에 은주는 조금 생각하곤 대답했다.

……서울이요.

왜요?

두번째 질문은 다소 성급하게 튀어나왔다. 나를 보러 서울에 왔느냐고 묻고 싶은 걸 꾹 참느라 그렇게 되었다.

아직은 영지가 있으니까. 그리고 유진씨도 있고요.

나는 그 말에 애꿎은 맥줏잔을 문지르는 것밖에는 달리 반응할 수가 없었다. 목구멍부터 뱃속 깊숙이 이어진 어떤 길고 긴 관을 따라 차고 끈끈한 낙담이 들어차는 것을 느끼며 가만히 앉아 있었다. 그 기다란 관이 실망과 부끄러움에 떨려서, 꼿꼿하려 애쓰던

가슴과 턱까지 실제로 떨리는 것처럼 느껴지기도 했다. 붉어진 얼굴을 들키지 않으려고 애쓰며. 그런 나와 상관없이 은주는 들고 있던 피자 조각을 내려놓고 휴지에 손을 닦으며 말했다.

이제 와서 하는 얘기지만, 곰곰이 생각해봤는데요. 그 말을 듣고 왜 그렇게 상처를 받았던 건지. 단순히 전 애인과 나를 비교한 것에 슬프고 화가 나서 애인과 싸운 거라기엔 그 문제가 사라지지 않고 계속 내 안에 맴돌았거든요. 그러니까 저는 찢어진 거예요. 유일무이하고 단일한 존재가 아니라 언제든 교체 가능한 부속품 같았어요. 일곱 개로 조각난 호크룩스 같았어요.

호크룩스? 그게 뭐예요? 내가 모르는…… 신조어인가.

시무룩하게 뱉은 내 말에 은주는 멋쩍게 웃었다.

아, 그게 그러니까 〈해리 포터〉에 나오는 죽음의 마법이에요. 영혼을 쪼개는 거예요. 영혼을 몇 개로 찢어서 그걸 각기 다른 데에 붙이면 원래 몸이 죽어도 영원히 산다고요.

그리고 쑥스러운지 덧붙였다.

제가 〈해리 포터〉 진짜 좋아하거든요.

마음이 찢어지는 것과 영혼이 찢어지는 건 다른지, 은주는 그때 생각했다고 했다. 나는 고유한데, 이렇게나 생생한데 애인의 그 말들을 목격했을 때 자신은 손쓸 새 없이 물건이 되어 있었다고.

〈해리 포터〉에서요, 그 찢은 영혼을 물건에 붙이거든요. 주로 아끼는 물건에. 저는 그냥 그런 게 된 느낌이었던 거예요. 영지의 애인 자리에 갈아끼워진 느낌. 아끼기는 하지만 영원히 물건인 자리. 나는 살아 있는데, 영혼만 간신히 남아 붙어 있는 게 아닌데 말이에요. 그렇게 마음을 깊이 찢어놓은 영지를 떠날까, 내가 그렇게 된 순간 이 관계는 이미 무너지고 있는 건 아닐까 생각해봤지만 영지를 떠날 순 없었어요. 일단은요. 지금은요. 아마 내 영혼이 찢어져 어딘가에 붙었다면 영지에게 붙은 게 아닐까 생각해요. 그게 영혼인지 마음인지는 모르겠지만. 왜 그건 항상 인간을 향하는지도 모르겠지만요.

그 말을 듣는 내 표정이 우스꽝스러웠는지 은주는 조금 웃었다. 입술에 치즈 조각을 묻히고서. 나는 따라 웃고 은주의 입술에 붙은 치즈 조각을 떼어주었다. 은주가 아차 하는 표정으로 입술을 매만지며 고맙다고 인사했다. 순식간에 맥줏잔을 비운 은주의 속도에 맞춰 나도 앞에 놓인 맥주를 한 모금 마셨다. 내 안의 길고 긴 관을 따라 차가운 슬픔 대신 맥주가 내려갔다.

그 얘기를 할 때 영지는 순식간에 훌쩍 늙어버린 것 같았어요. 영지의 얼굴만 그랬을까요? 제 얼굴도 마찬가지였을 거예요. 한 식탁에 마주앉아 우리가 이십 년은 훌쩍 살아버린 것 같은 느낌이었어요. 그때 전부 괜찮아진 것 같아요. 저는 전 애인을 잊지 못하는 영지보다 청력이 떨어지고 자주 귀에 찔리는 듯한 통증을 느끼는 영지를 더 못 견디게 될 거예요. 나중에는요. 결국에는. 우리는 그렇게 되겠죠. 제 마음은 변하겠죠.

술기운이 오르는지 은주는 두 달 전 포럼에서처럼 말을 쏟아냈다. 나는 은주의 이야기를 듣는 내내 생각했다. 은주씨 잔인하네요. 아무렇게나 떠오른 생각이었지만 은주를 잘 알게 된 것 같았다. 그리고 마침내, 그 잔인함을 사랑하게 된 것 같았다. 순간 마음이 살아나는 것을 느꼈다. 은주의 설명에 따르자면, 내가 마음의 한쪽을 찢어내는 걸 느꼈다. 영혼이 은주의 몸 쪽으로 당겨지는 느낌이 들었다.

오늘은 드시네요?

네?

술이요. 지난번엔 왜 안 드셨어요?

은주씨.

나는 대답 대신 이름을 부르고는 차가운 입술에 입을 맞췄다. 이럴까봐서요, 라는 말은 하지 않았다. 까끌까끌한 입술의 느낌이 그대로 와 닿았다. 이것은 살아 있는 몸. 잔인하고 정확한 말을 하던 은주의 목소리가 통과한 출구. 은주에게 영원히 타인일 나의 입술이 닿는 입구. 서로 다른 것이 들고 난 이 자리는 무슨 의미를 지니는지 생각해보려다가 실패하며. 체온을 덥히지도 체액을 나누지도 않는 이 행위는 무엇을 주고받고 싶은 건가 생각해보려다가 또다시 실패하며. 이제는 정말로 봄인데도 겨울의 한복판에 얼어붙은 것처럼 나를 피하지도 밀어내지도 않는 은주를, 그 마음을 생각하며 한동안 입을 맞췄다.

쉬운
마음

혼자서 가만히 내 머리를 쓰다듬어보면, 가마 근처에서는 유난히 머리카락이 엉켜 꼬불거렸다. 오래오래 내 가마를 쓰다듬고 손가락으로 엉킨 머리카락을 더듬어 풀어본다. 꼬인 기억을 풀듯이. 엉킨 이야기를 빗듯이.

　집중해서 공부를 하거나 뭔가를 읽을 때 손이 머리로 가는 것은 오랜 습관이었다. 그리고 그 상태에서 더 시간이 지나면 몸이 뒤틀리기 시작하고, 그때부터 내 손은 똑, 똑 머리카락을 한 올씩 잡아 뽑았다. 후에 이런 행동이 강박장애의 일종으로 분류된다는 걸 알았다. 머리카락뿐 아니라 눈썹, 속눈썹, 음모 등 다양한 신체 부위로 옮겨가며 같은 행동을 보일 수 있다는 것도. 발모광. 그런 행동에도 이름이 있는 걸 나는 스물여덟에 알았다.

그리고 스물여덟엔 그것 말고도 또 알게 된 이름이 있다. 현정. 그애 이름은 현정이었다. 그 이름을 처음 들었을 때 너무 무난하다고 생각했다. 여태껏 내가 연애 가능성이 있다고 여겨 만나온 사람들은 '태태'나 '다온'처럼 몇 퍼센트일지라도 자기를 담고 있는 듯한 이름을 가지고 있었다. 현정. 무난해서 낯선 이름. '채기'나 '엘렌'이 아니라 현정.

나는 어디에서는 클로짓이었고 또 어디에서는 클로짓이 아니었다. 남들 눈에는 딱히 분명하지 않았겠지만 나에게만은 명확한 기준이 있었다. 말하고 싶은 사람에게만 말할 것. 그게 전부였다. 그래서 회사에서는 말하지 않았다. 거긴 너무 이성애자들의 세계, 이성애자들의 세계 중에서도 의심의 여지가 없는 '노멀피플'들의 세계였으므로.

나는 일 년 반 전 공채로 K홈쇼핑 회사에 합격했다. 동기는 스물두 명이었고 일 년 반이 지난 지금은 여섯 명이 퇴사해 열여섯 명이 남아 있다. 그들의 이력은 전부 다르면서도 엇비슷했다. 여자 동기들은 스물네 살에서 스물일곱 살까지, 남자 동기들은 스물여덟 살에서 서른 살까지 신입으로 들어왔다. 코이카에서 인턴을 했거나 은행에서 인턴을 했거나 대학원에 다녔거나 미국이나 영국에서 대학을 다닌 사람들. 유럽여행을 한 적이 있고 중국어나 영어나 일본어 중 하나 정도는 할 수 있고 조금 더 나은 형편이라면 취업 시기에 맞춰 부모님의 지원을 받아 서초동이나 방배동 아파트로 독립하게 된 사람도 있었다(이 문장이 비문이라고 생각하는 사람에게 나는 동족 혐오와 동료애를 동시에 느낄 거라고 예상하고도 있다).

내가 어떻게 그 회사에 들어갈 수 있었는지 잘 모르겠다. 선택을 당하는 입장에서는 불합격뿐 아니라 합격도 이유를 모르기는 마찬가지였다. 나는 그런 사람들의 세계에서 따지자면 굉장히 싸게 먹힌 케이스로, 영국도 프랑스도 가본 적이 없다. 큰 규모의 공모전 수상 경력이나 대외활동 경력도 마찬가지다. 한두 개의 작은 교내 수상 실적이 있었고 시립대에 다닌 덕에 사 년간 매학기 백만원씩 등록금을 낸 게 전부다. 학교 인트라넷상에서 증명되는 이력은 삼 년간의 학보사 경력과 자매결연을 맺은 중국의 대학으로 어학연수를 다녀온 정도. 아버지가 등록금을 아낀 셈치고 딸에게 투자한다며 너스레와 생색을 떨며 이십여 년 만에 처음 내놓은 사백만원으로 천진에 있는 대학에 한 차례 다녀왔다(대부분의 어학연수가 그렇듯 한국 학생 두어 명과 같은 방을 쓰고 울고 웃고 싸우고 몰려다니다가 중국어로 리액션을 할 수 있어질 즈음 돌아왔다).

알고 있다. 이것들도 어느 누구와 비교해서는 풍요로워 보이리라는 것. 그러나 내가 얼결에 들어온 집단에서는 아마도, 내 이력이 그들이 용인할 수 있는 다양성의 마지노선이 아니었을까 짐작해본다. 나를 뽑으며 알 수 없는 이유로 뿌듯해하지 않았을까? 시립대, 어학연수 1회, 학보사 경력이면 홈쇼핑 지원한 애들 중에는 독특하지 않느냐고, 우리는 이런 사람에게도 기회를 준다고, 이런 사람도 있어야 우리가 발전을 하지 않겠느냐고 준엄하게 회의를 했을 얼굴들. 그 얼굴들을 가끔 상상해본다. 그 얼굴들이, 항상 밉기만 한 것은 아니다. 누군가 더 배우고 싶어할 때 나는 돈이 벌고 싶었고, 일 년 반 동안 K홈쇼핑을 제외한 오만 데의 공채에서 떨어졌다. 그들의 판단이 어디에서 비롯되었든 나는 그들 덕분에 받지 못할 거라고 여겼던 월급을 받는다.

스물여섯 살의 4월 이후 대부분 돈이 숨을 쉬게 해주었지만 여전히, 삶에서 그게 전부는 아니므로 가끔 숨막히게 외로운 순간이 있다. 가장 못 견디는 때는 희미해지는 것 같을 때다. 내가 누구인지, 누굴 사랑하고 있는지, 무슨 생각을 하고 있는지, 어떻게 살고 싶은지 딱히 주변의 누군가에게 말하고 싶지 않고 말할 필요도 없다고 생각하지만…… 스무 살 이후 온라인, 오프라인 레즈비언 커뮤니티가 아닌 실제 내 학업과 경제활동이 이루어지는 공간, 청량리나 천호동에서 커밍아웃이 가능했던 순간이 세 번뿐이라는 사실은 종종 나를 주눅들게 했다. 문득문득 이 침묵이 실은 내가 선택한 게 아닐지도 모른다는 의심이 들 때. 그럴 때 나는 희미해진다.

그렇게 외로울 때마다, 언제나 세선을 생각했다.

사는 내내 곱씹을 여러 차례의 고독감을 상쇄시켜주는 것이 아주 오래전, 나조차도 준비가 안 되어 있던 커밍아웃에 조용히 고개를 끄덕이던 친구 세선이라는 사실은 언제 떠올려도 든든했다. 세선은 모르겠지만 나는 아직도 이유 모르게 복잡한 마음에 잠이 오지 않는 밤, 만날까 말까 망설이던 사람과 관계가 흐지부지되거나 회사에서 실수를 했거나 상사에게 질책을 들었을 때, 혹은 나도 모르게 마음에 누군가를 품게 된 날이면 중학교 일학년 겨울방학을 떠올렸다.

방학 동안 체험하고 제출해야 하는 과제 중에는 봉사활동과 겨울스포츠 체험이 있었다. 우리 중 누군가가 두 가지를 동시에 할 수 있는 아이디어를 냈다. 우리는 함께 스케이트장에 가기로 했다. 그곳은 청소년수련관 안에 있는 스케이트장이었다. 청소년수련관에서는 방학마다 학교와 협력하여 봉사활동을 신청한 아이들에게 쓰레기 줍기나 수련관 정리를 맡기고 증명서를 발급했다. 스케이트도 타고, 거기서 봉사활동도 하면 되잖아! 다소 신난 목소리로 말한 건 아마 세선이었던 것 같다. 우리는 사진을 찍고 체험소감도 쓰고, 봉사활동 증명서도 받아오기로 했다. 열네 살의 언어로는 체험일지에 쓰지 못했지만 선명한 장면들이 있다.

겨울의 아침, 세선이가 사는 빌라 앞에 세워지던 우리 엄마의 자동차. 손을 모으고 수줍은 듯 빌라 현관문을 밀고 나오던 세선의 모습. 들어서자마자 바깥보다 몇 도쯤 낮은 바람이 불던, 그래서 손끝이 시리던 스케이트장. 스케이트화를 빌리는 창구에서 여전히 긴장한 채로 웃던 세선이.

그날 세선이는 아마 우리 엄마를 무서워했던 것 같다. 엄마는 자신이 냉랭하고 무뚝뚝한 성격이라는 것을 (혼자만) 몰랐다. 내 친구들은 언제나 엄마를 조금 무서워했는데, 세선이는 나와 함께 엄마의 자동차를 타고 스케이트장으로 가는 내내 웃으려고 애썼다. 엄마의 짧은 질문에 몹시 반가워하며 웃으면서 대답했다. 뒷좌석에서 안전벨트를 매고도 몸을 최대한 숙여 앞좌석 등받이에 가까이 다가갔다. 어머니 너무 예쁘세요, 그런 말도 할 줄 알았다. 세선이는 그런 애였다. 웃으려고 애쓰는 사람. 좋은 것을 찾아내려고 노력하는 사람.

그렇게 잠 못 드는 긴 밤 세선이 생각을 하다가 다시 아침이 되고, 아침이 되어 출근을 하고 현정을 생각하면, 세선이와 아주 오래 이야기하지 못했다는 사실이 툭툭, 나를 치고 지나간다. 입사 전, 연수원에서 칠박 팔일을 보낼 때가 세선과 가장 자주 연락을 주고받았던 때인 것 같다. 나머지는 모두 아득했다. 신입사원이 해야 하는 과제나 과제에 대한 토론이 끝난 저녁이면 나는 곧장 세선에게 메시지를 보냈다.

—세선

—응?

—뭐해

—한국학 시리즈 마감중

—아홉신데?

—교수 한 명 연락두절이라 부장님 펜 던지고 전화기 던지고
난리났음…… 내 수명도 닳는 중

—ㅋㅋㅋㅋ

—너는?

—연수원

—괜찮은 여자 있어?

—다 헤테로야

—헤테로는 못 꼬셔?

—뭐래

—내가 이렇게 좋은 일이 없는데 너라도 있어야지

—야, 내가 더 삭막해. 완전 사막이야

—아라비안나이트라도 만들어야지

—뭐래

—연수원 뒤뜰에서 키스하는 얘기 기대한다……

—무슨 여고 수련원인 줄 아니

—너 여고 안 다녀보셨잖아요. 너 나랑 같은 고등학교 나오셨
잖아요

—일이나 해

―그러려고

―마감 힘내

―너두. 연수 잘 받고 출근 파이팅이야

세선이 그렇게 얘기할 때면 나는 든든하면서 허망했다. 세선이 나를 안아주는 건지 밀어내는 건지 의심했다. 따지고 싶으면서도 뭘 따지고 싶은지 알 수 없었다. 그가 나와 가장 가까우면서 가장 멀게 느껴졌다. 그게 가능한 관계도 있는 것이다. 모든 관계가 전부 그럴지도 모르겠다. 연수원 뒤뜰에서 혼자 서성이며 세선에게 온 메시지를 수없이 다시 읽었다. 위로 올리고, 읽어내려가고, 또 다시 올리고, 내려가고. 또.

*

노멀피플들이 레즈비언에 대해 가진 편견이 있는 것처럼, 레즈비언이 노멀피플들에게 가지는 편견도 당연히 있다. 나는 철저하게 나의 편견에 한하여 마음에 드는 상대에게만 내가 레즈비언임을 밝혀왔다고 믿었다. 그러나, 더 정확히 짚어보자면······

스무 살 때 커밍아웃을 했던 건 홧김이었다. 일학년 필수교양 과목인 '인문학 독서와 토론'은 한 주도 편히 강의를 듣는 날이 없는, 진 빠지는 수업이었다. 매 수업마다 조가 짜였고 매주 토론 준비를 해야 했다. 그날도 수업이 끝나고 조로 묶인 친구들과 강의실에 남아 슬렁슬렁 장난을 치다가 토론 준비를 하다가 간식을 먹다가 하고 있었다. 책상에 걸터앉아 있던 내 뒤로 동기 하나가 다가와 순식간에 내 가슴을 쥐었다.

야, 너 가슴 되게 크다. 베이글녀다 베이글녀.

눈 밑에 점이 있는 긴 생머리 여자애였다. 많고 많은 신입생들을 임의로 그룹 지을 때 몇 번 같은 그룹에 속한 적이 있던. 새침하게 생겨서 몇 번 얘기를 나눌 기회는 없던 애였다. 다른 조원들은 창턱에 매달려 있거나 책상에 엎드려 휴대폰을 들여다보고 있었다. 나는 순간 내 가슴을 만지고 간 그애 손을 붙들고 말했다. 으름장을 놓듯, 겁을 주려는 것처럼.

야, 나 레즈비언이야.

화가 나서였다. 그즈음 나는 누구든 건드리면 물어뜯겠다는 마음으로 어깨를 굽히고 혼자 걸어다니는 애였다. 너 따위가 뭘 아냐, 뭘 안다고 만지냐, 하는 마음으로 물어뜯은 그애. 웃을 때 덧니가 드러나던 그애가 뭐라고 했더라. 머쓱하게 웃으며 손을 빼고는 미안하다고 했던가.

그 일을 웃음으로 얼버무린 그애는 후에 도서관 앞에서 마주쳤을 때 불쑥 초코우유를 건넸다.

오해했을까봐. 네가 레즈비언이라 미안하다는 게 아니라, 그런 장난쳐서 미안하다고. 미안해.

그애 이름은 수영이었고 이후로 식물처럼 혼자 앉아 있는 나에게 와서 자신이 만나는 서른두 살의 애인에게 느낀 서운함들을 시시콜콜 털어놓기 시작했다. 주로 자꾸 뭘 받는다는 얘기였다. 노트북도 받고 월세도 받고 가끔 용돈도 받는다는 얘기. 부모로부터 돈 나올 길이 없는 수영에게는 그게 좋으면서도 저 깊은 곳으로부터 뭔가가 배배 꼬인다는 얘기. 달콤한 동시에 화가 나고 자랑하고 싶은 동시에 욕하고 싶다는 것. 애인이 준 선물과, 선물을 건네며 뿌듯해하는 애인을 지켜볼 때 치미는 불쾌감을 밤새 저울질한다는 것. 그러다가도 아침이 되면 '오빠 일어났어?' 하고 문자를 보낸다는 것.

처음엔 자랑을 이런 식으로 하는 건가 싶었는데 계속 듣다보니 정말 속상한 얼굴이었다. 수영은 종종 그렇게 나의 자기혐오와 자신의 것을 맞춰보고 싶어했다. 그런 수영은 귀여웠다. 내 비밀을 들은 후 자기의 비밀로 균형을 맞추고 싶어하는 게 귀여웠고 사람에 상처받은 얼굴이 귀여웠다. 그게 전부인 얼굴. 그런 건 오랜만이라고 생각했다. 수영이 얘기를 시작하면 매번 초반엔 그냥저냥 흘리며 듣다가 나중엔 수영의 이야기(남자와의 연애 이야기인데도!)에 내가 가장 이입하고 분개하게 되었다.

수영과는 스무 살에 엉겁결에 친해져 스물두 살에 수영이 휴학하면서 멀어졌는데, 휴학을 앞둔 방학의 어느 날 함께 카페에서 늘어져 있다가 수영이 남긴 말은 이랬다.

언니들은 어떤지 나야 잘 모르겠지만, 될 수 있으면 나이 많은 사람 만나지 마. 특히 쥐뿔도 없을 땐. 졸라 굴욕적이야.

나는 세션을 떠올리듯 가끔 수영을 떠올린다. 기집애. 그게 사라지기 전에 할 소린가. 사라지기로 작정해놓고 남길 말이 그것뿐인가. 그런 원망을 담아서. 휴학을 한 차례 한 뒤에도 수영은 학교로 돌아오지 않았다. 편입을 준비한다는 소문이 동기들 사이에 돌았고 서울대에 갔다는 소문과 못 갔다는 소문이 두 버전으로 돌았다. 나는 그 소문들 사이에서 조용히 생각했다. 나쁜 기집애. 서른두 살짜리 골 빈 놈한테 무슨 소릴 들은 거야. 넌 뭘 못 가지고 있었던 거야? 눈 밑 점에, 덧니에, 귀여운 건 다 가지고 있었으면서 뭐가 그렇게 굴욕적이었던 거야? 가진 게 학벌밖에 없는 남자한테서 도망치고 싶어서 나한테서도 도망간 거야? 네가 더 좋은 학벌을 가져야만 당당하게 도망칠 수 있어서, 나는 여기에 두고 내 비밀은 가지고 간 거야? 내가 더 굴욕적이야, 이 나쁜 기집애야. 그렇게 혼자서 마음껏 미워했다. 그 마음은 비밀이었다.

수영은 애초에 내가 커밍아웃을 하고 싶다고 여기는 부류의 사람이 아니었다. 그리고 수영은 일 년 반 동안 나의 가장 친한 친구였다. 수영은 레즈비언이 아니었고, 그런 커뮤니티에 대한 이해나 눈치도 없었고, 남자 중에서도 연상만 좋아하는 내가 가장 이해할 수 없는 이상형을 지녔고, 달콤해 보이는 외모와 애교 많은 말투를 가졌으며 실제로도 붙임성이 뛰어났다. 그 때문에 (내 가슴을 덥석 만지는 등) 선을 가끔 넘긴 했지만 반성도, 사과도 잘했다.

단순하고 경쾌했다. 그런 수영이 사랑스러웠고 좋았다.

그즈음 내가 커뮤니티를 통해 만난 여자친구의 이름은 '딜리'였고, 당연히 본명이 아니었다. 딜리는 목이 길고 몸이 가늘었다. 예상 그대로 모딜리아니의 딜리예요, 하고 자신을 소개하던 그애는 참 우아했지. 자기를 잘 알았고 자기와 어울리는 닉네임을 지을 줄 알았다. A여대의 무용 전공생이라는 것 외에 딜리에 대해서 아는 건, 그러니까 기억나는 건 거의 없다.

어쩌면 나는 딜리를 사랑하는 만큼 수영을 사랑했는지도 모르겠다. 혹은 그 반대이거나. 나는 처음부터 끝까지 수영에 대해서는 막냇동생을 보는 불안함과 보호 본능으로 점철된 우정만을 지니고 있었는지도 몰랐다. 그저 수영이 그렇게 사라지는 바람에, 영영 그 자리를 비운 채로 사라지는 바람에 멋대로 그 빈자리에 없던 마음을 메운 걸지도. 가장 흉내내기 쉬운 마음, 사랑으로 말이다. 그러니까 당시에는 전혀 몰랐고 언젠가 곰곰이 수영을 떠올리며 그러고 보니 전혀 아니네, 하고 그제야 깨달은 것이었다. 치밀하게 가려낸 사람에게만 커밍아웃을 해왔다는 건 나 혼자만의 믿음이고 환상이었다는 사실.

아주 오랜만에 수영을 다시 떠올린 것은 결국 현정 때문이었다. 나는 첫눈에 현정을 기억하게 될 것을 예감했다. 부서를 돌며 인사를 하는 그애를 봤을 때. 현정을 곰곰이 생각하고 있자면 수영이 사라진 자리에 나 혼자 남아 그게 사랑이었던가, 아니었던가를 진지하게 헤아리고 있는 내 모습이 겹쳐졌다.

현정은 바로 한 기수 아래 후배였다. 경기나 정책에 따라 덜 뽑거나 안 뽑을 때도 있긴 하지만 대개는 빠지지 않고 공개 채용이나 캠퍼스 리크루팅을 통해 인턴을 뽑았다. 그중에서 우수한 평가를 받은 이들 몇몇은 각 부서의 결정에 따라 신입사원으로 채용되었다. 기수가 비슷한 사람들끼리는 금방 친해졌다. 이런저런 사내 모임이나 동호회가 있었고, 공식적으로는 회식이 거의 금지되었는데도 알아서 끼리끼리 회식처럼 저녁을 먹고 술을 마셨다.

꽤 자주 같은 자리에서 술을 마셨는데도 어쩐지 현정과는 데면데면했다. 현정이 낯을 가리거나 도도한 성격이어서 그런 것은 아니었다. 오히려 그 반대였다. 현정은 어떤 자리에서든 마음만 먹으면 쉽게 주인공이 되는 유형의 사람이었다. 나서서 건배를 제안했고, 시선이 자신에게 주목되는 와중에도 자신으로부터 가장 먼 자리의 사람을 챙겼다. 우연히 눈이 마주치면 환하게 웃었고 처음 본 사이에도 농담을 건넬 줄 알았다.

현정을 보고 있으면 우습게도 그 주변 남자애들이 보였다. 스물다섯에 공채에 합격한 현정에게는 유독 나이 차이가 많이 나는 남자 동기, 선배들이 많았는데 그들과 스스럼없이 짓궂은 농담을 주고받으면서도 선을 넘지 않았다. 사실 남자들은 예쁘고 어린 현정이 자신과 농담을 하고 있다는 것 자체에 들떠서 거기에 선이 있는지 없는지에 대해서는 별생각이 없어 보였다. 그런데도 서로 넘어간 적이 없다는 것은 전적으로 현정의 능력 덕이었다. 그들은 감히 현정에게 다가가지도 못했다. 말도 못 붙이며 어려워했다는 것은 아니고, 모두 함께일 때는 찧고 까불고 현정에게 별의별 장난을 다 치다가도 막상 인간 대 인간으로는 한 발짝도 못 다가서는 눈치였다. 그애가 너무 완벽하게 느껴졌기 때문에 함부로 하지 못하는 비굴한 태도가 남자애들 전반에 있었다. 그리고 나도, 그 남자애들과 다를 바 없었다. 그들을 비웃었지만 비웃다보면 속이 쓰려지는 것을 느꼈다.

현정은 태도와 감각이 좋았고 거기에서 잘사는 티가 났다. 가방이나 재킷을 눈여겨보면 그것들은 반드시 명품 브랜드나 고가의 디자이너 제품이었고 손가락에 여러 개 끼운 실반지, 늘 걸고 다니는 목걸이도 비싼 제품인 걸 알 수 있었다. 현정이 가진 모든 아이템은 그가 그것들을 고심해 골랐으며 공들여 관리해 오래 쓴다는 느낌을 줬다. 보여지는 부분이라면 머리부터 발끝까지 정돈되지 않은 데가 없었다. 손톱에는 거스러미가 없었고 눈썹 주변에는 정리 안 된 잔털이 없었다. 피붓결은 언제 봐도 깔끔했으며 질 높은 관리를 받는 티가 났다. 그런 건 쉽게 되는 게 아니었다. 그런 위생관념이나 미용관념, 자기관리가 '일반적'이라고 여겨지는 집단에서 자라온 태, 그런 게 흘렀다. 결국 그애가 멀게 느껴지는 이유가 계급 차이라니. 나는 나 자신을 향해 혀를 찼다. 어느 누구보다 사람을 가리고 급을 나누는 게 누구인지. 남자애들이 공공연히 '나보다 잘난 여자애는 싫다'는 마음을 품고 있는 걸 비웃을 수 있나, 이런 내가.

변명 같지만 현정이 멀어 보였던 이유를 하나 더 덧붙여보자면, 그애가 누가 봐도, 당연히, 너무나 이성애자였기 때문이다. 이성애자의 친구로 남는 일은 너무 쉬웠다. 마음껏 품을 수 있는 가장 쉬운 마음. 짝사랑이라고 할 수 있지. 그건 내가 살면서 내내 해온 일이었다.

일주일에 사나흘은 회사 복도에서, 휴게실에서 마주치는 우리는 서로의 시시콜콜한 것들까지 다 알면서도 결국 그 속엣것은 알수 없었다. 우연히 마주치거나 점심을 같이 먹을 때 현정은 주로 가족 얘기를 했다. 가족 이야기를 그렇게 편하게 하는 사람들이 있다는 것을, 나는 이 회사에 다니면서 알았다. 모두 사이가 좋고, 엄마와 쇼핑을 다니고 아빠와 드라이브를 다니는. 일 년에 한두 번은 가족여행을 가고 주말에 가족끼리 외식을 가기도 하는, 그게 보통인 삶을 사는 사람들이 이렇게나 많다는 걸.

대학에 다닐 때까지는 가까워진 아이들끼리 주로 불행 배틀을 했던 것 같은데. 누가 더 불행한가를 겨루려는 게 아니어도 조금만 가까워지면, 조금만 더 개인적인 이야기를 할라치면 우리는 모두 가족 카드를 꺼냈다. 가능하면 불행한 쪽으로. 과잉되었던 면도 취해 있던 면도 있었을 것이다. 우리 집이 IMF 때 망해서, 이런 인트로는 흔했다. 아빠 씨발놈이 술만 처마시면 패서, 하고 시작하는 이야기도 간혹 있었다. 사실 우리 엄마 아빠 별거중이거든, 하고 조심스럽게 내미는 카드도 있었다. 밝고 단순하고 귀엽던 수영도 우리 부모님 이혼했거든, 난 엄마랑 살고, 하는 얘기를 할 때면 항상 조금씩 긴장하는 얼굴이 되곤 했다. 그때의 나는, 우리는 그게 중요했다. 자신이 지닌 불행들, 억울하고 슬프고 답답한 일들이. 이제 그런 이야기는 거의 듣지 못하게 되었다. 나는 그런 곳에 있다.

현정을 알게 된 구 개월 동안 자연스레 현정의 가족에 대한 것들도 알게 되었다. 대체로 이런 얘기들이다. 현정의 오빠는 뉴욕대를 졸업한 수재이며 한국에 돌아오자마자 당연하게도 대기업 취직에 성공했다는 것. 그래봤자 모아놓은 돈이라곤 한 푼도 없으면서 취직하자마자 외제차를 한 대 뽑았으며 신입사원 연수가 끝나자마자 딱 일 년 만난 여자친구와 결혼을 하겠다고 선언한 자기밖에 모르는 인간이라는 것. 어머니 아버지는 어처구니없어했던 것도 잠시, 결국 (늘 그렇게 살아왔듯) 그가 원하는 대로 결혼을 허락했고 공들여 결혼식을 준비했으며, 현정은 그 과정에서 오빠가 얼마나 재수없게 굴었는지 전부 지켜봤다는 것. 철없고 학벌만 좋은 오빠 때문에 엄마가 그 녀석한테 싫은 소리 한 번 안 하고 오냐오냐 키운 걸 얼마나 후회하는지 곱씹다가 결국 또 싫은 소리를 참는 걸 봐야만 했다는 것. 언제 가슴을 치고 발을 굴렀냐는 듯 엄마는 하나밖에 없는 아들이 결혼식을 올리기에 가장 좋은 호텔을 아들과 예비 며느리보다 먼저 알아보고, 거의 모든 결혼 비용을 아낌없이 대고도 며느리가 부담스러워할까봐 오빠더러 네가 알아봤다고 해, 네가 모은 돈이라고 해, 하고 당부하는 것을 지켜봤다는 것. 집안이 총동원되는 이성애자 남녀의 결혼식에 대한 모든 것. 그 첨예한 갈등과 조마조마한 공기 같은 것들. 거기서 현정이 얼마나 지치고 결혼에 학을 떼게 됐는지 하는 것들은 덤이었다. 나는 결혼을 하지도 못할 거고 그런 데 관심이 없으니까, 하고 듣기 시작한 현정의 이야기는 생각보다 흥미진진하고 긴장감이 넘쳤다. 내가 모르는 세계, 가지 못할 세계라고 생각한 채로 들으니 마치 〈반지의 제왕〉 속 이야기 같았다.

현정에게 불가능성을 느낄 때면 과거의 연애를 소환하여 계속 곱씹었다. 어떻게 나에게 사랑이 가능했을까? 나는 어디에서 어디로 건너온 걸까? 스스로를 납득시키려 이야기를 반복했다. 호랑이나 귀신이 나오는 옛날이야기를 들으며 잠을 청하는 어린애처럼, 현재의 마음을 편하게 하기 위해 하는 일은 과거를 돌아보는 일이었다. 나는 누구였을까, 하는 물음에는 언제나 나는 누구와 있었나, 하는 물음이 따라붙었다.

가장 최근에 헤어진 내 여자친구의 이름은 '페기'였다. 졸업 직전이었고, 아직 그 어떤 곳에도 취업하지 못했던 때다. 방학 때 주말에만 나가던 칵테일 바 아르바이트에서 만난 여자애였고, 그 역시 스스로에게 이름을 지어주는 타입이었다. 페기는 이름을 소개할 때마다 듣는 재미없는 농담이 지겨웠는지 자신의 이름은 'Peggy'이지 '어떤 어려운 일이라도 해내려는 굳센 기상이나 정신, spirit이나 ambitious'가 아니라고 미리 못박았다. 분명 재미없는 농담인데 페기가 하면 재밌었다. 캘리포니아로 유학을 다녀왔는데 거기서 백인 애들 욕이나 하고 케이팝이나 알려주고 주로 술을 마시고 겁이 많아서 마리화나는 입술 끝에만 살짝 대보고 돌아왔다고 했다.

나는 대체로 유쾌한 사람들을 좋아하네. 어째서일까? 내가 불유쾌한 사람이어서인가? 나에게 없는 것을 좋아하기 마련인 걸까? 하고 자조적으로 물으면 세선은 고개를 저었다. 너는 너도 모르게 유쾌한 사람이지. 그러고는 웃었다. 내가 그 말을 정말 믿을 수 있도록. 세선에게는 유독 연애 이야기를 털어놓게 되었다. 성실하게 따박따박, 내가 사랑을 하고 있다고 알렸다.

그 무렵 세선은 신촌으로 출판 편집 강의를 들으러 다녔다. 강의명은 세선이 알려준 그대로 외운 것뿐, 나는 정확히 세선이가 뭘 배우는 건지 몰랐다. 페기와 사랑에 빠진 여름의 어느 날 세선과 마주앉았을 때 나는 녹차빙수의 초록색 얼음을 떠먹으며 물었다. 너 배우는 게 뭐라고? 그럼 세선이는 대답했다. 책 만드는 거. 책 만드는 거? 그럼 네가 글을 쓰는 거야? 얼음을 삼킨 세선이는 입술이 차가운지 가만히 손으로 입술을 어루만졌다. 자기도 모르게 튀어나올 말을 다스리는 것처럼 보이기도 했다. 내가 녹차빙수를 세 번 더 떠먹고도 한참 만에 세선은 말했다. 응, 그럴 수도 있고. 짧지도 길지도 않은 침묵 동안 나는 괜히 입안에서 얼음을 녹이며 떨었다. 언젠가의 겨울처럼. 뭘? 뭐에 대한 책을 쓸 건데? 그렇게 묻자 세선은 말했다. 너. 너에 대한 거. 내 눈을 똑바로 바라보며 분명히 그렇게.

*

우리가 서로 가족 이야기며 사수 뒷담화며 쇼호스트 간의 불륜 소식 등을 허물없이 나눌 즈음, 현정은 입사한 지 얼마 되지 않았을 무렵부터 사귀던 방송팀 재욱과 헤어졌다. 현정은 현명하게도 사내 커플이 지니는 위험을 심각하게 여기고, 그래서 재욱에게도 진지하게 비밀을 지키도록 단속했던 것 같았다. 그 사실을 몇몇 사람들이 알았을 때 이미 그들은 헤어진 후였다. 나는 공교롭게도 교집합에 속해 있던 터라 제법 이르게 그 사실을 접하게 되었다. 현정은 패션팀으로 나와 팀은 달랐으나 어울리는 무리가 겹쳤으며, 재욱은 주로 내가 속한 가전팀 제품을 담당하는 피디였기 때문이다.

헤어졌다는 사실을 알릴 때도 현정은 흔들림이 없었다. 슬프지만 서로를 위해 헤어지거나 헤어졌지만 여전히 가능성을 셈해보는 미련 남는 이별은 누가 봐도 현정과 어울리지 않았다. 현정은 헤어진 이후 더 발랄해졌고 더 생기가 돌았다. 재욱에 대한 이야기는 일절 꺼내지 않았으며 어쩌다 전 애인에 대한 이야기가 나오면 우스꽝스러운 에피소드를 자폭하듯 말하긴 했지만 그게 누구라고는 절대 밝히지 않았다. 헤어지자마자 그동안 밝히지 못했던 치명적이거나 별거 아닌 단점들을 폭포수처럼 쏟아놓는 나와는 정말이지 너무 반대였다. 쟨 왜 저렇게 우아하냐. 왜 혼자 계속 우아하냐. 나는 현정을 동경하면서 얄미워했다.

그런 현정은 재욱과도 반대였다. 재욱이 현정과 반대였다고 해야 할까. 둘 사이를 아는 사람에게 재욱의 증오심은 한눈에 티가났다. 자신과 헤어지고 현정이 멀쩡한 게 아무래도 견딜 수 없다는 듯 여기저기 감정을 던지고 다녔다. 그건 보이는 사람에게만 보였다. 이상할 정도로 술자리를 자주 만드는 것부터 다른 이야기를 하다가도 갑자기 현정을 은근슬쩍 깎아내리는 태도가 그랬다.

재욱이 소문을 퍼트리고 싶어 안달난 태도로 이곳저곳 쑤시고 다니며 만든 술자리에 어쩌다 한 번 나도 끼게 되었는데, 여유 있는 집에서 태어나 실패를 모르고 자란 남자애들 특유의 자존심과 허세에 전 여친에 대한 미움이 끼얹어져 빛을 발하고 있었다. 나는 두 자리쯤 떨어져 앉아 재욱의 목소리에 귀를 기울였다. 누가 봐도 현정일 것이 뻔한 지난 연애 이야기가 한창이었다. 왁자지껄

한 공간 탓에 이야기는 끊겨 들렸다. 좀만 잘해주면…… 말이 안 통해…… 뭐라는 줄 아냐? 할 수 있을 줄 알았대. 뻣뻣한 게…… 들을수록 얼굴이 화끈거리며 열이 났다. 술자리 초반부터 슬쩍슬쩍 여러 파트 후배들을 품평하던 재욱은 점차 술기운에 힘을 얻어 또래 남자 동기들의 옆구리를 쑤셔가며 보다 본격적으로 현정에 대한 이야기에 박차를 가했다.

……아니 이건 진짜 욕하려는 게 아니라 인간으로서 안타까워서 하는 말인데 걔 여러모로 쎄해. 어린데 벌써부터 명품 입고 다니는 것도 그렇고, 내가 촉이 좀 좋거든…… 걔도 딱 각 나오는 타입이야. 앞에서 잘해주는 척하면서 거리 두고, 그러면서 속으로 사람 깔보고 있는 거…… 솔직히 선배 입장에서 다 보이지 않아? 회사 선배가 아니라 인생을 우리가 걔보다 몇 년 더 살았잖아. 안 그래? 근데 걘 우리가 그걸 모를 거라고 생각하나봐.

그 자리에는 현정과 친하다고 알려진 후배들도 꽤 있었는데, 엉뚱하게 참지 못하고 끼어든 건 나였다.

야, 너 현정이 얘기 왜 이렇게 많이 해? 현정이는 니 얘기 하나도 안 하던데.

현정에 대한 이야기가 아니었어도 더는 부끄러워 못 듣겠다고 판단해서였는데, 사실 그건 변명이고 나도 모르는 사이에 말이 먼저 뱉어진 것 같았다. 현정과 친한 남자 동기 몇몇도 하나둘 듣기 싫은 티를 냈다. 재욱이 어떻게 변명을 하며 그 자리가 파했는지는 기억나지 않았다. 그 한마디를 던져놓고 나는 주목공포증이 있는 사람처럼 시뻘게진 얼굴로 소파 깊숙이 몸을 웅크렸다. 왜 이렇게 가슴이 뛰는지 모를 일이었다. 악플이라도 단 사람처럼. 아니 악플은 걔가 달았지. 나는 그저 현정을 지켜주려고…… 그런 생각을 하며 멍하니 의미 없이 자리를 지키다 집으로 돌아갔다.

그 일이 어떻게 현정의 귀에 들어가게 된 건지는 몰라도, 덕분에 나는 현정의 호감을 사게 된 것 같았다. 아무리 생각해도, 언젠가부터, 모두에게 동일한 양의 관심과 애정을 공평하게 나눠주던 현정이 나에게는 몇 초 더 오래 눈길을 둔다거나 회사 메신저로 내 퇴근 시간을 물어 같이 나가자고 하는 등의 관심 표현이 늘었다.

그런 사소한 차이에 대해 세선에게 털어놓고 싶어서 있잖아, 하고 시작하는 메시지를 몇 번이고 쓰다가 지웠다. 있잖아 나 회사에 후배가 있는데…… 아무리 설명하려고 해도 끝내는 참담한 마음으로 지우게 되었다. 현정의 이름 때문일 거야, 라고 생각했다. 페기나 딜리가 아니라 수영에 가까우니까. 그리고 어쩐지, 더이상 세선이 이런 이야기를 궁금해하지 않을지도 모른다는 생각이 들었다. 이유는 알 수 없지만. 나는 한 번도 세선이의 마음을 알았던 적이 없었다.

*

어느 날, 오후 생방송을 마치고 삼삼오오 하게 된 저녁식사가
결국 또 술자리로 이어져, 늦은 밤 거리에서 택시를 잡는데 현정
이 말했다.

선배, 천호 쪽으로 가시죠? 저도 그쪽인데. 같이 타고 가도 돼요?

그렇게 물으며 이미 몸의 반쯤은 내가 부른 택시에 올라타고 있
었다. 나는 아무 말 못하고 그저 고개를 끄덕일 뿐이었다. 현정은
긍정의 제스처를 확인하자마자 나머지 절반의 몸도 웃차, 하고 경
쾌한 소리를 내며 택시 안으로 밀어넣었다. 힘있게 택시 문을 닫
는 현정의 손목에 샤넬 핸드백이 달랑거렸다. 나란히 앉은 현정에
게 나는 시답지 않은 질문을 했다. 아무 말 없이 가기엔 숨막히게
긴장되었기 때문이다.

주말엔 뭐해?

운동해요. 저 운동을 좋아하거든요.

그렇구나……

선배는요?

그냥, 가만히 있어.

지금처럼요?

……아.

선배는 선배 얘길 잘 안 하더라.

나는 혼이 난 학생처럼 입을 다물었다. 머릿속이 복잡했다. 그 말에 화를 내고 싶은지 그애를 무시하고 싶은지 알 수 없었다. 뭐라고 말할까? 무슨 말이 듣고 싶니? 내가 아는 건 보이는 네가 전부야. 너는 손톱도 예쁘고, 옷도 예쁘고, 가방도 예쁘고, 하지만 나는 너를 모르겠고…… 재욱이가 네 욕하고 다니더라. 알고 있니? 알고 있겠지. 새로운 연애는 하고 있느냐는 뻔한 질문은 하기 싫은데, 그 질문을 떠올리면 왜 화가 날까. 침묵의 시간이 길어졌다. 입을 다문 나를 따라 한동안 말없이 앉아 있던 현정이 먼저 입을 열었다.

선배, 저는요…… 사실 사람들이 좋아요. 제가 좋아하는 사람들이, 그리고 그 사람들이 저를 좋아한다는 게 좋아요. 이런 걸 좋아한다는 사실이 너무 촌스럽고 의존적이고 속이 빈 것 같다는 걸 알면서도. 그래서 그 사실을 들키지 않으려고 애쓰면서도 가끔 이렇게 털어놓고 싶어져요. 저는 누군가를 좋아하고 누군가가 저를 좋아하는 일이, 몹시 중요해요. 한없이 그쪽으로 몰두하면 좋지 않을 걸 알아서 계속 경계하고 그 외의 것들로 균형을 잡으려고 노력해도…… 제가 하는 그 모든 일의 밑바닥에는 끈질기게 그 생각이 들러붙어 있어요. 본령처럼요.

나는 어떤 것보다 자신을 중요하게 여길 거라고 믿었던 현정이 그런 말을 했다는 데에 놀랐다. 그 고백에서 세선이 떠오른 것도. 둘은 전혀 다르다고 생각했는데. 언젠가 세선도 이런 이야기를 하

240

며 자꾸만 사람에게 붙들리는 자신이 싫다고 울었던 적이 있다. 혼자 잘 서 있고 싶어, 송화야. 아무에게도 영향받기 싫은데, 자꾸 끌려가기 싫은데 그게 잘 안 돼. 나는 그 사람 생각을 하는데 그 사람은 내 생각을 하지 않아서 서러운 마음, 그런 것에서 좀 벗어나고 싶다, 송화야. 그게 언제였을까. 집 앞 편의점에서 맥주를 너무 많이 마셨던 스물네 살의 봄이었나, 좁디좁던 세선의 자췻집에서 또 취해 신세한탄과 푸념을 멈출 줄 모르던 스물다섯 살의 겨울이었나. 그후로 세선과 그런 얘기를 나눈 적이 없네……

그런 상념에 빠져들다가도 동시에 부루퉁해지는 건 어쩔 수 없었다. 현정의 말에 대답하지 않고 속으로 빈정거렸다. 아 예, 사람을 좋아하시는구나. 그러시겠죠. 다들 널 좋아하는데 네가 모두를 좋아하지 않을 이유가 어디 있겠어. 너처럼 매끈한 삶을 살았을 것 같은 애가 나에 대해 뭘 알겠어. 뭘 자꾸 알려달라는 거야? 그러고는 다시 놀랐다. 내가 왜 이러지? 왜 이렇게 유치하게 구는 거야? 급격하게 취한 느낌이 들었다.

언니.

응? (얘가 지금 날 언니라고 부른 거야?)

저 언니 진짜 좋아해요.

고맙네.

몰랐죠.

응. 몰랐어.

큭큭, 그럴 줄 알았어.

그렇게 말하며 현정은 내 어깨에 머리를 기대왔다. 자세가 불편했지만 꾹 참았다. 이렇게 삼삼오오 집으로 돌아가고 있는 이들 중 어디선가 또, 비슷하게, 이런 식으로 숨겼던 마음들을 서로서로 이야기하고 있을 거라고 생각하니 어쩐지 기분이 이상했다. 표면과 내면이 같고 싶은데, 그건 정말 잘 안 되는 거구나. 취한 듯 물기어린 현정의 말에 나도 그래, 라고 말하지 못했다. 네가 좋아, 라고도.

현정과 택시를 타고 돌아온 밤 나는 누운 채로 오래 깨어 있었다. 잠에 들지 못했다. 창밖으로 빗소리가 시끄러웠다. 장마가 시작되려는지 기세가 줄었다가도 다시 쏟아졌다. 새벽 내내 그랬다. 여름이었다. 열네 살의 겨울로부터 얼마나 멀리 왔는지. 나는 내내 세선과 붙어 있으면서도 스무 마디 이상 하지 않았던 것 같았다. 후에 우리가 어떻게 친구가 됐지? 하고 물으면 세선은 그저 고개를 절레절레 흔들었다.

넌 그때부터 그랬어. 네 얘길 안 했지. 연애는 어떻게 잘하는지 항상 놀라웠단다. 세선의 평가는 언제나 나를 웃게 했다. 나는 한 번도 잘한 적이 없는데, 항상 마음을 엎지르고 마는 편이었는데, 세선이 잘한다고 하면 정말 잘하는 것 같았다. 믿음처럼 쉬워지는 것 같았다. 그게 잠시뿐일지라도.

다음날, 오전에 해야 하는 급한 업무를 끝내고 한숨 돌릴 때가 되자마자 현정은 나를 휴게실로 불렀다. 왜인지 화가 나 있는 얼굴이었다. 나도 모르게 주눅이 들었다. 내가 뭘 실수했지? 휴게실로 오라는 메신저를 오 분 넘게 안 봐서? 어제 새벽에 잘 들어갔느냐는 확인 연락을 안 해서? 아니면 취한 현정이 먼저 내리며 우격다짐으로 택시비 절반을 쥐여주던 걸 끝끝내 받지 말았어야 했나? 들어가는 기척을 내자마자 휴게실 안쪽에서 현정이 튀어나왔다.

선배 진짜 실망이에요. 내 우스운 꼴 다 보고 자기는 마음 하나도 안 내주고.

무슨 소리야, 너 하나도 우스운 거 안 했는데.

아 몰라요. 지금이라도 빨리 하나 얘기해요. 아무한테도 얘기 안 한 거. 나한테만. 그럼 이거 주지.

내내 굳은 얼굴이던 현정이 웃으며 내민 것은 즉석 수프였다.

느끼한 걸로 해장한다면서요. 내가 또 몇 안 되는 선배 정보를 기억했지.

현정은 나를 테이블에 앉히고 능숙하게 수프를 전자레인지에 데웠다. 삼십 초. 사십 초. 수프를 데우며 시간이 지나갔다. 아침은 여름답지 않게 싸늘했다. 새벽에 내리던 비가 여전히 내리고 있었다. 오전에 방송이 있는 선배들이 매출이 잘 나오겠다고 좋아하는 소리를 들었다. 숙취가 있는 차가운 날씨에 수프라니. 정말 좋네. 정말…… 좋다고 말하려다가 그 말을 참고 엉뚱한 말을 해버렸다.

……나는, 가끔 세상이 뒤집어지면 좋겠어.

현정은 놀라지도 않고 묵묵히 전자레인지에서 수프를 꺼냈다. 일회용기에서 김이 모락모락 나는 걸 확인하고 다시 내 쪽을 쳐다봤다. 작게 고개를 끄덕이고 더 말해보라는 듯 질문을 했다.

그럴 땐 어떻게 해요?

대부분은 그냥 참다가 가끔 에버랜드에 가. 티익스프레스를 타.

언제 가는데요?

연차 내고 평일 낮에. 조금 기다리고 여러 번 타.

안 무서워요?

이제 안 무서워.

세상이 뒤집어지는데? 어쩌다가 무서우면요?

내 손으로 내 손을 꽉 잡아. 그럼 잡고 있는 거기도 하고 잡혀 있는 거기도 하니까.

재밌네. 다음엔 나랑 가요.

너랑?

손도 나랑 잡고.

그렇게 말하며 현정이 내 옆자리의 의자를 꺼내 앉았다. 다 데워진 수프를 나에게 밀어주었다. 밀어주려다가 잠깐, 하고 다시 자기 앞으로 당겨 플라스틱 스푼으로 데워진 수프를 홀홀 저었고 그대로 자기 입에 넣었다. 그리고 허밍하듯 말했다. 음, 맛있네. 자기 입에서 나온 스푼을 그대로 나에게 건넸다. 나는 수프를 떠 입에 넣었다. 그런 나를 보더니 현정이 기세 좋게 의자를 내 쪽으로 가까이 끌어당겼다. 바짝, 더 바짝. 그리고 한껏 소리를 낮춰 말했다.

언니 비밀 들었으니까 덤으로.

……

저도 하나 더 알려드릴까요?

(또 언니라고 한 거 맞지?) 그래.

현정은 거의 속삭이고 있었다. 즉석식품이지만 꽤 생생한 옥수수 알갱이를 이로 뭉개며 나는 대답했다. 나는 현정이 준 거라면 편의점 콘 수프도 금덩이처럼 받는구나, 도대체가. 그런 생각을 하면서도 묵묵히 수프를 떠먹었다.

저 레즈비언이에요.

어?

뭘 그렇게 놀라요?

아니 나는……

현정이 느리게 눈을 깜빡였다.

……샤넬 든 레즈비언은 처음 봐서.

망했다. 망했다고 생각했다. 그 말 한마디로 현정이 나에게 지니고 있던 손톱만큼의 호감, 어쩌면 동료의식, 어쩌면 호기심, 친해지고 싶다는 마음 따위는 한 줌 재가 되었겠지…… 내 표정은 아마도 일그러져 있겠지, 하는 생각과 함께 현정을 본 순간 현정이 다시 느리게 웃었다. 쟤 어쩜 저렇게 우아할까. 오늘도 여전히 잘 정돈된 손톱, 구김 없이 부드러워 보이는 블라우스, 끝까지 잘 말려 있는 머리카락, 입술선이 또렷하게 발린 립스틱, 코럴색 입술이 느리게 열리고 현정이 말했다. 아직 웃음기가 남은 얼굴로.

그죠, 워낙 비싸니까.

아…… 그치. 어, 나는 그러니까……

현정이 느린 손짓으로 블라우스의 소매를 매만졌다. 그러면서 계속하라는 뜻으로 나를 보며 고개를 끄덕였다. 쟤는 어떻게 저렇게 행동 하나하나가 슬로모션일까. 주 삼 일 퍼스널트레이닝을 받는다고 하던데 운동할 때도 저럴까. 그 생각에 미치자 창피하게도 침을 삼키게 되었다. 시간이 느리게 가면 느리게 가는 시간만큼 숨을 참아야 할 것 같았다. 숨을 참았으므로 심장박동은 빨라졌다.

언니.

응?

좋아한다고요.

나는 다시 현정을 봤다. 똑바로 쳐다보는 일이 얼마나 큰 용기를 필요로 하는 일인지. 다시 본 현정의 얼굴은 어딘가 좀…… 달라 보였다. 그러니까, 완전 레즈비언이잖아. 왜 몰랐지? 내 뺨을 치고 싶었다.

너 남자친구 있었잖아. 나는 그래서……

언니, 저는 제가 결혼도 할 거라고 생각했어요.

심장이 너무 크고 빠르게 뛰어서 결국 참지 못하고, 현정을 안았다. 그렇게 생각했는데 꼴은 현정이 나를 안은 것에 더 가까웠다. 그게 무슨 상관이람. 나는 현정의 움푹 들어간 허리를 감싸안았다. 이게 말이나 되는 일인가. 안고 또 안으면서도 실감이 나지 않았다. 입을 벌려, 소리를 내어 말해본 건 그 때문이었다. 이게 크나큰 속임수고 덫이어도, 다 망하더라도, 결국 또 아니더라도 한 번은 소리내어 말해보고 싶었다.

나는…… 네가 좋았어.

지금은요?

현정의 손가락이 내 머리카락 사이사이를 빗고 있었다. 이마의 앞머리를 쓸고, 정수리를 간지럽히고, 어깨에 닿은 머리카락까지 빗으며 내려온 손이 등으로, 허리로 옮겨갔다. 어지럽다. 그런 생각이 들었다. 이 블라우스에 입과 코가 막혀 죽어도 나는 모르겠구나, 하는 생각도.

지금도.

가까스로 대답하자 내 허리에 안착한 현정의 두 손이 깍지를 끼는 것이 느껴졌다. 그리고 더 가까이. 빈틈없이 나를 안는 현정. 나는 거의 현정에게 매달리다시피 하는 모양새로 안겨 있었다. 회의실 문이 열린 건 그때였다.

누나!

노크도 없이 문을 여는 것과 동시에 나를 찾는 듯, 큰소리를 낸 건 같은 팀 규호였다. 고개를 들어 보지 않아도, 이상한 공기가 흐르고 있다는 것은 알 수 있었다. 어떻게 빠져나가지, 누구의 얼굴을 어떻게 봐야 하지, 하고 정지되어 있던 몸을 현정이 더욱 세게 끌어안았다. 허리에 감겨 있던 현정의 손이 어느새 어깨에 있었다. 그리고 규호를 향해 낮은 목소리로 말했다.

　야, 나가. 언니 울어.

　그러자 다급하게 알겠다는 둥 미안하다는 둥 하는 규호의 목소리가 들렸다. 극성맞은 몸짓과 과장된 표정을 지었을 게 분명한 규호가 파닥거리며 나가는 소리가 들리고, 뒤이어 문이 닫히고, 현정의 한숨소리가 들렸다. 휴, 작게 내뱉은 내 숨소리를 현정도 들었는지 얼핏 웃는 것도 같았다. 미소를 지은 것 같은 입술의 곡선이 내 이마 위에 머물렀다. 시간이 멈춘 것처럼. 우리는 우리가 숨고 싶을 때 숨을 수 있고 나타나기를 원할 때 나타날 수 있다. 나는 언제 어디에서든 사랑을 할 수 있다. 참 쉽고, 그 쉬운 것이 이토록 어렵다는 생각이 동시에 들었다.

　그리고, 세선이 생각이 났다. 나는 현정의 품에서 이 모든 이야기를 어떻게 세선에게 들려줄지 고민했다. 여름이 지나가기 전에 세선에게 안부를 묻고 연락을 해야겠다고, 우리 이야기를 나눈 지 너무 오래되지 않았느냐고 물어야겠다고 마음먹었다. 회사에서 좋아하는 사람이 생겼는데 그 사람도 날 좋아한다고 말하면 세선이 믿을까? 어떤 부분에서 세선이 가장 흥미로워할까. 현정의 이름을 알려주면 세선이는 어떤 표정을 지을까. 세선은 언제나 내 마음 한쪽 어딘가에 있었고 그 일부인 것처럼 느껴지기도 했다. 알기 어렵고 말하기 어려운 마음. 꺼내서 자세히 보려고 노력하지만 가장 마지막까지 알 수 없고 할 수 없는 마음.

두꺼운 겨울 패딩을 입었는데도 공기가 차가웠던 스케이트장에서, 스케이트화를 정리하고 휴지통을 비우는 봉사활동을 마친 우리가 손이 얼고 코가 빨개진 채 뜨거운 물을 부은 컵라면이 놓인 매점 테이블에 앉았을 때. 그날 내내 마음속에서 근질거리는 느낌이 시작되어 온몸으로 퍼지는 걸 느끼며 뭔가를 말하고 싶어서 속이 달뜨던 것을 기억한다. 울렁거리는 속 때문에 컵라면을 몇 젓가락 먹지도 못한 열네 살의 내가 결국 있잖아, 나 좋아하는 애가 생긴 것 같아, 근데 여자야, 하는 말을 토해냈을 때. 그렇게 말하고 꾸역꾸역 뭔가를 설명하려고 애쓰다가 다만 울어버렸을 때. 나 사실 너 좋아해, 하고 또박또박한 말로는 못하고 울부짖음에 비슷한 말로만 설명할 수 있었을 때 세선이 놀라지도 않고 내 눈물을 닦아주던 것처럼. 나는 늘 세선을 예측할 수 없었다. 왜 자리를 뜨지 않고 내 앞에 머물러 있는지도. 내 눈물을 닦아주던 세선의 표정이 일그러지는 것 같아 조마조마한 마음으로 너 울어? 하고 물었을 때 세선은 도리도리 고개를 저으며 알 수 없는 표정으로 말했었다. 네가 울지.

침묵의 사자

사무실에 사람이 들고 났다. 원체 사람들이 많이 그만두는 회사였다. 그 김에 청소를 했고 자리를 바꾸었고 나는 오른쪽에 창문을 둔 자리로 가게 되었는데, 창문 너머 멀리 보이는 건물 사이로 언뜻, 커다란 사자가 어슬렁. 먼 건물 사이를 스쳐가는 하늘만큼 거대한 사자였다. 4월이었고 오후 다섯시였다. 오후 햇살이 저물며 가장 강하게 내리쬐는 시간. 여기가 서향인가봐. 동료가 말했다. 사무실에 홀로 남아 있을 때 주로 사자를 봤다. 사자는 붉고 따뜻한 기운을 내뿜고 있었다. 사자를 보게 된 그해 나는 눈에 띄게 추위를 타지 않았다. 안 추워? 동료가 물으면 안 추워, 하고 대답했다. 가장 먼저 반팔을 입은 것도 나였다. 나는 원래 꽃샘추위를 견디지 못했는데. 창 너머 사자가 뿜는 열기 덕에 괜찮았다.

사자는 자유자재로 몸을 늘였다 줄였다 했고 빛처럼 여기저기를 넘나들었다. 수십 차례의 눈인사 이후로 내게 마음을 내주었는지 창문을 통과해 스르르 내 자리 뒤로 들어오기도 했다. 머리 위와 등뒤를 어슬렁거리다가 사자는 곧 가장 좋아하는 곳을 찾아냈는데, 그건 바로 내 책상 아래였다. 사자는 내 책상 아래에 꼭 맞추어 몸을 작게 만들어, 내 발과 종아리와 무릎 전부를 감싸고 웅크렸다. 사자의 따뜻한 기운이 무릎 아래를 감싸면 긴장이 풀리고 든든했다. 사자의 체온이 나를 덥혔다. 환절기의 미세한 추위를 힘들어하는데 사자가 곁에 있는 동안 나는 잠시 따뜻한 사람이 될 수 있었다.

누군가가 이걸 예견한 적이 있나? 나에게 보낸 예지가 있는데 내가 발견을 못한 걸까 싶어 기억을 더듬어보았다. 작년 12월에 친구들과 사주를 보러 간 적이 있다. 신년 운을 보러. 사주를 봐주는 말쑥하게 생긴 남자가 말했다.

만나는 남자 있어? 없어? 생길 해인데. 나중에 남자 만나도 10월, 11월, 12월생은 안 돼. 추운 기운이거든 그게. 자기한테 안 좋아. 이번에 오는 남자는 기운이 따뜻한 놈이니까 한 해는 맡겨도 좋을 거야. 근데 연애만 해. 결혼은 아직 아니에요.

다른 건 모르겠고 추위를 힘들어하는 내 체질을 확인받은 것 같아 기분이 좋았다. 그런데 그런 건 왜 기분이 좋을까. 내가 짐작하는 것을 다른 사람을 통해 확인받을 때 말이다. 그러고 나서는 죄다 안 좋은 얘기였다.

사주 아저씨는 나에게 몸조심하라고 말했다. 좋은 놈 있으면 만나서 연애하라더니 몸조심하라고. 아프면 꼭 병원 가라고. 당연한 말 같지만 살면서 누군가가 당연한 말을 해주는 일은 생각보다 드물기 때문에, 나는 그 말도 좋았다. 헤헤 실실 웃으며 들었다.

아프면 병원 가. 참지 말고.

네, 그럴게요.

알아볼 수 없는 필체로 한자 네 개, 두 개를 연달아 쓴 뒤 혼내듯 말하기도 했다.

4월, 9월 조심하고. 무슨 일을 그렇게 잘하고 싶어? 대충해. 친구들이랑 만나서 커피나 마시고 맛있는 거나 먹고 놀러 다니고, 여행 다니고 그래. 안 그럼 자기 죽어.

아, 잘되는 일은 없나요?

없어.

너무 단호해서 나는 어쩐지 민망했다. 민망해서 또 웃었다. 내가 그 말을 한 해 내내 신경쓸까봐 겁도 났다. 그래서 친구들과 헤어지고 돌아오는 길, 괜히 역 서너 개 거리를 걸어서 집으로 돌아왔다. 하늘이 온통 붉게 노을 지는 것을 올려다보며 걸음을 재촉하는 일이, 등이 촉촉, 땀으로 젖는 느낌이 나쁘지 않았다. 그때도 사자가 나타난다는 말은 없었는데. 그땐 노을을 올려다봐도 그게 사자의 모습을 하고 나에게 넘실, 넘어오지 않았는데.

사자가 나타난 날, 퇴근 후 동네 지하철역에서 머리에 새를 얹고 다니는 남자를 만났다. 저 새도 혹시? 하고 뚫어져라 쳐다봤는데 그 새는 진짜 새였다. 새를 머리에 얹고 지하철도 타고 식당에도 가고. 그런 남자인 모양이었다. 세상에는 별사람이 다 있으니까. 보지 않은 척하려고 했는데 눈이 마주쳐버려서, 나는 그만 이상한 넉살을 부렸다. 모르는 사람에게 새가 예뻐요! 하고 말을 건 것이다. 남자는 기쁜 웃음으로 답했다.

감사해요! 많이들 잘 못 보시던데……

못 본다고요? 그렇게 잘 보이게 얹고 다니면서? 뭐 독특한 모자 정도로 생각할 수도 있긴 하겠네요…… 그런 웅얼거림은 속으로 삼켰다. 속마음을 모두 소리내어 얘기하는 무례한 사람이고 싶지 않았다. 남자는 그 정도는 아무것도 아니라는 듯이 어깨를 들썩이며 말했다. 남자가 어깨를 들썩이면 남자의 머리에 앉은 새도 덩달아 조금 푸드덕, 했지만 남자의 머리에 박아넣은 발이 절대로 떨어지지 않았다. 남자는 묘기를 부리며 읊는 대사처럼 나에게 말을 건넸다.

자기만의 동물을 가진 사람들은 많잖아요.

나는 그 말에 또 한번, 나답지 않게 질문을 해버렸다.

자기만 보이는 동물을 가진 사람들은요?

있겠죠. 소수여도. 모두 같은 걸 보는 건 아니니까요.

새 사나이의 말에 나는 기뻤다. 사자에 대해 금방이라도 말하고
싶었다. 지하철 역사 안 앉을자리가 있다면 거기에라도 앉아서 사
자에 대해 알려주고 싶었다. 그게 전데요. 저에게 보이는 건 붉은
갈기를 가진 사자예요. 웅크리고 있을 땐 거대한 노을처럼, 거대
한 감처럼 보이는 몸통을 가지고 있어요. 그렇지만 그럴 순 없었
다. 사회적 거리두기로 인해 역사 안 벤치는 모조리 철거되어 있
었다. 내가 한 마디도 하지 않았지만 새 사나이는 다 안다는 듯이
덧붙였다.

소수는 외롭지만 그렇기 때문에 외롭지 않을걸요. 반대로 그 외
롭지 않을 수 있는 능력 때문에 외로워지기도 하고요.

정말로 다 알아요, 하는 표정이었다.

*

그날 이후로도, 왜 내게 사자가 나타난 건지는 여전히 알 수가
없었다. 내가 좋아하는 동물은 기껏해야 고양이(사자와 가장 비슷
한 동물이 그렇다는 말이다). 그보다는 털이 없는 동물들을 좋아
했다. 뱀이나 거북이 같은. 동화책에서 읽었거나 엄마가 들려주는
옛날이야기에서 들었던 게 무심결에 튀어나온 건가 싶었지만 옛
날이야기에 등장하는 동물들은 새나 토끼였지 사자는 없었다. 아,
하나가 있다. 그 이야기에서도 사자는 주인공이 아니고 조연일 뿐

이지만. 이런 이야기다.

입 큰 개구리가 숲속 동물들에게 질문을 하며 돌아다닌다. 덩치 크고 순한 황소를 만나 개구리가 물었다(이야기를 들려주는 사람은 입 큰 개구리 역할을 할 때, 할 수 있는 한 입을 가장 크게 벌리고 말한다. '아아' 하고 함성을 지를 때만큼의 크기로).

소야 소야, 넌 무얼 먹고 사니?

난 풀을 먹고 살아.

어, 알았어.

다음 타깃은 사자다. 졸음에 겨워 나른해하는 사자에게 입 큰 개구리가 묻는다.

사자야 사자야, 넌 무얼 먹고 사니?

난 토끼 같은 작은 짐승을 먹고 살아.

어, 알았어.

기세등등 돌아다니던 입 큰 개구리는 뱀을 만나서도 똑같이 물어본다.

뱀아 뱀아, 넌 무얼 먹고 사니?

그러면 뱀은 긴 혀를 빠르게 날름거리며 서늘한 웃음을 띤 채로 말하지.

나는 입 큰 개구리를 먹고 살아.

(벌렸던 입을 가장 작게 오므리며) 오, 오로쏘……

이건 내가 가장 좋아하는 유머다. 개구리가 귀여워서. 이 유머를 듣고 아무도 안 웃었는데 나만 눈물을 흘리며 웃었다. 주변 사람에게 들려주기도 여러 번. 이 이야기를 들은 이후로 나는 개구리야 너 안 먹어, 하는 마음으로 순한 것들을 먹기 시작했다. 도토리묵이나 부추전 같은 거. 풋고추, 쌈장, 구운 가래떡, 삶은 곰취, 우엉조림 주먹밥, 버섯구이, 청국장, 강된장, 그런 것.

그날 사자가 찾아왔을 때 한참 생각해둔 그 유머를 시도해보았다.

사자야 사자야, 넌 무얼 먹고 사니?

입 큰 개구리가 호기롭게 물었듯 나도 빙글빙글 웃으며 음정까지 붙여서 신나게 물었는데 사자는 고요했다. 사자는 목소리를 내지 않고 그저 넘실 내 코앞까지 다가왔는데, 나는 분명히 들었다.

사람.

난 사람을 먹고 살아.

……

나는 입 큰 개구리가 뱀 앞에서 그랬듯 움츠러들었다. 어…… 알았어…… 그러나 한편으로 역시, 싫은 마음도 있었다. 나에겐 역시 좋은 일이 생길 리 없지. 나를 먹으러 왔구나. 어떻게 먹을 건데? 심술인지 화인지 모를 감정도 불쑥 솟았다. 먹어라 먹어. 사자는 그런 나를 한번 갸웃하고 바라봤다.

말해.

나는 사자의 낮고 그르렁대는, 하나도 거슬리지 않고 노곤해지는 목소리를 들었다.

말해, 이름.

나는 놀라서 되물었다. 나 말고? 나 말고 다른 이름? 사자가 대답도 하지 않았는데 나는 나도 모르게 말했다.

윤수연.

나는 홀린 듯 그렇게 대답했고 사자는 앞발로 귀와 얼굴을 한번 문지르더니 혀로 앞발을 쓱 핥았다. 볕이 조금씩 약해지고 주위가 한층 어두워진 걸 느꼈다. 들어주는 건가? 썹힌 건가? 어느새 사자는 사라지고 사무실에는 나 혼자였다.

그 이름을 잊지 못하는 이유는 별거 없었다. 그 이름은 내게 소중한 사람의 이름도, 아는 사람의 이름도 아니었다. 그 이름은 그저 어떤 기억이었다. 그 이름을 떠올리면 초등학교 육학년의 운동장이 떠오른다. 혹은 복도. 내가 복도를 걸어가면 들리지 않게, 그러나 들리도록 킥킥 비웃는 웃음소리. 다른 이름들도 함께 떠오른다. 이지수. 박다은. 최윤지. 그때 나는 열세 살이었고 지금 나는 서른세 살이다. 이십 년이 지나도 기억하는 별거 아닌 과거. 그 장면을 끌어낸 게 윤수연이라는 이름인지, 내가 그 장면을 끌어냈기에 윤수연이라는 이름이 덩달아 끌려나온 건지 선후가 모호했다. 그리 모호하지 않을지도 모르는 일이지만.

4월에 나는 사주 아저씨의 말처럼 아팠고 아파서 병원에 갔고 증상이 있으세요? 요즘 무슨 일이 있으세요? 하는 물음에 조금 울었고 약을 받기 시작했다. 내가 먹는 건 항불안제, 항우울제, 그리고 안정제였다. 세 개의 하얀색 알약이 나를 조금 도와주었다. 병원에 다니기 전, 나는 방문을 열면 굴러떨어질 것 같았다. 목에는 방울토마토 같은 게 걸린 것 같았다. 긴장감과 떨림이 제멋대로 오르락내리락했고 그때마다 목에 걸린 방울토마토는 귤 정도 크기가 되었다가 복숭아 정도로 커지는 것 같기도 했다. 목이 조이면 가슴이 뛰어서 목과 가슴을 손으로 꼭 누르고 사무실 책상에 앉아 있었다.

약을 받으러 간 병원에서는 다면성 인성 검사라는 걸 했고 결과지에는 삐죽삐죽한 빙산 같은 그래프가 그려져 있었다. 높이 치솟아 있는 것은 불안, 강박, 우울이고 아래로 처박히듯 내려간 것은 거짓말의 척도라고 했다. 약을 먹지 않는 남은 하나의 척도가 재밌었다. 거짓말의 척도라니. 선생님은 친절하게 설명해주었다. 남이 보기에 단번에 알아채는 거짓말, 남을 충분히 속일 수 있는 거짓말을 하는 능력이 둘 다 최저라고 했다. 거짓말로 상황을 모면할 줄도 알아야 하는데 그런 능력이 거의 없다고. 나는 내가 많이 감추고 숨기고 과장하고 거짓말하며 산다고 생각했는데. 다른 사람들은 모두 정직해서 내게 거짓말 같은 걸 할 리 없다고 생각하며 살아왔는데. 그런데 누군가 나를 속일 수도 있구나. 나에게 하는 말들이 거짓말일 수도 있구나. 그런 것을 거기에서 확인받자 왠지 좀 안심되는 느낌이었다.

*

높아진 사무실의 온도는 사자가 들어왔다는 힌트. 나는 겨드랑
이와 등에 땀을 흘리면서, 역시 땀이 밴 손을 들어 사자를 맞는다.
매번 낯설어하면서도 편안해하는 게 스스로 우스워서 미안해 내
가 이래, 좋아하면서 별말도 못해, 그렇게 속으로 중얼거렸는데
의외의 답변이 돌아왔다. 너는 나를 알아. 나는 기지개를 펴다 말
고 몸을 움츠렸다. 안다고? 내가 널? 땀에 젖은 겨드랑이 부분이
차갑게 느껴졌다. 그리고 나도 너를 알아. 사자는 메아리처럼 말
했다.

힌트 좀 줘.

사자는 너그럽게 웃어 보였다.

너는 나를 그린 적이 있어. 그런데 모르지. 몰라도 괜찮아.

다급해지는 마음에 나는 허공에 팔을 허우적거렸다. 내가 언
제! 사자의 몸은 이미 구름이 되어가고 목소리는 아주아주 작게 들
렸다.

오래전에. 연필로.

나는 비로소 사자가 어디에서 왔는지 기억할 수 있었다. 옥스퍼
드. C. S. 루이스. 사자와 마녀와 옷장. 친구를 보러 갔던 영국. 가
이드와 함께 옥스퍼드대학을 거닐다가 가이드가 낸 퀴즈를 맞혔

다. 옥스퍼드 출신의 유명한 판타지 작가. 거리의 가로등과 건물의 파우누스 장식을 보고 쓴 작품은? 나니아 연대기, 사자와 마녀와 옷장! 여행 내내 조용하던 나는 나도 모르게 손을 들고 정답을 맞혔고 가이드는 손뼉을 쳐주며 선물로 사탕을 나눠주었다. 그뿐인데 나는 너와 배를 잡고 웃었지. 지은, 사랑하는 나의 친구.

나는 C. S. 루이스의 가로등과 옥스퍼드 학생들이 성적표를 받아들고 울었다던 통곡의 다리와 영어로 쓰인 책의 초판본은 모두 소장하고 있다는 대학도서관을 구경하고 지은의 집으로 돌아와 다이어리에 사자를 그렸다. 몇 달간 내 눈앞에 나타난 것과 비슷하게 생긴 순하고 둥그런 사자. 갈기가 북슬북슬하고 앞발이 두툼한 사자를. 루이스는 사자가 아닌 가로등을 보고 사자가 나오는 소설을 썼고 그 소설에서도 사자가 주인공은 아니지만 제목에는 사자가 들어간다. 그런 게 재밌지 않니? 그런 취한 사람 같은 농담을 하며. 지은은 옆 침대에 누워 나를 보고 씩 웃었었다.

나는 회복하는 느낌을 안다. 누군가에게 받아들여지는 기분. 바로 그곳에서 느낀 것이었다. 지은의 옆에서. 그때 지은은 사자 같았다. 요즘엔 사자가 지은 같다고 해야겠지만. 지은은 지금도 영국에 있다. 만나지 못한 지 이 년이 넘어간다. 지은은 아직도 모른다. 자기가 언제나 나를 살린 것을, 적어도 살고 싶게 만든 것을. 아니 알지도 모르고…… 지은은 언제나 나보다 똑똑했으니까.

그런데 그때 그린 사자가 왜 지금 나타났지. 나는 알 듯 모를 듯한 채로, (아마 영원히 그렇게 살지 않을까) 사자가 떠나 쌀쌀하고 컴컴한 사무실 문을 마지막으로 잠그고 나와, 어둑어둑해진 퇴근 길에 지은에게 카톡을 했다. 채팅창을 올려보니 주고받은 마지막 카톡이 두 달 전이었다.

—지은아

—응?

—나 요즘 사자 본다

—무슨 사자를 봐

—내가 그린 사자 말이야

그때 네가 불러서 영국 갔을 때 그린

지은은 한참 말이 없다가 내가 그린 사자 그림을 찍어 보냈다.

—이거?

—대박. 아직도 있네

지은은 그런 사람이었다. 버리지 않는 사람. 잊지 않는 사람. 그러면서도 잊지 않는다는 걸 생색내지 않는 사람.

—근데 이걸 왜 봐

—사자가 창문 너머 들어와. 엄청 커. 얘기도 하고 몸도 데워주고 그러다가 다시 가

—어우 야 너 어쩌니. 병원 가라

—응, 갈게

—진짜 아파?

야아

무슨 일인데, 왜 아퍼

―아니야

진짜 아무것도 아님

　　　　·

지은은 내 어미새 같았다. 어미새보다 나았다. 내가 머저리처럼
굴어도 나를 버리지 않는다는 점에서. 둥지에서 밀어 떨어뜨리지
않는다는 점에서 그랬다. 지은 이전에 나는 곧잘 둥지에서 밀려
추락했다.

　내가 처음 따돌림을 겪은 건 초등학교 육학년 무렵이었다. 넷
이서 함께였는데 어느새 셋과 하나로 떨어져 있었다. 내가 하나였
다. 무리에서 리더 격인 아이 이름은 지수였다. 나는 첫눈에 지수
가 좋았다. 지수의 모든 것이 좋아 보였고 나도 지수처럼 보이길
바랐다. 학교에서 지수와 내내 붙어다니다가 집에 돌아오면 잠자
리에 들 때까지 지수에 대해 생각했다. 주로 지수와 나의 공통점
에 대하여. 어쩜 우린 이름도 비슷해. 자매 같애. 지수도 분홍색을
좋아한댔어. 나도 분홍색을 좋아해. 나는 지수가 다른 모든 친구
들보다 나를 좋아하길 바랐다. 아무에게도 털어놓지 않는 이야기
를 나에게만 털어놓길 바랐다. 실제로 학기 초 얼마간은 그랬다.
나는 또래보다 묵묵한 타입이었고 딱히 어른스러웠던 건 아닌데
자주 어른스럽다고 오해되었다. 지수도 나를 미덥게 여겼다. 여름

방학이 끝나고 햇볕에 탄 까무잡잡한 얼굴을 하고 지수는 말했다. 여름방학 때 동해에 갔었는데, 너 생각하면서 주웠지. 내 손바닥에 조개껍데기를 올려놓으며 지수는 씩 웃었다. 나는 순수하게 감탄했다. 나도! 나도 이거 다 너희 주려고 갈라놓은 거야. 이건 네 거, 이건 다은이 거, 이건 윤지 거. 지수가 나의 손바닥 위에 놓인 흰 조개껍데기를 가져가며 말했다. 완전 통했네. 지수의 그 말이 좋았다. 통했네, 하는 말. 우리는 통하는 사이야. 나는 마음이 뻐근해지는 걸 느꼈다. 지수가 자신의 집에 데려가는 친구도 나뿐이었다.

그러나 학년 말로 가면서는 아니었다. 지수와 나는 틀어졌다. 지수가 어느 순간부터 나를 싫어하게 되었는지 나는 몰랐다. 여름방학이 지나고 난 뒤부터 나는 더 열심히, 지수와 비슷한 머리 모양을 하고 비슷한 색깔의 티셔츠를 입었다. 처음부터 작정하고 그런 것은 아니었다. 어느 날 비슷한 옷을 입고 온 지수와 나에게 친구들이 말했다. 쌍둥이 같아. 진짜 자매 같다. 둘 다 너무 예뻐. 그 말들은 내가 나온 초등학교에서 가장 인기 있던 지수를 향한 대중없는 찬사였고 나는 딸려갔을 뿐인 믿을 수 없는 말이었으나 나는 그 말들을 철썩같이 믿었다. 지수와 단둘이고 싶다가 종내에는 하나이고 싶었다. 이외에도 지수와 취향과 선택이 겹칠 때 희열을 느꼈다. 그렇게 점점 지수가 하는 모든 것을 따라 했다. 연필을 따라 샀고 머리를 따라 묶었고 말투를 따라 하고 글씨를 따라 썼다.

아무도 나를 좋아하지 않는구나, 하고 마침내 알아버린 것은 목소리 때문이었다. 윤지인지, 다은인지, 지수인지 모를 목소리. 내가 어떤 행동을 하자 셋 중 누군가가 거봐, 했다. 내가 지수가 한 행동을 따라했을 때를 포착한 거였다. 그 목소리에는 비웃음이 어려 있었다. 그제야 나는 나를 대하는 셋의 태도가 변했다는 것을 느꼈다. 지수는 더이상 나와 팔짱을 끼지 않았다. 윤지와 다은이를 부르고 나의 이름은 부르지 않았다. 셋이서 작게 소근거린 이야기를 나에게 공유해주지 않았다. 청소 구역을 정하거나, 두 줄서기를 하는 등 둘이 묶여야 하는 일이 있으면 다은이와 윤지를 번갈아 옆으로 끌어당겼다. 지수가 끌어당기지 않은, 남은 친구가 내 옆에 섰다. 어디서부터 잘못된 걸까. 나는 왜 그럴 수밖에 없었을까.

결국 추락하던 순간이 기억난다. 둥지 바깥으로 내쳐지던 순간. 그건 절대 잊지 못할 거다. 셋은 팔짱을 끼고 나란히 나와 대면한 채 서 있었다. 지수는 지겹고, 짜증나고, 정말 싫다는 표정으로 쉬지 않고 말한다.

너 왜 자꾸 나 따라 해? 머리 모양도, 옷 입는 것도, 말투도 글씨체도 나 따라 하잖아. 윤지도 알고 다은이도 알아. 얘네 말고 반 애들 다 알아.

그 말에 나는 뭐라고 대답했었나. 잔뜩 긴장한 상태로 쉽게 입을 뗄 수 없었다. 오줌이 마려웠다. 눈물이 날 것 같고 오줌이 날 것 같아 참느라 손바닥에 땀이 배어났다. 엉엉 울고 싶은 마음을 간신히, 필사적으로 참으며 사과를 했다. 빨리 사과해야 더는 모욕당하지 않을 거란 걸 알고 있었을까. 몰랐겠지만 그 방법뿐이었을 것이다.

미안해. 정말 미안. 앞으로 안 그럴게.

그러나 열세 살에게 관용이나 이해심은 없었고, 상황은 그렇게 호락호락하지 않았다. 동화나 만화영화와 달리 화해는 쉽지 않았다. 아이들은 무섭다. 손아귀에 누군가가 잡히면 쥐고 흔들고, 편 가르고 내쫓는 일에 순수하게 재미를 느낀다.

앞으로 안 그런다고? 어떻게 안 그럴 건데? 또 그러면 어떡할 건데?

나도 몰라……

노력해도 안 되는 것이 있다. 나는 그런 걸 초등학교 운동장에서 배웠다. 참았던 것들이 터진다. 울음이 터지고 오줌이 흐른다. 내가 울기 시작하자 아 짜증나, 하는 표정으로 나를 바라보던 아이들은 울음소리가 훌쩍이는 게 아니라 꺽꺽거리기 시작하자 한 발짝씩 나에게서 물러선다.

아 왜 니가 우냐고.

한 걸음씩 멀어지던 아이들은 벌써 운동장을 떠나버리고 없다. 나는 얼굴과 바지가 젖은 채로 혼자 남았다. 그때 대화를 할 수 있었다면, 좀더 아이들을 설득했더라면 혼자 남지 않았을까? 그렇게 무섭게, 짐승처럼 울지 않고 사람처럼 말을 했다면…… 그렇지만 그럴 수가 있었을까. 나는 고작 열세 살이었어.

지은은 그런 최초의 상처를 다시 좋은 기억으로 매만져준 친구였다. 중학교에 입학해서 처음 지은을 만났고, 시간이 지나 여름이 올 즈음 나와 지은은 토요일의 특별활동이 끝나면 만홧가게에서 각자 한 무더기씩 만화책을 빌렸다. 양손이 저리게 책무더기를 안고, 들고, 지은의 집에 가서 배를 깔고 엎드려 만화책을 해치워갔다. 함께 사 간 과자봉지를 뜯을 때 팡, 팡 하고 터지는 소리, 그 순간의 환상적인 분위기를 기억했다. 불편할 텐데 교복도 벗지 않고 그렇게 누워서 놀았다. 지은과는 그때부터 친구였다. 열네 살부터 서른세 살까지. 거의 이십 년이었다.

열세 살에 배운 것이 있어 열네 살에는 지은을 따라 하지 않았다. 따라 하지 않으려고 노력했는데…… 조금 따라 했나? 여전히 지은과 나의 닮은 부분을 찾으려 애썼던 것 같다. 그러나 지은이 나와 닮은 부분이 있어 좋았다기보다 그저 언제나 지은을 닮고 싶었다. 번번이 실패했지만. 언제나 나보다 나은 사람. 내가 가까이 가면 지은은 또 저멀리 가 있었다. 그게 얄밉고 서러워 속으로 짜증을 부리기도 했다. 잘났으면 다야? 좀 기다려주면 덧나? 지은이 내 언니도 아닌데 나는 맡겨놓은 듯 굴었다. 그래도, 그나마, 지은이 보여준 지은의 모양대로 내가 바뀌어왔다고 나는 믿는다.

*

삼 년 전 겨울, 지은은 영국으로 가겠다고 했다. 그냥 가는 게
아니라 거기에서 살겠다고. 이혼한 지 일 년이 되어가던 해였다.

영국에 가기 전, 지은은 여러 가지 이름으로 불렸다. 문화평론
가, 사회평론가, 칼럼니스트, 서평가…… 지은이 받은 것은 국문
학 박사학위였고 문화비평잡지에 글을 발표하며 커리어가 시작됐
지만 여러 이름이 지면의 필요에 따라 불렸고 지은은 그게 나쁘지
않다고 했다. 뭐 어때? 좋은 게 좋은 거지 뭐. 그리고 박사를 수료
하고 나서 지은은 대학이 아니라 도서관에서 일했다. 성동구에 새
로 개관하는 도서관이었는데 개관할 때부터 강연이나 문화행사
를 할 수 있는 공간에 힘을 주고 프로그램을 담당할 기획자를 뽑
았다. 지은은 그곳의 기획팀장으로 일했다. 지은의 남편이던 사람
도 비슷한 일을 했고 일을 하다가 만났다고 들었다. 잘 맞는 줄 알
았는데, 왜 갑자기 이혼이야? 하고 물었을 때 지은은 긴 설명 없이
그저 이렇게만 말했다.

내 남편은 나를 질투해. 그런 감정을 내놓는 사람하곤 못 살아.

그 말에 나는 가슴을 찔렸다. 나를 향한 말이 아닌 걸 알면서도
찔렸다. 나야말로 너를 얼마나 질투하는데. 너는 몰라도 나는 아
니까. 아무리 아닌 척해도 항상 더 나아 보이는 친구들을 따라 했

던 내 습성을 나는 여전히 의심하고 경계하고 있었다. 그래서 그렇게 오버해서 화를 냈다. 나는 지은이 이혼하고 영국에 가겠다고 했을 때 뭐 이혼 가지고 그러느냐고, 그게 뭐라고 나에게서 떠나 멀리 가느냐고, 이혼을 했고 자시고 간에 너는 그걸 뛰어넘어 훨씬 멋진 사람인데 왜 그깟 일 때문에 내가 너를 자주 못 보게 만드느냐고 화를 냈다. 그것도 모자라 질투 좀 하는 게 뭐? 하고 재차 묻기도 했다. 네가 멋져서 질투하는 건데 왜? 그리고 그게 꼭 질투라고 할 수 있어? 그걸 알 수 있어? 지은은 묵묵했다.

……지영아, 자기가 하는 짓, 떠벌리는 말, 그게 다 질투라고 솔직하게 얘기하는 사람은 없어.

지은은 끝까지 나에게 뭔가를 알려줬고 나는 그게 싫어서 생떼를 부렸다. 나한테 친구는 너밖에 없는 걸 모르느냐고. 내 말에도 지은은 묵묵했고 나는 지은이 묵묵한 게 싫어서 더 지랄맞게 징글징글하게 지은을 몰아붙였는데, 결국 지은은 나에게 처음으로 화를 냈다. 울기 직전의 얼굴을 하고.

야 너 정말 너무한다. 열네 살엔 벌써 다 큰 애늙은이인 줄 알았는데 이제 보니 넌 성장이 그때 멈췄구나. 어쩜 그렇게 너밖에 모르니? 니 슬픔밖에 모르니? 너랑 내가 몇 년이나 친군데…… 내 생각을 하긴 하니? 정말 하나도 안 하니? 넌 뭐가 문제야?

그러고는 울었다. 참지 못하고. 너무너무 슬픈 얼굴을 하고서. 다른 것이 슬픈 게 아니라 정말로 내가 그런 인간이라, 그리고 자기는 그런 인간의 둘도 없는 친구라 슬픔을 참을 수 없는 얼굴이었다. 나는 부끄럽고 부끄러워 우는 지은 앞에서 고개만 푹 숙이고 있었다. 아무 말 하지 못하고.

시간이 지나 나만 아는, 나에게만 중요한 나쁜 일을 겪고 보니 그때 지은에게 내가 했던 말은 최악이었다는 걸 깨달았다. 나는 그래서 그동안 지은에게 얘기를 할 수가 없었다. 똑같이 돌려받을까봐. 그깟 댓글이 대수니? 그냥 무시해. 그런 거 신경쓰지 말고 네 할일 해. 그게 멋져. 그것이 친구가 해줄 수 있는 당연한 말일지라도 상처를 받을 수 있다는 걸 몰랐다. 사람의 공감 능력 따위는 하잘것없었다. 자기만 알고 자기밖에 몰랐다. 사람은 이토록 하찮았다.

결국 화해하지 못한 채로 지은이 영국에 갈 때, 공항에서 게이트 안으로 사라질 때 나는 정말 많이 울었다. 그리고 올해 늦봄 나는 스스로에게 거듭 이렇게 물었다. 지금 나는 그 정도로 슬픈가? 지은이 가버렸을 때만큼? 그것은 명확하게 말할 수 있었다. 지금 나는 그 정도로 슬프지 않다. 슬프지 못하고 원망뿐이다. 원한, 분노, 그런 것들로 가득차 있었다. 누군가가 망했으면 하는 마음들뿐. 그런 건 정말 안 좋아. 지은이 들었다면 그렇게 말했을 것이다. 지영아, 그런 건 정말 아무 소용이 없어.

나는 미안하다는 말을 하지 않고 뭉갰지만 지은은 용서한다는 말을 하지 않고 나를 용서했다. 영국에 집을 구하자마자 나를 초

대한 것이다. 지은의 초대를 받아 그곳에 갔던 모든 순간이 좋았다. 블록마다 늘어선 크림색 건물들. 예스러운 철제 난간과 입구의 계단, 발코니와 창문. 제각각 다른 커튼이 걸린 것과 다른 화분이 놓인 집들. 지은이 구한 방은 사층이었고 다른 모든 건물과 비슷하게 오래된 건물이었다. 그 창문 너머로 보이는 다른 집들의 지붕도 좋았다. 아침으로 먹은, 아보카도 무스를 바르고 치즈를 끼운 베이글과 지은이 만들어준 샐러드와 한국과는 비교도 안 되게 싼 작고 귀여운 사과들. 커튼을 걷은 창문 틈으로 누군가의 일상이 슬몃 비치는 것까지. 구름이 잔뜩 끼고 흐린 날도, 영국답지 않게 맑은 날도 모두 좋았다.

나는 지은의 영국 집에서 일주일을 머문 뒤 한국으로 돌아왔다. 비로 유명한 나라에서, 그 비에 하나도 젖지 않는 것 같은 따뜻한 친구의 곁에서 몸을 쬐고 축축한 마음을 잘 말리고 나서, 글을 쓰기 시작했다. 가방끈이 짧아서 평론 같은 건 못 쓰고 소설을 썼다. 내 이야기를 썼으나 거기에 지은이 잔뜩 묻어 있었다. 지은이 없으니까, 지은이 여기 있는 장면을 상상하며. 지은을 죽이기도 하고 살리기도 하며. 미워하기도 하고 사랑하기도 하고 질투하고 그리워하며. 지어내고 지어내며. 결국 생각하고 또 생각하며.

나는 지은이 범벅인 그 소설로 장편 문학상을 받았다. 상금이 삼천만원이었다. 그 상을 받으면 두세 달 안에 원고가 책이 되어 나왔다. 살면서 책을 가지게 되리라고는 상상도 못했는데. 그때 나는 제일 먼저 사주 아저씨를 비웃었다. 아저씨 뭐야. 다 아는 척하더니 하나도 못 맞히고. 아무것도 안 되는 해라더니. 남자도 안 생기고 아프지도 않고 상도 타고 돈도 생기고 책도 생겼는데 그런 건 하나도 못 맞히고. 뭐야.

그러나 얼마 지나지 않아 나는 사주 아저씨를 향해 용하네 용해, 하는 사람이 되어 있었다. 내가 그럴 줄 나도 몰랐지. 누가 알았겠나. 나는 언제나 열심히 살고 싶었는데, 죽기보다 살고 싶었는데, 이번 봄에는 죽고 싶었다. 사주 아저씨의 낭랑한 목소리가 귓가에 맴돌았다. 대충해. 안 그럼 자기 죽어. 그 죽는다는 말이 진짜 죽는다는 말은 아니었겠지만.

*

출판사에서 문학상을 수상해 펴낸 소설을 홍보하고 그 과정에서 내 얼굴이 사진과 동영상으로 찍히고 그게 남고 인터넷 어딘가에 떠돌아다니고 출판사 채널에 올라간 지 한두 달이 지날 즈음부터 출판사 홍보물과 온라인 서점의 도서 페이지에 비슷하고도 다른, 의미는 없으면서도 악의는 있는 조롱 댓글이 달리기 시작했다.

처음에 담당 편집자는 온라인 서점에 이런 댓글이라니 이상하네요, 몇 개 안 되지만, 하고 말했다. 반응이 있다니 이상하네요, 하는 뉘앙스에 가까웠다. 심각한 목소리는 아니었다. 우리는 서로

저도 별 다섯 개 댓글 좀 달아야겠어요, 하고 웃었다. 책이 나오기 전에 편집자는 나에게 독자 반응이 없어도 너무 걱정하지 말라고 했다. 워낙 작은 곳이어서요. 요즘 책 읽는 사람도 적고요. 그리고 책은 원래 느리게 오래가는 거잖아요. 나는 고개만 끄덕였다. 내 이름으로 뭐가 나온다니 떨리고 떨려서 대답을 잘할 수 없었다.

댓글은 내 책에만 달리는 게 아니었던지 편집자가 이상한 댓글들이 좀 달려서요, 하고 알려준 이후 출판사 마케팅팀에서는 그 아이디들을 사이버 수사대에 신고했다고 했다. 어떻게 할 순 없어도 경고는 할 수 있을 거라고, 안심하라고 전해주는 편집자의 목소리가 더 떨렸다. 그때까지 나는 조금 두렵고, 사람들이 정말 다른 사람의 일에, 책이 나오는 일 같은 것에 생각보다 관심이 많구나 싶어 놀라웠지만 깊이 충격을 받을 정도는 아니었다. 악플을 읽었는데 생각보다 괜찮네, 정도였다.

그러나 시간이 갈수록 활자들은 목소리로 바뀌어 잠들기 전 머릿속에 떠다녔다. 나는 오기에 그 댓글들을 모조리 캡처해보기도 했다. 사실 출판사를 욕하는 댓글을 제외하고 내 책에 달린 조롱 댓글은 몇 개 되지 않아서 금방 끝났다. 다 모아봐도 예닐곱 개가 전부였다. 책 제목으로 검색하면 온라인 서점에는 서너 개, 트위터에는 두세 개 정도였다. 원색적인 욕도 아닌 애매한 말들이 은근히 목에 걸리는 것 같았다. 담당 편집자에게 연락이 올 때면 신경쓰지 않는 척했다. 그런 것에 신경쓰는 사람으로 보이고 싶지 않았다.

날이 점점 더워질 무렵, 편집자에게서 다시 전화가 왔다. 그는 유난히 소곤거리는 목소리로 말했다.

댓글 쓴 사람 신상을 알게 됐어요.

정말요?

원래는 말하지 않는 건데, 조회한 경찰이 실수로 얘기했대요.

아아……

그런데……

편집자는 잠깐 뜸을 들이더니 죄송하다고 말했다.

회사에선 말하지 말라고 했는데 제가 너무 마음이 무거워서요.

왜요?

그게, 저희 회사 마케팅팀 신입사원이더라고요.

그때 나는 왜 그렇게 추운지, 눈물이 날 뻔했다. 담당 편집자가 알려준 그 사람의 이름을 듣자 출간 직후 출판사에 갔을 때, 대여섯 명의 마케팅팀 사람들 틈에 섞여 목인사를 건넸던 사람임을 알았다. 신간 홍보 영상을 찍을 때 같이 들어온 사람들 중 한 명이었던 것도 기억났다. 별로 할말이 없어서 침묵이 이어졌다. 나는 어물어물 그런 것을 물었다.

그 사람은 몇 살이에요?

서른 살이요.

대답을 듣고도 말없이 끄덕끄덕했을 뿐이었다. 한참 무거운 침묵이 감돌던 전화 통화가 끝나고 나는 멍하니 앉아 있었다. 그러나 머릿속은 팽팽 돌았다. 잡생각들을 많이도 했다. 심장 부근에 피가 너무 빨리 도는 느낌, 목이 조이는 느낌은 그때부터 시작된 것 같았다. 서른 살, 서른 살이라니. 많은 나이도 적은 나이도 아니다. 내가 지은에게 볼멘소리를 하고 지은이 너는 너밖에 모른다며 화를 냈던 나이네. 어떤 서른 살은 누군가를 비웃는 댓글을 달고 다닌다. 그게 놀라운 일인가? 가늠이 잘 되지 않았다. 듣는 순간 가장 먼저 든 생각은, 이것이 나에게만 슬픈 일이 될 것이라는 예감이었다.

나에게는 이렇게 괴로운 일이 다른 사람에게 설명할 때엔 아무렇지 않게 되겠지. 내가 한 달간 온 신경을 쏟았던 일이, 정체를 궁금해하고 알지도 못하는 얼굴을 향해 저주한 일이, 나의 불행이 아주 대수롭지 않은 일이라는 것을. 숫자로만 생각하면 나를 향한 댓글은 대여섯 개가 전부였고 잡히고 보니 회사가 너무너무 싫었던 회사 막내가 가짜 계정을 여러 개 만들어 자기가 다니는 회사를 저격한 거라는 소소한 에피소드. 남이 들으면 헐 진짜? 그랬어? 하고 놀라겠지만 정작 말하는 사람은 그 무구한 놀람의 목소리 때문에 한층 더 쓸쓸함을 감추게 될 만한 이야기. 지은이 나에게 나 이혼했어, 나 영국에서 살 거야, 하고 말했을 때 내가 그랬던 것처럼. 뭘 그런 걸 가지고 이민을 가, 그 자식이랑 이혼했는데 왜 날 떠나, 하고 오로지 나로 꽁꽁 뭉친 목소리를 냈을 때 지은은 얼마나 외로웠을까.

　며칠 동안 나는 잠들지 못하고 생각했다. 그냥 해프닝일 뿐이야. 지은이 영국에 간 것도. 우리가 다시 화해한 것도. 내 가장 소중한 걸 맡긴 회사 구성원 중 나를 조롱하는 사람이 있는 것도. 그 사람의 정체를 알게 된 것도. 나는 뒤척이며 댓글의 말투를 떠올려봤다. 요즘 학폭 소재 이슈된다고 바로 쓴 거 티남. 여자애들 캐릭터 대상화 너무 심한데? 여자가 썼다고 여혐 아닌 거 아님. 쓴 작가나 뽑은 출판사나 쎄하다…… 이거 여혐 작가가 뽑았다는 풍문을 들었는데…… 심사위원에 그 남작가 있는 거 보니 사실인가 봄?

　나도 모르게 그 사람에 대해 자주 생각하고 있었다. 이게 다 솔직한 마음일까? 이렇게 해도 된다는 마음은 어디에서 생기나? 자기가 아닌 것처럼 쓰는 것은 어떤 걸까? 이런 말을 인터넷 어딘가에 남겨놓고 그 사람은 이 말들을 잊을까, 잊지 못할까? 자신이 쓴 것을 뭐라고 생각할까? 온라인에서 이런 말투를 구사하면서 사무실에서는 방긋 웃으며 네, 알겠습니다, 그러면 그렇게 해볼까요? 너무 고생 많으셨어요, 하고 총명하게 대답할까? 자신이 쓴 글과 자신을 완벽히 모르는 척하고 점심시간에 그거 누구야? 하고 회사 사람들과 함께 얘기할까?

　그 사람을 생각할수록 가장 친했던 친구를 운동장으로 불러 따져 묻던 어린 시절 친구들이 생각났다. 내가 잊지 못해서, 소설로까지 썼던 장면들. 댓글을 썼다는 사람의 이름은 그 기억을 불러왔다. 지수, 다은, 윤지. 그애들의 목소리와 말투로 문장들이 읽혔다. 그런 말투를 쓰는 다른 목소리를 상상할 수 없어서 그랬다. 고작 세 명 사이에서 일어난 일도 이십 년 가까이 기억하듯, 나는 이 일을 동결건조시킨 고양이 먹이처럼 오래도록 간직할 것을 알았다. 이 장면도 기억이 될 것을. 나는 내가 그곳에 질퍽거리는 펄에 빠지듯 빠지지 않기를 바랐다.

그제야 사자가 왜 내게 왔는지 조금은 이해할 수 있을 것 같았다. 뜨거운 사자의 기운은 뭔가를 말리는 데 적격이었다. 내 마음은 약으로 조절하고 내 기억은 사자가 다가오는 뒷목 쪽에 널어두었다. 혹은 사자가 자주 웅크리는 무릎 옆에. 시간은 바람처럼 흘렀다. 새로 만든 기억은 가끔 자다가도 걷다가도 무릎과 뒷목에서 빠져나와 머리로 가슴으로 침투했지만, 괜찮았다. 댓글을 쓴 사람의 이름을 인스타그램에 검색하면 금세 얼굴과 일상을 볼 수 있었다. 프로필 헤드에 자신임을 드러내는 말을 적어놓고 피드에는 출퇴근길과 점심시간에 찍은 사진들을 올려놓았다. ○○출판사 마케터. 이 년 차. 프로필 사진은 장난스러운 표정을 지은 자신의 얼굴이었다. 얼굴을 올리고 잠금을 걸어놓지 않다니. 나로서는 놀라운 일이었다.

장마가 시작되자 어쩐 일인지 사자는 더이상 나타나지 않았다. 쨍쨍하다가도 오후 두세시쯤 갑자기 찢어지는 듯 때리는 빗소리와 우르르릉 무너지는 것 같은 천둥소리가 들렸다. 사위가 어두워지고 온도가 조금 내려가고 공기가 축축해졌다. 비도 내리고 사자도 없고, 덩달아 마음이 조금 더 추웠지만 그래도 견딜 만했다. 커다란 천둥소리를 듣고 있으면 속이 시원하기도 했으므로. 여름에는 조금 서늘해도 괜찮지. 그럴 때면 괜히 지은에게 안부 문자를 하기도 했다.

　—지은아 런던에는 비 와?

　—조금 부슬부슬. 이 정도는 비도 아냐

　　거기는?

　—여기도. 이 정도는 비도 아냐

지은은 코웃음쳤다.

　—무슨. 장마라던데

　—맞아. 뻥이야

지은은 언제나 다 알았다. 하지만 진짜로 이렇게 비가 와도 괜찮은걸. 무릎 아래를 덮혀주는 사자가 없어도.

　—나 백신 맞고 런던 갈래

　—진짜?

—응

같이 콘월 가자

—이번엔 왜 콘월이야

—리어왕 죽은 데가 거기 아냐?

—넌 영문과도 아니면서 무슨 문학기행을 그렇게 다니니……

키득키득, 나는 오랜만에 사무실에서 웃었다.

며칠을 생각하다가, 나는 반차를 내고 출판사가 있는 합정동으로 향했다. 비가 그친 뒤 유난히 파란 하늘을 올려다보며 걷다가 매번 공사중인 거리를 지나 카페에서 다섯시 사십분이 될 때까지 기다렸다. 다섯시 사십분에는 카페에서 일어나 출판사 앞으로 향했다. 가는 길에 도둑질이라도 하는 것처럼 가슴이 쿵쾅거리고 목에는 또 작은 방울토마토가 걸린 것처럼 이물감이 느껴졌다. 방울토마토는 점점 커지는 것 같기도 했다. 귤만해지고 사과만해져서 더이상 어찌할 수 없이 목을 조여오는 것 같기도 하고. 쿵쾅거리는 심장을 두 손으로 꾹 누르며 출판사 정문 앞에 서 있었다. 책을 내기 전 한 번, 책을 내고 한 번 와본 곳이었다. 다섯시 오십분부터 일곱시 오십분까지. 두 시간만 서 있을 예정이었다.

한곳에 가만히 서 있는 것은 생각보다 어려운 일이었다. 나뭇잎이 흔들거리는 걸 보다가 건물의 커다란 창 안쪽의 그림자를 구경하다가 편의점에서 나오는 사람들을 관찰해도 다시 시계를 보면 육 분이 지나 있었다. 노래 다섯 곡은 십칠 분. 유튜브로 예능 프로그램 클립을 재생하고 이어폰으로 소리만 들으며 눈은 여전히 출입구 쪽을 바라보고 있기도 했다. 나를 알아본 다른 직원들이 나와서 여기서 뭐하세요? 하고 물을까봐 여전히 가슴은 두근두근 했다. 공교롭게 나처럼 오늘 반차를 썼달지 그러면 못 볼 수도 있겠다는 생각에 기운이 빠지기도 했다.

그러나 여섯시 사십분에, 그 사람이 나왔다. 귀에는 이어폰을 꽂은 채, 고개를 숙여 휴대폰을 보며 손가락으로 열심히 뭔가를 입력하고 있었다. 나는 하낫둘 하낫둘 뻐근한 무릎을 굽혀보고는, 그 사람 앞으로 걸어나갔다. 다리가 부은 게 느껴졌지만. 나를 보고 놀라는 기색이 더 정확히 느껴졌다.

안녕하세요.

어?

잘 지내셨어요?

이지영 작가님?

저희 뵌 적 있죠. 책 나왔을 때.

네 안녕하세요…… 절 기억하시네요?

그는 놀랍다는 듯 동그래진 눈으로, 멋쩍은 웃음으로 인사를 했고 나는 그 사람을 보았다. 어쩐지 창피했는데 그 창피함을 견디려고 더 똑바로 보았다. 이 시간이 어떨까 두렵고 무서울까 생각했는데. 찾아간 내가 오히려 겁을 먹고 질질 짜며 돌아올 거라고 생각했는데.

당연히 윤수연은 괴물도 뭣도 아니고 그저 키 백육십 센티미터 정도의 여자 사람이었다. 얼굴은 둥글둥글했고 쌍커풀이 좀 짝짝이인 것 같았다. 갈색 머리 염색이 머리카락 중간쯤까지 내려와 있었다. 토끼 이빨을 가졌고 윗입술이 얇았으며 아랫입술은 도톰했다. 플라워 패턴 원피스를 입고 있었고 에코백에는 이런저런 배지들이 달려 있었다. 합정에서 쉽게 볼 수 있는 사람. 합정이어도 강남이어도 사당이어도 어디서나 평범하게 볼 수 있는, 어쩌면 나 같은 사람. 남 일에 기뻐해주지 못하는 사람. 남이 슬퍼도 내 슬픔이 더 큰 사람. '야토'나 '콩쏘'나 '해드니' 같은 아이디를 몇 개 만들어 ㅋㅋㅋ 하고 비웃는 걸 숨어서 하고 싶은 사람. 남의 입장은 모르겠고 내 마음이 중요한, 내 소설 같은 사람. 비굴함과 상처와 우쭐함이 한데 있지. 그게 사람이고 너도 사람이지. 나는 다시 묻는다.

회사엔 별일 없으시죠?

네, 항상 비슷하죠 뭐.

건강하세요.

작가님도요.

우리는 꾸벅 인사를 하고 헤어진다. 윤수연이 모퉁이를 돌아 즉시 웃음을 거두는 상상을, 나를 만나기 전까지 고개를 숙이고 빠르게 놀리던 손가락을 다시 들어 자기 친구들 몇몇만 보는 계정에 그런 애도 작가고 그딴 거 쓰는 애한테 굽신거려야 하는 내 팔자 좆같다 같은 말을 남기는 상상을 하지만 그건 어디까지나 내 상상일 뿐이다. 그런 걸 더 할 필요는 없겠지……

나는 어쩐지 허무해진 마음으로 시계를 본다. 여섯시 사십사분. 이 정도의 일. 예상보다 한 시간 정도를 아꼈다. 모두가 떠난 자리. 낯선 회사 앞에 나 혼자 서 있다. 사자도 없이. 이것도 현실인데 내 현실이 아닌 것 같다. 늦여름은 아직 해가 길고 나는 오후 햇볕을 받으며 집으로 돌아간다. 사자를 생각하며. 사자를 생각하고 조금 부끄러워하며. 돌아오는 길에는 애먼 지은에게 문자를 했다. 영국이 몇시인지 생각할 겨를도 없이. 지은은 언제나처럼 뜬금없이 시작하는 문자에도 태연했다.

―지은아

―왜

―미안해

그런 말은 생각도 없이 나왔다. 누가 내 손가락을 움직였나? 이상했다. 내가 쓴 미안하다는 말을 보는데 내 속이 울컥했다.

―뭘

―영국 가는데 화낸 거

그랬구나. 나는 그런 게 미안했다. 항상. 그런데 사과하지 못했지. 사과도 안 하고 용서를 받았지. 지은을 생각하면 시원스레 나오지 못하고 목끝에서 찰랑거리던 말이 있었다. 그런데 이게 왜 지금인지는 아직도 몰라.

　—이제야 미안하냐 꼴통아

　—용서해줘

　—용서한다. 사자처럼 넓은 마음으로

　지은은 아무것도 묻지 않고 용서한다. 그때도 그랬다. 지은은
이미 오래전에 나를 용서했다. 싸운 뒤 거의 즉시. 그것도 먼저.
유치하고 꼬여 있어서 지은을 슬프게 만든 건 나였는데 말이다.

　—무슨 일 있어?

　지은이 다시 물었다. 없어, 보고 싶어서, 라고 대답하고 싶었는
데 결국 사실대로 말하고 말았다. 그런 내가 싫었다. 무슨 일이 있
어야만, 나에게 무슨 일이 있어야만 지은에게 연락하는 못 말리도
록 자기중심적인 내가. 먼 곳에 있는 지은이 물어봐줘서, 나는 처
음으로 그 말을 꺼내보았다.

　—악플 받았거든

　지은은 ㅎㅎㅎ 하고 웃었다. 지은의 낮고 작은 웃음소리가 들리
는 듯했다. 웃음소리와 다르게 지은은 언제나 호방했다. 웃음 다
음에 오는 말도 역시나.

　—속상해하지 마. 원래 있는 거야, 그런 사람들

　그리고 덧붙였다.

　—등 쓸어줘야 하는데. 누구 없어? 등 쓸어달라고 해. 힘들 때
누가 등 좀 쓰다듬어주면 좋아

땀이 배어 축축한 손으로 가방끈을 꽉 쥐고 지하철역에 도착했을 때에야 심장박동이 조금 잦아든 것을, 목에 걸린 게 감이나 귤이 아니라 다시 방울토마토만큼 작아진 걸 느낀다. 나는 할 수 있는 것을 했다. 나를 향한 목소리가 누군지 확인하는 일. 운동장에서 오줌 싸지 않고 울지 않고 걸어나오는 일 같은 거라고 생각하니 남아 있던 떨림이 한결 가셨다.

지하철을 타고 집에 도착했을 때, 내 얼굴의 절반이 아직 그늘에, 어둠 속에 있는데 아주 오랜만에 사자가 왔다. 내 절반의 얼굴에 빛을 내리며 조용히 침묵의 사자가 다가왔다. 나는 말없이 사자의 몸이 점점 내 쪽으로 기우는 것, 커다랗고 따스하고 진한 빛이 창문을 넘어 점점 거실 안으로 깊숙이 진입하는 것을 보았다. 사자의 발. 사자의 턱. 주둥이와 코. 반듯이 내민 앞가슴. 너그러운 갈기.

왜 이제 와.

내 투정에 사자는 큰 턱을 주억거렸다. 갈기가 흔들렸다. 괜찮아. 그런 대답을 들은 것 같았는데 그건 내 말에 대한 적절한 대답이 아니잖아, 하고 외치려다가 그만 *끄덕끄덕*하고 말았다.

맞아. 괜찮아.

사자는 고양이처럼 자기 앞발을 썩썩 핥았다.

나 그거 알아.

나는 사자의 큰 앞발과 큰 혀를 보고 웃었다. 그루밍이지. 몸을 씻는 거지. 다 안다. 사자는 흐흥 하고 나를 따라 웃고는 너도 해줄까? 말하는 듯한 표정과 몸짓을 지어 보였다. 카펫만한 혀가 가까이 와서 나는 으악 아니아니, 하고 몸을 밀어 뒤로 물러났다. 삐치려는 사자를 달래며 나는 말했다.

내가 할게.

그러고는 손으로 (혀로는 아무래도 무리니까) 그루밍하듯 머리 끝부터 쓸어내리기 시작했다. 머리를, 어깨를, 팔을, 가슴을, 두 허벅지와 다리를. 먼지 털듯 탁탁 치며 쓸어내고 꾹꾹 눌러 쓰다듬었다. 보이지 않는 것들을 닦아내는 것 같기도 했다. 물 없이 세수하는 모양새로 얼굴도 손으로 만져보았다. 진짜 고양이세수네. 진짜 기분 좋아지네.

한결 낫다. 고맙다.

나의 인사에 사자는 갈기를 한번 부르르 털었다. 아주 풍성하고 따뜻한 향이 나는 갈기였다. 나 이제 안 와. 나는 어쩐지 사자가 그렇게 말할 것을 알고 있었고, 괜찮아, 했다.

해설
박혜진(문학평론가)

마
음
이
론

그 사람의 마음

몇 달 전 인공지능에 대한 강의를 듣는 자리였다. 강인공지능으로 인해 바뀔 미래에 대한 과학자의 설명이 끝나고 질의응답 시간이 이어졌다. 방청객 한 명이 손을 들고 물었다. "인간을 학습하는 인공지능의 능력이 지금보다 더 고도화되면 인간과 인공지능을 어떻게 구분할 수 있습니까?" "이론적으로는, 구분할 수 없습니다." 일순간 장내에 퍼지는, 실망감이라고 할 만한 공기가 느껴졌다. 뒤따른 한마디가 없었다면 나는 차라리 강의를 듣지 말았어야 했다고 후회하며 집으로 돌아왔을지도 모른다. "하지만, 타인의 마음에 대해 생각하는 건 인간밖에 없어요." 과학자는 가까운 미래에 인공지능은 인간이 할 수 있는 모든 것을 할 수 있거나 더 잘할 수 있게 될 테지만 타인의 마음을 생각하는 것만큼은 지금이나 미래나, 먼 미래나 더 먼 미래나, 인간만이 할 수 있을 거라고 했다. 나는 안도하면서도 안도할 수만은 없었다. 타인의 마음을 생각한다는 건 우리를 인간답게 하지만 그 인간다움으로 인해 우리는 자주 상처받고 낙담한다는 것을 아는 탓이었다.

'타인의 마음'은 인간에게만 존재하는 장소다. 이곳은 때로 천국이고 자주 지옥이다. 가고 싶어서 안달나게 만드는 곳일 때도 있고, 끔찍하게 벗어나고 싶은 곳일 때도 있으며, 그보다 더 많은 경우에는 알고 싶지만 알 수 없는 미지로 남아 있는 곳이기도 하다. 인공지능이 타인의 마음을 알지 못하는 이유는 그것이 학습되는 영역이 아니기 때문이고, 학습되지 않는 이유는 '마음'이라는 데이터가 사실인지 아닌지 파악하는 것조차 불가능하기 때문이다. 세상은 눈에 보이는 것과 보이지 않는 것들로 이루어져 있다. 타인의 마음은 눈에 보이지 않는다. 그럼 눈에 보이지도 않는 타인의 마음을 파악하기 위해서는 무엇이 필요한 걸까. 우리는 어떻게 인공지능은 할 수 없는 그것을 할 수 있는 존재로 살아가고 있는 걸까.

타인의 마음을 생각하고 짐작할 수 있는 건 '공감'할 수 있기 때문이다. 이때 공감은 '마음 이론'이라는 작용을 통해 이루어진다.* 마음 이론은 다른 사람이 무엇을 생각하고 있는지를 이해하고 그 사람이 바라보는 세계와 내가 바라보는 세계가 다르다는 것을 이해하는 능력이다. 흔히 '마음 읽기'나 '정신화'라고 불리는 것이 바로 마음 이론이다. 가령 내가 수지에게 이런 말을 하면 수지는 어떤 반응을 보일까, 혹은 내가 수지에게 이런 말을 하면 은정이는 무슨 말을 할까. 나아가 우리는 이런 질문까지 할 수 있다. 만약 내가 수지에게 어떤 말을 하고 나서 은정이가 보였던 반응 때문에 수지가 화를 냈다면 수지의 엄마는 뭐라고 할까? 생각할 수 있는 동물들도 자신이 무언가를 안다는 지각을 갖는다. 하지만 안다는 것에서 더 나아가는 생각은 하지 못한다. 인간은 아는 것에서 더 나아가 타인의 마음을 상상할 수 있다.

타인의 마음을 상상하는 인간에 대한 흥미로운 연구도 있다. 『프렌즈』의 저자 로빈 던바가 임상심리학자인 리치 벤탈, 피터 킨더만과 함께 사람이 처리할 수 있는 마음 상태가 몇 개인지 알아보는 실험을 했다. 사람들로 하여금 앞서 예시로 들었던 수지와 은정이 등장하는 단순하고 일상적인 이야기를 만들게 하고, 이야기 속에 나오는 어떤 사람이 다른 사람에 관해 무슨 생각을 했는지 질문을 작성해 답하도록 한 것이다. 그 결과 이야기 하나에는 보통 세 명에서 네 명이 등장했으며 이 인물들은 각기 다른 사람의 생각을 의식하고 있었다. 이때 참가자들이 처리할 수 있는 마

* 마음 이론에 대한 내용과 이해할 수 있는 마음 상태의 한계에 대한 실험은 로빈 던바의 『프렌즈』(어크로스, 2022)에서 인용 및 참고하였다.

음 상태는 평균 다섯 개로, 참가자의 이십 퍼센트만이 이보다 많은 마음 상태가 들어간 문장을 만들 수 있었다. 이 연구 결과는 타인의 마음을 읽고 상상하는 일에 한계가 있음을 보여준다. 대부분의 사람들은 타인의 마음 상태를 상상하는 일이 커질 경우, 즉 헤아려야 할 마음이 평균치를 넘어설 경우 그것을 처리하지 못한다. 다른 사람이 무슨 생각을 하고 있는지를 알아내기 위해서는 눈에 보이지 않는 단서들을 활용해야 하기 때문이다. 증거를 찾는 탐정이 되어야 하고 획득한 단서들을 연결시켜 한 편의 이야기를 만들어야 한다. 그러지 못할 경우 마음 읽기는 실패한다. 이것을 무엇의 실패라고 해야 할까.

『나주에 대하여』에서 우리가 만난 인물들이 앞서 소개한 연구에 참여했다면 모두 이십 퍼센트에 속하는 사람들이었을 것이다. 그들은 상상할 수 있는 타인의 마음 상태가 다른 사람들보다 많다. 하지만 더 많은 마음을 상상할 수 있다는 것이 더 쉽게 마음을 읽을 수 있다는 뜻은 아니다. 오히려 더 많이 볼 수 있는 사람은 많은 것들을 보기 때문에 더 넓은 상처에 노출된다. 『나주에 대하여』에 수록된 여덟 편의 소설은 타인의 마음을 잘 읽는 사람들이 자신 앞에 놓인 마음들을 읽기 위해 끊임없이 마음과 마음 사이를 오가며 만든 발길의 흔적들로 빼곡하다. 목적지는 점점 많아지고 길은 정해져 있지 않으며 시간은 제한되어 있으니 방황은 필연적이다. 방향에 최단 거리는 없다. 타인의 마음에 가닿기 위해 걸어본 이상하고 아름다운 길들만이 있을 뿐. 여기 실린 소설들은 작가 김화진이 그 길 위에서 발견한 빛나는 여덟 개의 조약돌이다.

끝나지 않는 끝

소설집에 수록된 소설들 중에서 먼저 우리를 흥미롭게 하는 것이라면 단연 연애가 끝나는 시점에서 비로소 시작되는 이야기들이 아닐까. 끝나고 나서야 뒤늦게 사랑의 의미를 알게 됐다는 식의 성찰적인 해석을 하려는 것이 아니다. 비유가 아니라 말 그대로 끝날 때 시작된다는 것은 김화진이 그리는 대범한 사랑의 첫번째 발걸음이다. 이 소설들에서 끝나는 시점은 종료의 시간을 의미하지 않는다. 오히려 끝나는 시점이야말로 그동안 사랑의 당사자로서 처리할 수 없었던 마음들이 폭발하는 순간이다. 상대방에 대해, '나'에 대해, 그리고 우리에 대해 거리가 생기면서 과거, 현재, 미래가 동등한 권리를 갖고 부상하기 시작한다. 연애는 끝나지만 사랑은 계속된다. 연애는 사랑의 표현이지만, 사랑은 표현에만 자신을 의탁하지 않는다.

「나주에 대하여」「새 이야기」「척출기」는 모두 연애의 끝을 공유하고 있다는 점에서 공통된 서사적 특성을 지닌다. 「나주에 대하여」에서 '나'는 사별한 연인 규희의 전 여자친구를 관찰한다.

'나'는 규희의 전 연인이 '나'와 같은 회사에 다니게 된 것을 인연으로, 실은 그전부터도, 그녀의 SNS를 보며 그녀에 대한 관심을 충족시키고 있었다. '나'의 연인이었던 사람의 전 연인의 마음을 생각하는 일을 두고 보통의 마음이 할 수 있는 일이라고 말할 수는 없다. 거기엔 호기심을 해소해줄 단서보다 더 심각한 것, 그러니까 가장 최근의 연인이 감당할 수 없는 마음과 직면해야 하는 통증까지 포함되어 있다. '나'는 자신이 받을 감당 못할 직면들에도 불구하고 규희의 존재에 대한 사랑을 계속해나가기 위해 그에 대한 기억을 안고 있고 그로부터 받은 영향을 삶의 어딘가에 흔적처럼 새기고 있을 나주의 삶에 진입한다. 이는 규희에 대한 사랑을 계속하는 '나'의 방식이다. '나주에 대하여'라는 말은 실상 '규희에 대하여'라는 말에 다름 아니다.

「척출기」에서도 끝나는 사랑의 끝나지 않음이 진솔하게 그려진다. '나'는 주현에게서 다른 사람들에게서는 찾을 수 없었던 편안함을 느끼며 빠져들지만 그는 어째서인지 자신에 대해 알려주는 것이 없다. 자신이 품고 있는 마음만큼 상대가 마음을 주지 않자 얼마간 단념한 마음이 되었을 때, 주현으로부터 자신이 성전환 했다는 이야기를 듣게 된다. 신체의 일부를 제거한다는 뜻인 '척출'이 갖는 표면적 의미는 주현의 성전환 과정을 의미할 것이다. 그러나 척출의 심층적 의미는 주현의 마음을 읽기 위해 애쓰는 동안 '나'에게 학습된 가치들이 제거되는 과정을 의미하기도 한다. 연애는 진전되지 않지만 사랑은 허물을 벗고 더 자유롭게 지속된다. 「새 이야기」에서도 내가 좋아하는 것만큼 '나'를 좋아하지 않는 천희와의 관계가 끝난다. 하지만 '나'는 천희가 준 파로 요리를 만들어 먹고 새가 된 천희를 상상하는데, 이러한 상상은 두 사람의 관계를 함께 보낸 시간만으로 환원되지 않는 영원한 관계로 만든다. 규희와 주현과 그랬던 것처럼 천희와도. '나'의 사랑은 끝나는 곳에서 끝나지 않는다.

먼저 좋아할 수 있는 사람들이 있다. 상대방의 마음이 눈에 보이기 전에 사랑할 수 있는 자들. 그들은 눈에 보이지 않는 마음과 그 마음으로 인해 발생할 나의 마음, 그로 인한 상대방이 갖게 될 다른 마음들 사이를 끝도 없이 왕복한다. 이들에게 사랑은 하는 사람의 것이지 받는 사람의 것은 아니다. 상대방의 마음을 알 수 없는 상태에서도 사랑을 시작하고 더이상 받아줄 사람이 없는 곳에서도 사랑을 계속할 수 있다. 이러한 시차는 연애의 역학에만 국한되지 않는다. 세상과 청춘이 마주할 때, 아직 전부를 보여주지 않는 세상과 전부가 되고 싶은 '나' 사이에서 벌어질 수 있는 어긋남에 대한 은유가 되기도 한다. 한 번의 만남이 어긋난다고 해도 세상을 이해하려는 노력을 포기하지 않는 마음, 기어이 진심을 읽어내려는 에너지는 먼저 좋아할 수 있는 사람들이 상처받은 대가로 얻는 것이다.

이미 시작된 시작

끝에 끝이 없듯이 시작은 자신이 시작인 줄 모른다. 돌이켜보니 그때가 시작이었던 것이었을 뿐 시작할 때에는 그것이 앞으로 어떤 이야기를 품고 있을지 알 수 없다. 그러니 시작이야말로 존재하지 않는 시점일 수밖에 없다. 우리는 그것을 시작이라 부르고, 시작이라 부름으로 인해 그때 그 만남은 시작이 된다. 마음이라면 어떨까. 마음이 시작될 때가 언제인지 알 수 없다는 사실은 시작의 순간들을 다시 들여다보게 한다. 다시 본 시작은 달리 보인다. 이름을 갖지 못한 감정들이 무질서하게, 아직 어떤 힘의 균형도 작용하지 않은 채 잠재되어 있는 상태에서는 원형에 가까운 마음들을 만날 수 있다. 그것은 마음 읽기를 포기하지 않는 사람들만이 만날 수 있는 궁극의 마음이기도 하다.

「쉬운 마음」은 레즈비언으로 스스로를 정체화하는 '나'의 짝사랑 연대기인 동시에 시작되는 연애의 무질서한 마음에 대한 관찰기이기도 하다. "어디에서는 클로짓이었고 또 어디에서는 클로짓이 아니었다"(218쪽)고 말하는 '나'에게 커밍아웃은 말하고 싶은 사람에게만 말한다는 "명확한 기준"(같은 쪽)에 의해 이뤄지지만 실은 홧김에 커밍아웃을 했던 스무 살의 기억도 있다. '나'는 기준의 굳건함을 차라리 의심하는 편이다. 명확해 보이는 기준들은 이후 진행되는 과정에서 계속 흐려지는 방식으로 부정되기 때문이다. '나'에게는 세선이라는 오래된 친구가 있고, 학창시절 '나'는 세선에게 커밍아웃을 한 적이 있다. 그후로 두 사람은 허심탄회하게 '나'의 성적 지향에 대해 이야기하는 절친이지만 '나'는 세선이 '나'에 대해, 또 '나'의 연애에 대해 무슨 생각을 하는지 알 수 없다. 그 마음을 상상만 할 뿐이다.

한편 '나'는 직장 한 기수 후배인 현정에게 호감을 느끼던 중 이성애자인 줄로만 알고 있던 현정 역시 '나'에게 호감을 갖고 있다는 사실을 알게 된다 "노멀피플들이 레즈비언에 대해 가진 편견이 있는 것처럼, 레즈비언들이 노멀피플들에게 가지는 편견"(224쪽)이 반영된 걸까. 현정이 그녀에게 호감을 느끼는 남자들로 둘러싸여 있다는 것이 영향을 주기도 했겠지만 내심 샤넬 백을 들고 다니고 외모를 관리하는 여성의 이미지 역시 현정을 '당연히 이성애자일 거'라고 바라보게 하는 이유가 되었다. 현정의 고백은 그녀를 향한 '나'의 생각들이 편견에 지나지 않았다는 것을 여지없이 드러낸다. 현정의 마음과 현정에 대한 나의 마음들이 그제야 진심에 가까워진다. 쉬운 마음의 반대말은 어려운 마음이 아니다.

「정체기」 역시 시작하는 순간의 혼돈들, 기준과 질서가 무화되는 순간들의 마음 읽기를 보여준다. 포럼에서 알게 된 은주는 레즈비언이고 파트너와의 관계에 위기를 맞은 상태다. 영지가 친구와 나눈 문자메시지에서 자신과 전 연인을 비교하며 그녀와의 정신적 교감을 그리워하는 이야기를 보고 충격을 받은 터. 그의 고민을 들어주고 그와 가까워지면서 은주를 향한 '나'의 마음도 점점 커진다. 여전히 파트너와의 관계를 중요하게 생각하는 은주였으므로 두 사람 사이의 관계는 더 진전되지 못하고 정체한다. 그러나 정체한다는 건 그 자리에 있다는 것이지 사라졌다는 뜻이 아니다. 쉬운 마음의 반대말은 어려운 마음이 아니라 정체하는 마음이다. 쉬운 마음에 방향이 있다면 정체하는 마음에는 아직 방향이 없기 때문이다. 멈춰 있는 마음은 마음이 '없는' 것이 아니라 너무 많은 마음이 '있는' 것이다.

시작되기 위해서는 결정되어야 한다. 어느 한쪽도 다른 한쪽의 마음을 들여다보지 못할 때, 그저 마음을 읽고 상상할 때, 오히려 시작은 시작되기 힘들다. 대체로 정체한 채 그 자리에 머물러 있다. 세선과 '나'의 관계가 그렇다. 세선에 대해 품고 있는 '나'의 마음이 무엇인지, 그것이 고백해야 할 것인지 친구로서의 우정인지 정체한 상태에서는 알 수 없다. 현정에 대한 '나'의 마음이 무엇인지 역시 이 소설에서 더 말해지지는 않는다. 시작은 항상 이미 시작되었다. 그것을 시작이었다고 말하는 건 언제나 사후적인 관점일 뿐이고, 그 사후적인 관점은 관습적인 서사를 벗어나지 않는다. 정체하는 상태에 시작이 잠복되어 있음을 보여주고 있는 두 편의 소설은 사랑하는 마음을 기준과 편견들로부터 놓아준다.

스물아홉, 서른

기준에 대해 끊임없이 질문하게 되는 나이. 무엇인가 끝나고 무엇인가 시작된다고 생각하게 되는 나이 서른 즈음. 스물여덟 살에서 서른세 살이라는 시간대는 상징적이다. 인간의 생애 중 마음 읽기에 대한 실패를 이토록 집중적으로 쌓아가는 한 시절은 자주 오지 않기 때문이다. 사회적 위치와 역할이 생겨나면서 친구처럼 동일성에 기반한 관계에 변화가 생겨난다. 연애라는 상황도 전에 없던 경우의 수를 만들어낸다. 이 모든 상황들이 생각해야 할 타인의 마음 상태를 증가시킨다. 이 소설집에 수록된 여덟 편의 소설은 스물여덟 살에서 서른세 살까지의 여성들이 서울이라는 도시에서 일하고 사랑하고 친구를 만나며 허물고 다시 세우는 과정들이다. 사회적 관계가 생기고 소유하는 자본이 이전보다 많아지면서 이전과 구분되는 다른 '나'를 구성하는 것들이 형성되기 시작한다. 한 개체에게 변화가 생기면 그가 맺고 있는 관계에도 변화는 생기기 마련이다. 우정의 배합에 변화가 생기기 시작하는 것이다.

「꿈과 요리」에서 수언과 솔지는 대학 시절부터 서로의 곁을 지켜주는 친구 사이다. 수언은 자신이 사랑하는 영화에 대해 글을 쓰고 싶어했으나 비교적 방황한 끝에 등단했고, 솔지는 일찌감치 은행에 취직해 수언보다 빨리 사회인이 되어 사회인으로서의 면

모들을 생활 속에서 보여준다. 솔지가 카나페나 뇨끼처럼 그럴듯한 요리를 점점 더 잘 만들게 될수록 두 사람이 위치한 곳이 달라지고 있다는 것이 드러나 수언의 마음은 복잡해진다. 스물아홉 살 마지막날을 같이 보내던 중, 수언이 영화 비평 공모에 당선되었다는 소식을 듣고 솔지의 얼굴에 스친, 마냥 축하하는 것만은 아닌 표정이 두 사람 사이에 내재되어 있는 갈등을 표출시킨 건 갑자기 일어난 일이 아니다. 각자가 변하면서 관계에도 변화가 생긴다. 변화는 가장 먼저 익숙했던 것들의 상실로 찾아온다. 그것이 상실이 아니라 변화 그 자체임을 알기까지는 시간이 필요하다.

「근육의 모양」에서 재인을 통해 우리는 그 변화들을 이해하는 방식을 만난다. 소설은 약혼이 진행되던 중 중단을 선언한 재인과 직장을 그만두고 필라테스 강사로 새로운 삶을 살고 있는 은영의 만남을 비춘다. 은영의 필라테스 학원에서 수업을 받는 재인에게는 단순한 원칙이 있다. 해본 것은 더한다는 것이다. 재인은 남자친구와의 결별도, 그러니까 파혼도 해본 것 목록에 넣는다. 안 써본 근육을 쓰는 시간을 가지면서 근력을 만들어가는 필라테스처럼 안 썼던 감정을 쓰고 그로 인해 흔적이 생기는 흔적은 상처가 아니라 근육이 될 거라는 믿음에 기대어보는 것이다.

우리는 무엇인가를 왜 '잃는다'고 생각하는 걸까. 상실이란 무엇일까. 이별함으로써 관계가 중단되는 것은 잃는 것이 아니라 그저 계속되지 않는 것일 뿐이다. 그만두는 것을 '잃는다'고 말하면 그만두는 것을 두려워하게 된다. 그만두는 것보다 애초에 시작하지 않는 것을 더 잘한 것으로 생각하기에 이른다. 하지만 마음의 상태를 알아가는 것은 더하기다. 정신화를 멈추지 않는 것이므로 더하기다. 관계를 현재의 모양으로만 판단하면 관계의 '사라짐'만 보이지만 거기에 이르기까지 움직인 마음 상태를 본다면 어떤 사라짐도 없다는 것을 알 수 없다. 이별이 생겨난 것이다. 마음 이론에는 더하기만 있다. "배의 힘으로 드는 거예요. 다리에는 힘을 주지 마시고."(130쪽) 코어를 단련하면 배의 힘으로 다리를 들 수 있는 것처럼 많은 마음을 훈련시키면 이 마음으로 저 마음을 들 수 있다. 내 마음으로 내 마음을 지킬 수 있다.

완전한 사랑은 짝사랑

이 용감한 사랑론의 정점은 기어이 완성되지 않는 이야기로 향하는 데에 있다. 「새 이야기」에서 진아는 만화를 그린다. 만화 일은 잘되지 않는다. 진심으로 걱정해주는 글에도 상처받고, 실은 그 진심 때문에 더 상처받는다. 완성보다 미완성이 더 오래 지속된다고 믿는 진아에게 짝사랑은 완성보다 더 믿는 미완성의 실천이기도 하다. "나는 짝사랑이 좋았고 완성하지 않은 여러 짝사랑들을 가지고 있었으며 짝사랑 하는 만화를 그렸다. 매듭지어지지 않는 사랑. 키스하지 않는 주인공."(12쪽) 짝사랑은 아직 시작되지 않았거나 이미 끝난 사랑이 아니라 시작도 끝도 필요로 하지 않는 사랑의 시간이다.

「새 이야기」와 「침묵의 사자」에는 작가가 화자로 등장한다. 그들이 그리거나 쓰는 것은 완성되지 않는 이야기다. "어쩜 나랑 데시벨도 맞는"(13쪽) 천희를 점점 더 좋아하게 되지만 "뱅글뱅글 돌며 어질어질하게 살고 싶"(15쪽)은 마음을 충족시켜주는 시간은 오래가지 않는다. 육 개월이 지나 진아는 천희에 대해 조금 더 알게 되고, 그중에는 천희에게 여자친구가 있으며 곧 여자친구가 사는 도쿄로 가 옷가게를 낼 거라는 것도 있다. "인생에서 가장 세련되게 실연당한 것 같"(17쪽)은 '나'는 '세련되게' 천희에게 선물받은 파를 키우고 자란 파를 조금씩 잘라 요리에 쓴다. 순대볶음을 해먹을 때도 쓰고 떡볶이 위에도 얹어서 먹는다. 파의 존재감은 점점 커져서, 파의 머리를 잘라줄 겸 자정 넘어 음식을 해먹는 일이 정기적인 밤 행사가 될 정도이다. 급기야는 새로 변한 천희를 만나기도 한다. "좋아하는 마음 때문에 새가 사람이 되고, 남은 미련이 파가 된다는 이야기"(34쪽)는 여기서 한 편의 환상이 되어 "매듭지어지지 않는 사랑"(12쪽) 이야기가 된다. 미완성으로 완성된다.

「침묵의 사자」에서 '나'는 소설가이고, 「새 이야기」에서와 마찬가지로 환상적인 방식으로 '나'를 위로해주는 존재와 만난다. 사람들과의 관계에서 모종의 어려움을 겪는 '나'는 항우울제와 항불안제의 도움을 받는다. 친구들과의 관계에 어려움을 겪었던 학창 시절, "아무도 나를 좋아하지 않는"(267쪽)다는 생각은 각인처럼 마음에 남아 아직도 영향을 미친다. 그런 '나'에게 사자가 나타난다. 「새 이야기」에서 파가 이별의 시간을 함께해주었다면 「침묵의 사자」에서는 사자가 그와 같은 존재가 되어준다. 사무실 책상 아래에 몸을 맞추고 앉아 "내 발과 종아리와 무릎 전부를 감싸 웅크"(254쪽)리고 있는 사자가 있어서 '나'는 추웠던 그해 겨울, 여전히 타인의 마음들 사이에서 상처받던 시간들을 따뜻한 사람으로 보낼 수 있게 된다.

환상은 세상을 향한 나의 짝사랑에 대한 은유다. 환상을 통해 만날 수 있는 것들은 '나'만이 볼 수 있는 존재들로, 누구도 알 수 없는 '나'의 마음이기도 하다. 타인의 마음을 이해하는 능력이 상위 이십 퍼센트인 사람들은 헤아릴 수 있는 마음의 상태가 많은 만큼 그 마음들 속에 자신이 좋은 사람으로 인식되길 원한다. 그래서 마음 읽기를 위한 마음 운동은 더 바빠진다. 마음 읽기에는 플러스만 있을 뿐 마이너스는 없다. 관계가 끝난다고 해서 마음 읽기가 끝나는 것은 아니므로 이별도 도움은 안 된다. 그럴 때 환상은 잠깐 마음 읽기가 쉬어가는 방법이 되어준다. 누구에게도 보이지 않는 나 혼자만의 비밀스러운 마음은 누군가 이해해주길 바라지 않는 마음이다. 한쪽만으로 완전한 짝사랑처럼 환상도 한쪽 방향만 있어서 완전하다. 짝사랑의 천재는 사랑을 매듭짓지 않는다.

이 글을 시작하면서 나는 어떤 실패에 대해 썼다. 타인의 마음을 알아내려면 증거를 찾는 탐정이 되어야 하고 획득한 단서들을 연결시켜 한 편의 이야기를 만들어야 하지만 그건 너무 어려운 일이고, 그러지 못할 경우 우리의 마음 읽기는 실패에 그치고 만다고. 그것을 무엇의 실패라 불러야 좋을지 모르겠다고. 이제 그 답을 알 것 같다. 타인의 마음을 읽기 위해 마음과 마음 사이를 무수히 오가는 그 헤아릴 길 없는 왕복 운동, 그 지난한 마음 읽기의 실패는 사랑이다. 마음 읽기는 알 수 없다는 막연함과 끝내 모르겠다는 실패 속에서만 가능하다. 실패 속에 있을 때만 우리는 사랑을 한다. 실패하는 여덟 편의 소설을 통해 작가 김화진이 쓴 것은 타인의 마음을 이해하려는 지치지 않는 열정일 것이다. 그 열정은 우리를 애타는 마음의 온도보다 더 뜨겁고 깊은 곳에 데려다 놓는다. 실패로서의 사랑과 그런 사랑을 선택하는 용기. 밑도 끝도 필요로 하지 않는 이 무모한 사랑의 주체는 언제나 타인의 마음을 읽는 중이다. 때로 천국이고 주로 지옥인 그곳을 무엇 하나 건너뛰는 법 없이 모두 읽어내는 이 완전한 짝사랑의 고백을 읽는 내 마음도 어느새 사랑이다.

작가의 말

　나는 불평하지 않는 사람이 좋다. 내가 선택한 것을, 만들어낸 결과를 변명하지 않고 받아들이는 사람이 좋다. 아주 안 좋은 일이 있을 때에도, 상황을 이해하고 대책을 마련하며 누군가를 탓하지 않는 사람이 좋다. 넓은 마음으로 웃고 싶고 누군가에게 든든한 사람이고 싶고 그러면서도 생색내지 않는 사람이고 싶다. 이기적이지 않고 상대를 생각하며 좋은 이야기를 하는 사람이고 싶다. 현실의 나는 그렇게 되고 싶다.

　그러나 이상하지. 좋은 사람이 되고 싶어서 노력하다보면 아무도 모르는 마음 한구석에는 타인에게 내보이기 못생긴 찌꺼기들이 남는다. 그건 내가 감추고 싶은 나를 향한 솔직한 말들이다. 너 사실 재 싫지, 부럽지, 웃기 싫지, 양보하기 싫지, 막말하고 싶지,

당신의 말은 나에게 상처가 된다고 면전에 대고 말하고 싶지, 싸우고 싶지, 울고 싶지, 외롭지, 나 좀 좋아해달라고 말하고 싶지, 하는 말들.

물론 그런 말들을 현실의 내가 전혀 하지 않는 것은 아니다(엉망진창일 때마다 참아준 여러분 정말 고마워). 나는 흠을 드러내면서도 흠이 없는 사람으로 보이고 싶어한다. 그것이 나의 가장 별로인 점이라는 것도 이제 조금은 알 것 같다. 현실에서도 은근슬쩍 티를 내는데 그것으로 성에 차지 않아 소설로도 쓴다. 비뚤어지고 이상한 속마음, 좋아하면서 싫어하는 마음, 치고받고 싸워도 용서받고 싶은 마음을 쓴다.

못생긴 마음들을 쓸 때 나는 이상하게 행복하다. 그것을 솔직하게 쓸 수 있어서, 회피하지 않을 수 있어서 좋다. 나는 대체로 확신과 용기가 없는 채로 살아가는데, 소설을 쓸 때만은 용기가 생긴다. 이런 마음을 써도 돼. 확신도 생긴다. 이렇게 쓸 거야. 소설은 나에게 그런 것을 준다. 지레 포기했던 것들을 가능하게 한다. 나는 언제나 상황에 따라 변하는 나의 무른 질감이 싫었는데, 소설을 쓸 때의 나는 그보다는 조금 단단해지는 것 같다. 나는 소설이 나에게 가져다준 이 단단함을 사랑한다.

나에게는 그 무엇보다 소설이 소중하고, 소설을 읽고 쓰는 일이 좋고 행복하다고 언제나 말하고 싶었다. 등단 이후 종종 기회가 있을 때마다, 그렇게 말할 수 있어서 좋았다. 그보다 좋은 것은 없다고 생각했다. 그러나 인간은 언제나 자신이 경험한 것밖에는 느낄 수가 없고 나는 그런 인간의 얄팍함이 싫으면서도 좋다. 매번 깜짝깜짝 놀랄 수 있으니까. 소설을 쓸 수 있어서 좋다고만 생각했지 책을 낼 수 있어서 좋다고는 생각하지 못했다. 그런 좋은 일이 나에게 올 거라고도.

그런데 이렇게 오게 되었다. 책을 내는 것은 좋은 일이다. 나는 편집자로 일하는 내내 그것만을 믿었다. 책을 내는 기회는 소중하고, 그것은 쉽게 오지 않는다. 당연한 일이 아니다. 나는 내게 소중하고 또 당연하지 않은 기회가 왔다는 것에 놀라 좋은 일이 다가오는데도 애써 담담한 척했다. 호들갑 떨고 싶지 않아서. 그러지 않는 사람으로 보이고 싶어서. 그러나 실은 소설집을 내게 되어 기쁘다. 이렇게 기뻐도 되나 싶을 정도로.

항상 소설집이라는 형태를 좋아했다. 거기에는 기다림이 포함되어 있어서 그런 것 같다. 작가가 소설을 쓰기를, 발표하기를 기다리고, 또 적당한 편수가 모이고 그것이 실제로 출간되기까지 기다리는 일. 소설을 그렇게까지 기다려주는 사람들과 세계가 있다는 사실이 뿌듯했다. 그런 세계에서 일할 수 있다는 게 좋았다. 기다림의 동료가 되어준 편집자 영수씨, 최은영 작가님, 박혜진 평론가에게 고마움을 넘어선 고마움을 전한다.

내가 쓴 소설들은 언제나 그때의 나다. 지금의 나와는 퍽 달라졌을지 몰라도 그때는 분명히 그런 마음으로 그런 생각을 했던

나. 그렇게 쓴 소설과 인물들을 후회하지 않고 싶다. 항상 그때의 마음에, 그때 가능했던 쓰기에 솔직하고 싶다. 그때의 최선에 대해 변명하지 않고 싶다. 나는 언제나 내 소설을 사랑할 것이다. 소설은 나에게 상처주지 않는다. 시간과 마음이 쌓이는 기쁨과 든든함을 준다. 언젠가 시간이 흘러 이 마음을 취소하게 되더라도, 지금은 그렇다. 이것이 지금의 나와 나의 소설이다.

2022년 10월
김화진

문학동네 소설집
나주에 대하여
ⓒ 김화진 2022

1판 1쇄 2022년 10월 26일
1판 11쇄 2024년 11월 11일

지은이 김화진

책임편집 김영수 | 편집 이민희 강윤정 | 디자인 김유진 이주영
저작권 박지영 형소진 최은진 오서영
마케팅 정민호 서지화 한민아 이민경 왕지경 정경주 김수인 김혜원 김하연 김예진
브랜딩 함유지 함근아 박민재 김희숙 이송이 박다솔 조다현 배진성
제작 강신은 김동욱 이순호 | 제작처 상지사

펴낸곳 (주)문학동네 | 펴낸이 김소영
출판등록 1993년 10월 22일 제2003-000045호
주소 10881 경기도 파주시 회동길 210
전자우편 editor@munhak.com | 대표전화 031)955-8888 | 팩스 031)955-8855
문의전화 031)955-2696(마케팅), 031)955-2679(편집)
문학동네카페 http://cafe.naver.com/mhdn
인스타그램 @munhakdongne | 트위터 @munhakdongne
북클럽문학동네 http://bookclubmunhak.com

ISBN 978-89-546-8899-4 03810

www.munhak.com